絕處逢山
THE MOUNTAIN BETWEEN US

查爾斯・馬汀 著

謹獻給文學經紀人 Chris Ferebee

序曲

嗨⋯⋯

不曉得現在幾點了。這錄音機應該能記錄時間吧。我醒了幾分鐘，四周依然黑漆漆一片。不曉得我昏迷多久了。

雪正從擋風玻璃的破洞猛撒進來，在我臉上結冰，凍得我眼皮眨不動，感覺像油漆乾了，封住我的臉，只不過，滋味一點也不像乾油漆。

我在發抖⋯⋯覺得胸口被人一屁股坐住，喘不過氣。說不定肋骨斷了兩三根吧？也可能有氣胸的現象。

山上的強風颳不停，直推著機艙的尾端⋯⋯機身殘缺不全。我的正上方有個大概是樹枝的東西，正拍打著壓克力窗，聲音近似指甲刮黑板。冷風也從我背後吹進來，因為機尾沒了。有汽油的臭味。我猜，機翼裡仍有不少汽油。

我好想吐。

一隻手握著我的手，滿手厚繭的指頭冷冰冰，套著一枚外緣快被歲月銼平的婚戒。這個人是葛洛福。

他在我們撞上樹梢之前就斷氣了。他怎麼有辦法在迫降時保住我一命，我永遠也不得而知。

飛機起飛時，地面氣溫攝氏零下十幾度。不曉得現在幾度。感覺比零下十幾度更冷。這裡的海拔應該有三千五百公尺，差不多是。葛洛福搖擺機翼的時候，我們頂多只掉了一百五十公尺。儀錶板陰沉沉，燈不亮，表面覆蓋著一層薄雪。每隔幾分鐘，儀錶板的GPS會閃一閃，隨即變暗。

有條小狗在這附近。張牙舞爪的，肌肉發達，毛很短，尺寸跟麵包保鮮盒差不多，喘息時發出氣呼呼的咕嚕聲，好像被灌了毒品似的，情緒狂亂。別急……

「嗨，小子……別急……不行，不能舔那邊。好，舔吧，不准你亂跳。你叫什麼名字？你害怕嗎？對……我也一樣。」

我想不起牠的名字了。

我又醒了……剛睡了多久？這裡有條狗，窩進我的外套腋下。

我跟妳提過牠了嗎？我不記得牠叫什麼名字了。

牠直打哆嗦，眼圈也跟著打顫。每次風呼呼吹，牠就跳起來，對天嗚嗚嗥叫。

我的記憶朦朦朧朧，只記得葛洛福一面操縱飛機，一面和我交談，機翼也許向右傾斜吧，一堆藍燈綠燈在儀錶上閃爍，地表是黝暗的一床黑毯，方圓六十哩見不到一盞燈……對了，飛機上另外有個女乘客。未婚夫正等她回家共赴婚禮前夕的預演晚宴。我找找看。

……找到她了。昏迷不醒。脈搏急促。眼睛腫到睜不開。瞳孔擴張。可能有腦震盪。臉上有幾道撕裂傷，其中有兩三道待縫合。右肩脫臼，左大腿骨折，幸好沒有破皮而出，但整條腿向外歪，褲管很緊。非固定她的腿不可……等我喘夠氣再說。

……越來越冷了。我猜暴風雪終於追上我們了。再不趕緊找東西禦寒，天亮之前我們保證被凍死。骨折只能等明早再固定了。

瑞秋……我不清楚我們能活多久，不知道有沒有機會獲救……不過……我錯了，我當時講的是萬不該講的氣話，我願意把話全吞回肚子裡。妳是為了我們著想，不是自私。我現在明白了。

妳說的對。一開始就對。事情總有一線希望。

一定有的。

第一章

鹽湖城機場
十二小時前

天色灰沉沉，景色醜陋，一月天走得慢條斯理。我後面的電視上，有個傢伙坐在紐約市的攝影棚，用到「籠罩」這個詞。我額貼玻璃窗，向外望停機坪，見到幾個穿黃色工作服的人駕車拖著一列又一列的行李，在飛機之間蛇行，排氣吹得細雪亂舞。在候機室，我的鄰座是個疲憊的飛行員，帽子在手，空中飛人的皮箱一副滄桑狀，想必他有意把握最後這機會，搭個順風機回家，安睡家裡的床。

往西邊望，跑道被雲覆蓋，但風來風去，趨近零的能見度時好時壞，象徵著時有時無的希望。鹽湖城機場位於群峰簇擁的高地，東邊是冰雪罩頂的高山，撥雲而出。長久以來，山一直令我神往。我遐想著這群山外是什麼景象。

我的班機預定在晚上六點七分啟程，現在一延再延，倒比較像跨夜航班，最後更可能飛不成。【延誤】的大字閃個不停，很礙眼，我索性移到遠遠的一個角落，改坐地上，背靠著牆壁。我把病患檔案攤開在大腿上，對著數位錄音機，開始口述報告、診斷、處方。這幾位是我啟程前那星期醫過的病人。我診治的對象不乏成年人，但我腿上的病號多半未成年。幾年前，我聽從妻子瑞秋的高見，專攻兒科運動醫學。她很有眼光。我討厭見小孩跛腳進來求醫，卻很高興看著他們跑跳著離開。

口述還沒完畢，數位錄音機竟亮起缺電的紅燈，於是我進航廈裡的商店買電池。店裡的雙A電池兩顆賣四美元，一打只要七塊錢。我付七元給女店員，更新錄音機裡的電池，把剩餘的十顆塞進背包。

我剛結束在科羅拉多泉的醫學研討會。我獲邀上台和幾位專家座談，探討「兒童骨科與急救醫學之交集」：面對畏怯的病童時，醫師應採取什麼樣的急救程序，應如何視情況調整對病童的態度。研討會的所在地景色宜人，內容也符合繼續教育的幾個要項，最重要的是，我能以出席研討會為藉口，去攀登科羅拉多州布維納維斯塔附近的大學山脈四天（包括哈佛山、普林斯頓山、耶魯山、牛津山等）。老實說，這一趟履行公務之餘，也過足了我登山健行的癮。很多醫師愛買保時捷和豪宅，高價買鄉村俱樂部會員資格卻閒置少用。我呢？我喜歡在沙灘上長跑，有高山就爬。

我離家已經一星期了。

回程，我從科羅拉多泉出發往西飛，在鹽湖城轉機，調頭往東直飛回家——航班的安排總讓我稱奇。機場的人群稀薄了，因為今天是星期日，多數人這時已經到家，目前仍在機場的人不是在登機門等候，就是在吧台喝啤酒，吃著小籃子裝的烤起司辣味玉米片或辣雞翅。

吸引我注意的是她的走路姿勢。她的長腿苗條，步伐果斷卻不失優雅和韻律，態度宜然自在，充滿自信，身高大概一百七十六、七公分，頭髮偏黑，頗具姿色，但她本人可能不太注重外表。差不多三十歲。短髮俏麗，近似《女生向前走》（Girl, Interrupted, 1999）裡的薇諾娜．瑞德，也像哈里遜福特重新詮釋的《新龍鳳配》（Sabrina, 1995）裡的茱莉亞．歐蒙。她的外型沒有太大的矯飾。在曼哈頓，花大錢打扮成這樣的美女滿街跑。我猜，她花小錢就夠看了。也有可能是，她花了大把大把鈔票，才妝點成這款隨心的造型。

她走過來，看看航廈裡的人群，相中我旁邊十到十五英呎外的地板。我以眼角瞄她。黑褲裝、皮革公事包、一件登機行李，看樣子是剛結束兩天一夜的公差。她放下行李，換上Nike慢跑鞋，然後再看航廈一眼，在地板坐下，拉拉筋。她不但低頭能碰到大腿，頭也能伸到兩腿之間的地板，連胸腹都能貼地，顯示她並非生手。她的腿肌發達，看似有氧運動教練。伸展操做了幾分鐘後，她從公事包取出幾本黃紙記事本，翻閱手寫的筆記，開始敲筆電鍵盤，手指輕快如蜂鳥振翅。

才過幾分鐘，她的筆電發出嗶聲。她皺皺眉，叼著鉛筆，四下尋找插座。我身邊有兩個插座，一個被我占用中。她握著筆電的電線，垂掛著插頭。

「可以分我用嗎？」

「沒問題。」

她插電後，把電腦放在地上，盤腿坐下，筆記攤開在左右和前方。我繼續口述病例。

「骨科後續諮商，日期……」我查看行事曆，追尋當時的日期：「一月二十三日。我是班・培殷醫師，病患姓名蕾貝佳・彼得森，個人資料如下。一九九五年七月六日出生，病歷編號BMC2453，白人女性，足球隊右邊鋒，明星球員，積分在佛羅里達州名列前茅，全美足球隊極力爭取中，最近一級聯賽共有十四支隊伍有意吸收；三星期前手術，術後狀況正常，無併發症，接受積極復健；活動範圍無礙，彎測一百二十七度，力測有顯著改善，靈活度亦然。目前已經完全康復，她自稱比受傷前更強。她主述行動完全無痛，所有活動都能隨心所欲……唯獨滑板例外。她至少要等到三十五歲，才可再玩滑板。」

我轉向下一個病歷：「骨科初步診療，日期一月二十三日。我是班・培殷醫師。」

重複日期和姓名的原因是，在電子檔當道的世界，每個錄音自成一檔，日後如果有哪一段遺漏了，也不怕搞錯日期和醫生。

「病患姓名拉敘德・史密斯，個人資料如下：一九七九年二月十九日出生，病歷編號BMC17437，黑人男性，傑克遜維爾美洲虎隊先發防守後衛，我遇過的人類跑得比他快的沒幾個。MRI（磁振造影）證實，前十字韌帶與內側副韌帶皆無撕裂傷，建議他積極復健，等他打完職業美式足球再上YMCA籃球場。目前因傷處一碰就痛，活動範圍有限，若能在無賽事期間接受治療，疼痛應可消散。疼痛停止後可恢復有限度的體能和速度訓練。排定兩週後複診，電請YMCA取消其會員資格。」

我把檔案放回背包，注意到她在笑。

「你是醫生啊？」

「外科醫師。」我舉起黃褐紙檔案夾：「上個禮拜的病人。」

「你很用心嘛，對病人的了解很深入吧？」她聳聳肩：「抱歉，我忍不住偷聽到了。」

我點頭：「是我老婆教的。」

「教什麼？」

「人不只是血壓加脈搏除以體質指數計算出的數目字。」

她又笑一笑：「我敬重的醫生就是你這一型。」

我朝她的筆記點點頭：「妳呢？」

「我寫專欄。」她揮手劃過前方地上的紙張：「登在幾家婦女雜誌上。」

「妳寫那方面的主題？」

「時裝啦，流行趨勢啦，夾雜很多幽默或挖苦，也寫一點感情關係的東西，不過我不用筆名，也不寫八卦。」

「就算我被困在一個溼紙袋裡面，寫幾句就能破紙袋而出，我也寫不出東西。妳一年寫多少篇？」

她的頭左右歪一歪：「四十吧，也許有五十篇。」她瞥向我的錄音機：「我認識的醫生，大多討厭這種東西。」

我在手裡轉動錄音機：「我幾乎是隨身帶。」

「當作信天翁來『戴』*嗎？」

我笑笑：「差不多是。」

「常用才會習慣吧？」

「越用越喜歡，現在變成不用會死。」

「照你這麼說，故事的由來好像值得一聽。」

「是我老婆瑞秋送的。那時候，我在老家傑克遜維爾找到醫院的工作，準備開著搬家車回去。她擔心我一旦當了醫生，忙不過來，她會成天坐在沙發上，變成醫生寡婦，捧著一桶哈根達斯冰淇淋，Lifeway 頻道從早看到晚。有了這錄音機……可以聽聽另一半講話的聲音，可以心靈相繫，不會漏掉一些生活瑣事……不會被手術、巡病房、凌晨兩點的呼叫器干擾。她留著錄音機一兩天，錄下她想講的話……或她的心聲，然後像接力棒一樣傳給我。我留著一兩天，或者一留就三天，然後還給她。」

「想聽聲音，手機不也行？」

* 英文俚語「掛在脖子下的信天翁」代表「甩不開的苦惱」。

我聳聳肩：「手機不一樣。不信，改天妳自己試試就能體會。」

「你們結婚多久了？」

「我們嘛……在十五年前的這禮拜結婚。」我瞄她的手一眼。一顆鑽石點綴著她左手，獨缺婚戒：「妳的喜事近了？」

她難掩笑容：「我急著回家，正是因為婚禮預演晚宴就在明天。」

「恭喜恭喜。」

她擺擺頭微笑，望穿遠處的人群：「有一百萬件事等著我去完成，我卻來這裡採訪曇花一現的時裝，忙著整理筆記準備寫稿，而我根本不屑那種時裝。」

我點頭：「妳的文筆八成很不錯。」

她聳一聳肩：「主編狠不下心趕我走。我聽說，有些讀者衝著我的專欄才買這些雜誌，只不過我還沒遇過這種人。」她的魅力放送著磁性，問：「你還住傑克遜維爾嗎？」

「對。妳呢？」

「亞特蘭大。」她遞名片。艾許莉．諾克斯。

「艾許莉。」

「大家都這樣稱呼我，只有我爸例外，他叫我艾敘爾。他本來想抱兒子，見我媽生了一個少一塊肉的娃娃，對我媽發脾氣，所以字尾被他改掉。他不讓我跳芭蕾、打壘球，反而帶我去學跆拳道。」

「喔……我猜妳是那種能踹掉別人頭上東西的狠咖。」

她點點頭。

「難怪妳做伸展操時，能胸部貼地。」

她又點頭，好像沒必要炫耀似的。

「妳幾段？」

她豎起三根手指。

「幾個禮拜前，我醫過一個男病患，在他小腿加了幾根棒子和鋼釘。」

「他是怎麼骨折的？」

「踹對手時太猛，對方用肘防禦，結果小腿骨就打摺了。」

「我見過。」

「聽妳口氣，妳接受過手術。」

「我十幾歲到二十出頭時，常參加全國錦標賽，和國際高手對打過，骨頭和關節斷過幾次。有一段時期，我在亞特蘭大的骨科醫生電話被我設定成快速撥號。你這一趟是出差或旅遊？或兩者皆是？」

「我剛參加醫學研討會，上台座談……」說著，我心虛一笑：「也抽空去爬一爬。」

「爬什麼？」

「爬山。」

「不拿刀宰割人的空檔，你都去爬山嗎？」

我笑笑：「我有兩個嗜好，跑步是其中之一……我就是跑步時認識瑞秋的。從高中就跑到現在。這習慣很難戒。搬回傑克遜維爾後，我們在海邊買一間自用公寓，方便我們追著潮水跑。另一個嗜好就是登山，是我們在丹佛讀醫學院時培養出的興趣。呃，唸書的人是我，她負責安我的心。長話短說，科羅拉多州超過一萬四千英呎的山有五十四座，當地人統稱它們『一萬四』，有不少人把五十四座全部爬完了。我們在醫學院期間也開始一座一座攻頂。」

「總共攻下幾座了？」

「二十。剛拿下普林斯頓山。一萬四千一百九十七英呎，是大學山脈裡的一座山。」

她思考片刻：「海拔將近三英哩高耶。」

我點頭：「差不多是，只差一點點。」

「這麼高的山，要爬多久？」

「正常情況，半天或一天就能來回，不過冬天的山況就比較」——我前後擺著頭——「艱難一點。」

她笑了：「缺氧嗎？」

「倒不至於。多一點適應時間就行了。」
「山上不是冰雪遍地嗎？」
「對。」
「該不會寒風刺骨、風雪紛飛吧？」
「我敢說妳是個優秀的新聞工作者。」
「呃……快回答嘛。」
「有時候會。」
「上山下山的，命保得住嗎？」
我笑笑：「那還用問嗎？」
她翹起一邊眉毛：「喔，原來你屬於那一型啊。」
「哪一型？」
「『荒野求生』型。」
我搖搖頭：「我只在週末出去玩玩而已。我最拿手的領域是海平面。」
她望向一排又一排的旅客：「你太太沒來？」
「沒有。」
我的肚子咕咕叫：「加州披薩廚房」店的香味飄過來。我起立：「幫我看一下東西，可以嗎？」

「好。」

「我馬上回來。」

我端回來凱薩沙拉和一大盤義式香腸披薩，櫃檯不巧廣播了：「各位，如果大家趕快登機，說不定我們能趕在暴風雪來襲之前起飛。本班機乘客不多，所以這次不分區，請所有乘客一同搭乘一六七二班機至亞特蘭大。」

周圍的八個登機門全亮著【延誤】，無力感寫滿了椅子和牆邊的每一張臉。一對父母從航廈另一邊狂奔而來，頻頻回頭，對著兩個兒子吼，只見兩個小男生拖著《星際大戰》行李箱、握著塑膠光劍跟進。

我抓起背包和晚餐，跟隨包括艾許莉在內的七名乘客，踏上飛機，找到座位坐下，扣好安全帶，空服員再檢查一遍後，飛機開始後退。這次登機效率之高，我前所未見。

飛機停下來，機長廣播說：「各位，我們正在等除冰車過來，如果能順利除冰，我們或許能在暴風雪壓境之前起飛。對了，頭等艙空位多的是，不坐白不坐。」

所有乘客動了起來。

頭等艙的最後一個空位在艾許莉旁邊。她抬頭見到我，邊扣安全帶邊微笑：「我們飛得走嗎？你覺得呢？」

我凝望窗外：「我懷疑。」

「個性太悲觀了吧？」

「我是醫師，基本上是個理性至上的樂天派。」

「說得好。」

我們坐了三十分鐘，空服員對我們有求必應。我喝的是辣味番茄汁，艾許莉喝卡百內葡萄酒。

機長再度廣播。我一聽他的口氣就知道不妙：「各位……你們都知道，我們本來想趕在暴風雪之前離開。」

「本來」一詞電到我的耳鼓膜。

「塔台說，在暴風雪來之前，我們大概有一個鐘頭的空檔能順利起飛……。」

大家不約而同嘆一口氣。說不定還有一線希望。

「可惜地勤剛通知我，兩輛除冰車當中有一輛故障了，換句話說，跑道上的所有飛機，全在等同一輛過來除冰，而本班機排在第二十順位。簡而言之，我們今晚飛不成了。」

全機迴盪起嘟噥聲。

艾許莉解開安全帶，搖著頭：「開什麼玩笑嘛。」

我左邊的一個胖男嘀咕著：「草你……」

機長繼續廣播：「本公司人員會在登機口和各位接洽。如果你想領飯店住宿券，請找馬克，他穿紅外套，加一件防彈背心。等各位提領行李完畢，本公司的交通車能載各位去飯店。各位，我真的很遺憾。」

我們下飛機，走回航廈，看著所有【延誤】的字樣變成【取消】。

我能代表全航廈乘客的心聲：「這下子慘了。」

我走向櫃檯。女職員正站著盯電腦螢幕，邊看邊搖頭。我來不及張嘴，她就轉看正在播氣象頻道的電視：「對不起，我也沒辦法。」

我肩膀上方有四面螢幕，顯示雷達幕上有一大團綠色，正從華盛頓州、俄勒岡州、北加州，殺向東南東方，畫面底下的跑馬燈預報著攝氏零下十幾度的冰雪，體感溫度更下探零下二十。我左邊有一對情侶正在熱吻。還笑得出來，想必是多撈到一天假。

馬克開始發放住宿券，招呼乘客前去提領行李。我的隨身行李是個小背包，可充當公事箱，托運行李在飛機肚子裡。不高興也得向提領行李區前進。

我往行李區走，看見她進一家「天然零嘴」店。我在轉盤附近找個地方站，四下看看。在滑軌式的玻璃門外，不到一英哩外的私人機場亮著燈，最靠近這裡的機棚旁邊漆著大字：【包機】。一座機棚裡面還開著燈。我的行李來了，我以空著的肩膀挑著，這時撞見艾許莉。她也在等行李。她斜眼看我的特大號背包。

「你剛說你趁研討會空檔去爬爬山，果然不是開玩笑。看你扛這麼大的背包，該不會想爬聖母峰吧。爬山真的用得到這麼多東西嗎？」

這個大背包接近橙色，是鶚牌七十型背包，已累積不少年資。我背包當行李箱用，是因為真的好用，不過這背包的主要功能最適合健行，和我搭配無間，裡面裝滿了攀登大學山脈用的過夜用品和雪地健行器具，也有一個睡袋、Therm-a-Rest 露營睡墊、Jetboil 露營爐。我所有的器材當中，這露營爐大概是最被低估、卻也是最寶貴的一個，和睡袋的地位差不多。我也帶了兩個 Nalgene 牌的水壺、幾件聚丙烯內衣褲之類雜七雜八的東西，有助於我在海拔一萬多英呎的高山保命並睡得舒舒服服。行李裡也有一件深藍色超細條紋西裝、瑞秋送的帥氣藍領帶、一雙 Johnston & Murphy 牌的皮鞋——只在上台座談時穿過一次。

「我明白自己的極限，也知道自己不是攻聖母峰的料。我一超出海拔一萬五千英呎就出毛病，不超過就沒事。這些個東西」——我聳一聳大背包——「只是基本用品，帶著準沒錯。」

她看見她的行李在轉盤上來了又走，轉身跑過去追，提著行李走回來，滿臉懊惱。顯然，她這才了解婚禮泡湯了，親和力隨之一滴滴流失。她主動伸手讓我握。她的手勁堅定而熱情：「很高興認識你。祝你平安回家。」

「是啊，妳——」

她不等我回話就調頭走，行李上肩，走向已有一百人在排隊的計程車招呼站。

第二章

我帶著行李走出滑軌式玻璃門，攔下機場交通車。平時，交通車會忙著載人往來航廈和私人機場之間，現在因為大家都想離開機場，交通車裡面空盪盪，只見司機用手指敲著方向盤。

我從副駕駛座的車窗探頭問：「可以載我去私人機場嗎？」

「上車吧。反正我閒著沒事幹。」

車子來到機棚前，司機說：「要我等你嗎？」

「麻煩你了。」

他在車上等，不熄火，我跑進機棚，把領子拉高，雙手插進胳肢窩避寒。天空無雲，但風勢漸漸強了，氣溫直直落。

進機棚裡，我見到一個火紅的電暖器和一位白髮男人。這裡停著三架飛機，他站在其中一架單引擎小飛機旁邊，機身寫著「葛洛福包機」，下面是「專精偏鄉漁獵」。尾翼的識別編號是138GB。

他背對著我。機棚另一邊的牆上掛著標靶，離他大約四十碼，他拿著複合弓練準頭。我進來的同時，他正好放箭，產生嗖的一聲。他穿著褪色藍牛仔褲和長袖壓釦襯衫，袖子捲高。他的皮帶背面印著〈葛洛福〉，腰際掛著皮套，裡面是Leatherman牌萬用工具鉗。他的靴跟磨平了，站姿有點像青蛙腿。一隻傑克羅素犬站在他腳邊，鼻子朝天嗅呀嗅，打量著我。

我對白髮男招手：「嗨。」

他鬆懈下來，轉身，挑眉看我。他的身材高大英挺，下巴方正剛毅：「你好。你是喬治嗎？」

「不是。我不是喬治。我名叫班。」

他挑挑眉，回頭面對箭靶：「遺憾。」

「怎麼說？」

他拉滿弓，一面看著弦上瞻孔瞄準箭靶，一面講話：「兩個傢伙想去聖胡安山脈，找上我，叫我載他們到科羅拉多州烏雷附近的一條小跑道降落。」他放箭，讓箭嗖嗖飛向靶：「其中一個叫喬治。我還以為你是他。」他再拿一支箭搭上弓。

我來到他身邊，注視他的標靶，看到紅心附近的落點密集，可見他練弓箭已有一段時日。我微笑講反話：「看樣子，你是個新手。」

他呵呵一笑，第三度拉滿弓，吐半口氣說：「等客人上門，等得發慌才練。」箭一出弓，射中標靶，落點和前兩箭很接近。他放下弓，擺進飛機座椅，和我一起走向箭靶。

他拔箭說：「有些人退休了，專門在別人家後院追著小白球跑，揮霍買金屬棍子，把白球打黑才過癮。」他微笑一下：「我嘛，我喜歡釣魚打獵。」

我看看他的飛機：「你今晚能載我走嗎？」

他壓低下巴，揚起一邊眉毛：「你被通緝了啊？」

我搖頭微笑：「不是。只想趕在暴風雪來之前回家。」

他看手錶：「我原本正準備打烊回家、上床抱老婆呢。」他注意到我的結婚戒指：「我猜你也有同樣的打算。」他展現燦爛的笑容，顯露皓齒：「別抱我老婆就好。」他呵呵笑著，笑得隨和，令人極為放心。

「對，我想回家。」

他點頭：「家在哪？」

「佛羅里達。不過，我只想超前暴風雪一步，大概可以在丹佛搶搭過夜班機吧，不然最起碼也希望明天一大早起飛。」我停頓一下：「可以僱請你載我飛越落磯山脈嗎？」

「你急什麼急？」

「我排定了膝蓋手術和兩個髖關節置換術……」我看手錶：「離現在只剩十三小時又四十三分鐘。」

葛洛福笑一笑，從臀部口袋掏出一塊抹布，擦掉手指上的油漬：「你明晚恐怕會有點痛喔。」

我笑答：「挨刀的人不是我。我是外科醫師。」

他從機棚門向外望，看著遠方的大機場：「大鳥今晚不飛啦？」

「取消了。兩輛除冰車壞了一輛。」

「常有的事。我認為是工會在搞鬼。咦……動手術也可以改時間嘛。」他咬咬嘴唇：「我自己也動過幾次手術。」他拍拍胸：「心臟不管用。」

「我來這裡參加醫學研討會，已經離開一個禮拜了，非趕快回去不可……。多付一點錢也無所謂。」

他把抹布塞回口袋，把箭插進掛在弓身的箭袋，然後把弓擺進飛機後座後面的一個泡棉箱，以魔鬼沾牢牢束緊。複合弓旁邊有三支修長的東西，伸進機艙。他拍一拍這幾根棍子的末端：「飛蠅釣桿。」

和釣桿綁成一捆的是一個山核桃木握柄的怪東西：「那是什麼？」

「短柄斧。我常飛偏遠的地方。帶著這傢伙好辦事。」他拍拍座位下面的一個軟行囊，裡面是個被壓縮的睡袋：「以我常飛的地方來說，自給自足很重要。」

椅背掛著一件背心，上面滿是釣魚用的飛蠅擬餌和小剪刀，一個網子從後領往下垂。他一手揮向這些東西：「有些好地方，要不是託顧客的福，我哪去得了？所以我拿他們當藉口，去玩一些我愛玩的嗜好。我老婆她甚至有時候陪我一起去。」他外表像七十出頭，體格像五十歲壯年人，有著一顆十幾歲的心。

「這飛機是你自己的嗎？」

「對。Scout 型。」

「看起來很像史提夫．佛塞特*開的飛機。」

「很接近。引擎是Locoman〇三六〇，一百八十馬力，全速前進可以飆到一百四。」

我皺眉：「稱不上是『飆』吧。」

「很久以前，我就不再追求速度了。」他一手放在三葉螺旋槳上：「她能在時速三十八英哩降落，換句話說，即使目的地和這機棚差不多大，我也能降落。」

這座機棚長約一百二十五英呎，寬約七十。

「換句話說——」他微笑一下：「我飛得進相當偏遠的地方釣魚打獵，所以顧客才這麼捧我的場。」他咬牙吸一口氣，看著大時鐘，心算著時間和鐘點：「即使我送你到丹佛，你也未必趕得上今晚的班機。」

「碰碰運氣也好。剛才機場櫃檯人員說，這場大雪如果積得太厚，不但今晚飛不成，明天也停飛。」

他點點頭：「這一趟可不便宜喔。」

「多少？」

「一個鐘頭一百五，而且來回都算。總共差不多九百美元。」

「可以刷卡嗎？」

他又咬牙吸氣，睇一眼，審視著我，好像正在心中跟自己打商量。最後他點頭，嘴角掛著淺笑，伸一手出來：「我是葛洛福・羅斯福。」

我和他握握手。他的手滿是繭，手勁堅定：「是前總統的親戚嗎？」

他微笑：「遠親，他們不認我。」

「我是班．培般。」

「你穿的白色小外套，正面真的寫著 Payne**醫生啊？」

「沒錯。」

「病人真的肯掏錢請你治病？」

「我甚至對有些病人動刀。」我遞名片給他，名片下面寫著：

認識痛苦者，不認培般。

認識培般者，不識痛苦。

他拍拍名片：「寫這樣，豈不是盜用基督教口號嗎？耶穌可能會生你氣吧。」***

「呃……到目前為止，他還沒告我。」

「耶穌被你開刀過？」

「就我所知是沒有。」

---

* Steve Fossett，曾創多項飛航紀錄的商場名人，二〇〇七年駕駛小飛機失蹤，一年後經證實已墜機身亡。

** 和「痛苦」同音

***作者指的是「不識耶穌者心不寧。識耶穌則心寧」

他微笑起來，從上衣口袋取出菸斗，塞一撮菸草，然後從褲子正面口袋掏出銅殼的Zippo打火機，扳開打火機頭，銜著菸斗吸吸氣，火往下鑽進菸草團。菸草芯亮起紅光後，他蓋上打火機，收回口袋：「骨科，是吧？」

「對……也包括急救科。這兩科通常湊一起。」

他雙手插進口袋：「給我十五分鐘。我想打電話通知老婆一聲，報告說我今晚加班，不過，我回家後，一定請她吃一頓牛排大餐。然後……」他以大拇指比向背後的洗手間：「我有正事要辦。」他走向電話，一面回頭說：「把你的行李丟到後面放。」

「這裡能無線上網嗎？」

「能。密碼是Tank（坦克）。」

我掀開筆電，找到網路，登入，收電郵。無論公私事，我的語音信箱把留言全轉成錄音檔，轉寄到我的電郵信箱。由於我的工作時間表排得緊湊，我多半透過電郵回覆。收完信，我讓錄音機和電腦同步，然後把口述檔發給醫院的聽寫部門，同時也傳副本給另兩個伺服器，以便在當機時有副本可用，副本消失也還有副副本應急。自保準沒錯。一切完畢後，我合上筆電，想等飛機起飛後再一一回覆電郵，飛機降落後，電腦一連上網路，就能自動發送。

幾分鐘後，葛洛福出現了，從電話走向洗手間。在我眨眼的瞬間，艾許莉．諾克斯急著回家的模樣浮現腦海。

「你能載幾人？」

「不算我在內，能載兩個，如果乘客不介意腰貼腰的話。」

我回頭凝望機場：「可以等我十分鐘嗎？」

他點頭：「我有起飛前的程序要忙。」他看看外面：「不過，你動作最好快一點。再拖就來不及了。」

交通車的司機在機棚外等我，載我回行李提領區。由於我是他唯一的顧客，他再度主動表示願意等我。我找到艾許莉了。她站在路邊等下一輛計程車。她在褲裝之外加了一件 North Face 羽絨夾克，拉鏈拉到頂。

「我包了一架飛機去丹佛，希望能超前暴風雪一步。我知道妳和我素昧平生，不過飛機可以多坐一個人，我想請妳一起來。」

「真的還假的？」

「大概頂多兩個鐘頭就能到。」我伸出兩手：「妳可不要……想歪了。婚禮的事嘛，我全體驗過。如果妳和我太太的性子有一點點像，妳這兩天會完全睡不著，非把大小細節處理得十全十美不可。就當這是專業人士之間的誠心好意吧。沒有附帶條件。」

疑慮罩上她的臉：「一個要求也沒有嗎？」她上上下下看我：「因為⋯」她搖搖頭：「不騙你，比你更高大的人，我也扳倒過。」

我轉一轉指頭上的戒指：「我家公寓的後廊是我習慣喝咖啡望海的地方，停車場常有翻垃圾吃的野貓，我太太以前在後廊擺三碗東西餵牠們。現在，牠們每天早上陪我喝咖啡。我還幫牠們取名字，對貓咪的呼嚕聲也習慣了。」

她蹙起眉頭：「言下之意是，你把我當野貓看待？」

「不是。我是說，多虧她餵貓，我才赫然發現野貓的存在。現在，我幾乎隨時都看得到牠們，間接也影響到我看人的態度。這很好，因為醫生當久了，我們往往會變得有點麻木。」我停頓片刻：「我只是不希望妳錯過婚禮，別無所求。」

我這才注意到，她雙腳頻頻換重心，好像站不住似的。

「你願不願意讓我分攤費用？」

我聳聳肩：「如果分攤能讓妳心情輕鬆點，那也無妨——不過，分不分攤，我都歡迎妳登機。」

她順著跑道凝望，重心不停換腳：「照約定，我明天一早要請六個伴娘吃早餐，然後進SPA享受幾個鐘頭。」她看著交通車和遠方的飯店燈火。她深吸一口氣，露出笑容：「如果今晚能飛走，那就……太棒了。」她回頭看提領區一眼：「可以等我三分鐘嗎？」

「沒問題，只不過……」背後的螢幕顯示，一大團綠綠的東西正朝著機場寸步前進。

「抱歉，咖啡喝太多了。我本來打算住飯店的。這裡的洗手間應該比飛機上的洗手間大。」

我呵呵一笑：「十之八九是。」

第三章

葛洛福坐在駕駛座，戴著耳機，操作著他前面的按鍵和旋鈕：「準備好了沒？」

「葛洛福，這位是艾許莉．諾克斯，亞特蘭大來的文字工作者，婚禮離現在大概只剩四十八小時，可以載她一程吧？」

葛洛福幫她提行李：「榮幸之至。」

他把行李放到後座後面，我耐不住好奇心問：「機尾沒空位擺行李嗎？」

他打開靠近機尾後面的一道小門，微笑說：「被占用了。」他指向一個裝電池的鮮橙色玩意兒：「這叫做ＥＬＴ。」

「動不動用縮寫，口氣像醫生。」

「全名是緊急定位發報機。遇到迫降的情況時，如果那東西受到的衝擊力超過三十磅，就能以122.5的緊急頻率發出訊號，讓其他飛機知道我們碰到小麻煩了。航管處收到訊號，出動兩架飛機，用三角定位法測出我們的方位，就能派救兵過來。」

「史提夫．佛塞特的飛機為什麼那麼久才找到？」

「照ＥＬＴ的設計，時速如果超過兩百英哩，失事了也沒輒。」

「喔。」

我們坐進飛機後，他關上門，發動引擎，艾許莉和我取下座位上方的耳機戴好。他說得沒錯。的確是腰貼腰。

飛機駛出機棚，他再啟動幾個掣鈕，推推兩膝之間的操縱桿，調整旋鈕。我是飛機的大外行，但葛洛福給我的印象是，他即使睡著了，照樣能開這架飛機。控制板的左右各加裝一個GPS。生性好奇的我拍他肩膀一下，指著GPS：「為什麼裝兩個？」

「以防萬一。」

我再拍他一下：「萬一怎樣？」

他笑了：「其中一個失靈。」

他忙著準備起飛期間，我按語音信箱。一則留言。我舉起手機貼耳朵。

「嘿……是我啦。」她的嗓音低沉。有倦意，好像剛睡醒，或剛哭過。我聽得見背景的浪濤聲，潮來潮往，富節奏感。這表示她站在後廊上：「我不喜歡你不在家。」她深深抽一口氣，停頓一下：「我知道你很擔心。何必呢？再過三個月，這一切就成過往雲煙了，到時候你就知道。我等你回家。」她勉強笑一聲：「我們全在等你。海灘上的咖啡。快回家吧……我愛你。船到橋頭自然直，相信我。千萬別以為我對你的愛少了幾分，我對你的愛不變，甚至愛得更深，你是知道的……。別生氣嘛。難關總會過去的。我愛你，我全心愛你。趕快回家吧。我在海灘上等你。」

我合上手機，坐著凝望窗外。

葛洛福以眼角瞄我，輕推操縱桿向前，飛機在柏油跑道上前進。他轉頭說：「要不要回她電話？」

「什麼？」

他指向我的手機：「你要不要回她電話？」

「不用了⋯⋯」我揮手拒絕，把手機放進口袋，凝望著欲來的風雪：「不要緊。」螺旋槳呼呼轉，我沒料到他聽得見剛才的留言：「你有順風耳喔。」

他指一指我耳機附帶的麥克風：「她的留言傳進你的麥克風了。簡直跟我自己聽留言沒兩樣。」

他指向艾許莉：「飛機這麼小，容不下祕密。」

她微笑，拍一拍自己的耳機，點點頭，看著葛洛福操作儀器。

葛洛福減速，停止飛機前進：「你想回電給她，我可以等。」

我搖搖頭：「不用了⋯⋯真的，不要緊。」

葛洛福對自己的麥克風講話：「塔台，這裡是138B，請求起飛。」

幾秒後，我們的耳機聽到：「138B，准許起飛。」

我指著GPS：「你那一台有氣象雷達嗎？」

他按一個鍵，畫面變成我們在航廈見到的氣象頻道雲圖。同一團綠妖魔正從左向右，慢慢侵犯我們。他點一點螢幕：「那東西可不是好惹的。那團綠雲載著好多雪。」

過了兩分鐘，飛機騰空而起，越來越高。他透過麥克風對我們講話：「飛機會爬升到一萬兩千英哩，以時速五十英哩定速航向東南方，飛越聖胡安山谷，朝草莓湖前進。見到草莓湖後，飛機會轉向東北方，飛過猶因塔高地原野區，最後在丹佛機場降落。飛航時間是兩小時零幾分。各位放心坐著，放輕鬆，想在機艙裡走動請便。機上餐點和娛樂服務即將開始。」

我們兩個比沙丁魚群更擠，動得了才怪。

葛洛福伸手進機門的套袋，拿出兩包燻杏仁給我們，開始唱鄉村歌曲《我將遠走高飛》。其中一句歌詞，他唱到一半，忽然問：「班？」

「什麼事？」

「你結婚多久了？」

「十五年前的這禮拜結婚到現在。」

艾許莉插嘴：「講實話……婚姻生活到現在還是充滿刺激嗎？或者變得淡如水？」感覺上，她不是沒事找話問。

葛洛福笑了：「我結婚將近五十年了，相信我，只會越來越好，不會變差。不會無聊。我今天對她的愛，比我們結婚那天還深。婚禮那天是七月，我站得汗流浹背，還以為將來不可能愛得更深。」

她看著我：「紀念日快到了，有什麼規畫嗎？」

我點頭：「我想送花給她。開一瓶葡萄美酒，欣賞海浪捲上沙灘。」

「到現在還送她花啊？」

「每個禮拜都送。」

她轉臉看我，歪頭挑一眉，翹起一邊嘴角，擺出女人滿腹疑心時的表情：「你每禮拜捧花送老婆？」

「對。」

葛洛福插嘴：「好小子。」

她露出新聞工作者的一面：「她最愛什麼花？」

「盆栽蘭花。不過，蘭花不是隨時都開，所以，我買不到蘭花的時候，會去醫院附近的花店，改選別的花送她。」

「真的還假的？」

我點點頭。

「她要那麼多蘭花盆栽做什麼？」她搖搖頭：「求你別說，來一盆丟一盆。」

「我蓋一間溫室給她。」

她揚起一邊眉毛：「溫室？」

「對。」

「你們種了多少蘭花？」
我聳聳肩：「照我最近數的，總共兩百五十七棵。」
葛洛福笑了：「正宗浪漫派。」他轉頭說：「艾許莉，妳跟未婚夫是怎麼結緣的？」
「在法院認識的。亞特蘭大有個名人打官司，我去採訪，他是對方律師，我訪問他，後來他請我吃晚餐。」
「棒透了。你們兩個打算去哪裡度蜜月？」
「義大利。兩星期。從威尼斯玩到佛羅倫斯。」
亂流來了，飛機跟著晃。
「我有個疑問⋯」她以問題回敬葛洛福：「貴姓是⋯？」她彈彈手指。
葛洛福擺擺手：「叫我葛洛福就好。」
「你的飛航時數累積多少了？」
他讓飛機向右急轉彎下降，然後拉操縱桿，讓飛機衝上天，我的胃差點蹦進喉嚨：「妳想問的是，我能不能平安送妳到丹佛、讓妳趕得上婚禮、而不會把機鼻飛去撞山？」
「也對⋯⋯差不多是這意思。」
他左轉方向盤，然後右轉，讓機翼左右各擺一下：「包不包括服役期間在內？」
我死命抓緊頭上的握把，握到指關節發白。

艾許莉也一樣。她說：「不包括。」

他把機翼放平，讓飛機平穩如桌面：「大概一萬五。」

她的握力鬆弛一些：「包括呢？」

「兩萬多吧。」

我鬆了一口氣，放開握把。我的手指內側發紅。接著，他對我們兩個講話，我聽得見他話裡帶著笑。

「現在，你們兩個比較安心囉？」

小狗從他座位下面鑽出來，跳上他的大腿，從他的肩膀上方看著我們，咧嘴低吼著，碎動不停，活像一條吃到類固醇的松鼠，渾身是糾結的大肌肉，腿卻只有四五英吋長，很像腳被砍斷半截。他很重視個人空間，而我從他的肢體語言得知，整個機艙都是他的地盤。

葛洛福又開口：「兩位，這位是坦克。我的副機長。」

「他累積多少飛航時數了？」我問。

葛洛福傾頭想想，沉默一分鐘，說：「三、四千之間吧。」

小狗轉身，改凝視擋風玻璃外的風景，滿意之後，才從大腿跳走，縮回葛洛福座位下面的窩。

我稍微往前傾，從椅背上方看葛洛福的手。凹凸不平、多肉、皮膚乾燥、指關節粗大。結婚戒指的邊緣被磨平了，鬆鬆套在手指底部，但想摘掉的話，可能需要沾點洗碗精，才擠得過指關節。

「到丹佛要飛多久？」

他從上衣口袋掏出一枚銀懷錶，單手掀開，錶蓋裡面貼著一張女子照片。他看著儀器。ＧＰＳ顯示著預估航抵時間，但我猜他想檢查儀器。這是他常做的事。他把懷錶閉上：「把側風考慮在內的話……正好兩個鐘頭。」

我瞄到的女子照雖有破損龜裂的現象，但即使相片褪色了，她仍是美女一個。

「你有兒女嗎？」

「五個。孫兒女有十三個。」

艾許莉笑說：「你滿忙的嘛。」

「曾經是。」他微笑一下：「三男兩女。老么大概比你們還大。」他回頭看一眼：「班，你幾歲？」

「三十九。」

他又說：「妳呢，艾許莉？」

「怎麼能隨便問女生幾歲。」

「哼，嚴格說，我的後座不能載兩人，不過我作風老派，誰也管不著我，何況你們兩個坐得好像也沒問題。」

我拍他肩膀：「坐一個或坐兩個，有什麼差別？」

「聯邦航空署的高官規定，我後座只准載一人。」

艾許莉微笑，豎食指說：「所以，這一趟不合法囉？」

他笑著反問：「就看妳的『合法』是什麼意思？」

她凝望玻璃窗外：「所以，我們降落後……應該進航廈或進看守所？」

他笑了：「嚴格來說，官員不曉得你們搭上這飛機，所以八成不會等著逮捕你們。要是他們真的等著抓人，那我就要賴說，我被你們綁架了，我想提出告訴。」

她看著：「我安心多了。」

他繼續說：「這飛機的主要功能是低空慢飛，所以我遵守的是VFR——『目視飛航規則』。」

我完全聽不懂：「意思是⋯⋯？」

「意思是，只要我想靠肉眼開飛機，就不必對官方提出飛航計劃。而我現在的確是目視飛行。這也表示，官方不知道就沒事。可以了吧？」他歪頭望向艾許莉的位子：「妳幾歲？」

「三十四。」

他看儀錶板，斜眼瞟其中一個GPS，搖搖頭：「偏流太強了。有一場大暴風雪快來了。幸好我知道該往哪裡飛，不然一定會偏移航道。」他自顧自的呵呵笑：「年輕小伙子啊，你們兩個。大好前途等著你們去闖蕩。我活到這把年紀了，多希望能回到三十幾歲的時候。」

後座的我們兩人講不出話。艾許莉的態度變了，好像有心事，少了一分魔力。她誤上賊機是我太糊塗了，我內心有點自責。

葛洛福直覺到了：「你們兩個別擔心啦。被逮到才算違法，而我從來沒被查到過。過兩個鐘頭，飛機一著陸，你們就能繼續趕路。」他咳嗽一下，清清喉嚨，再呵呵笑幾聲。

夜空星辰燦爛，從我頭上的壓克力窗照進來，近到好像伸手就搆得著。

「好了吧，兩位。」葛洛福停頓下來，檢查儀器，再咳一陣。

他第一次咳嗽，我聽見了，但真正引我側目的是這一次。

他說：「因為我們想跑贏你們左肩上空的那場暴風雪，因為有偏流，因為現在的順風還不弱，也因為我沒帶氧氣筒，所以我們的高度不能超過一萬五千英呎，不然你們降落時候會頭痛。」

艾許莉說：「你的話好像還沒講完。」

「對，」葛洛福繼續：「你們要抓緊喔，因為我們即將飛越猶因塔。」

「有什麼塔？」

「猶因塔高地原野區。北美洲最大的東西向山脈，有一百三十萬英畝的荒野沒有開墾過，每年降雪量五百到七百英吋——高海拔的山頭雪下得更兇。這裡有七百座湖，世上很少有比這地方更適合釣魚打獵。」

「聽起來很偏僻。」

「看過電影《猛虎過山》（Jeremiah Johnson, 1972）嗎？」

「我最喜歡的電影之一。」

他向下指，以嚮往的神態點一下頭：「就是在這裡拍攝的。」

「不是玩笑話吧？」

「不是玩笑話。」

飛機開始顛簸起來，我的胃快蹦進喉嚨了：「葛洛福？主題樂園不是有一種座位會原地動來動去的立體電影院嗎？」

他把操縱桿搖向左膝：「對。」

「我把那種電影院叫做嘔吐彗星。這一趟，該不會像那樣吧？」

「沒那回事。感覺不會比雲霄飛車更嚇人啦。你們別緊張，應該好好享受一下。」

他凝望玻璃窗外，我們也跟著看。小狗跳上他的大腿。

「這片是國家森林，被劃定為原野保護區，禁止任何機動車輛進出，所以算是地表比較偏遠的地區之一，比較像火星，很難進去，也很難出來。銀行搶匪如果想逃亡，躲進這裡很安全。」

艾許莉笑一笑：「這是你的經驗談？」

又咳一陣。再呵呵笑：「我有緘默權。」

下面是無垠的荒野：「葛洛福？」

「什麼事？」

「現在的能見度有多遠？」

他想一下：「大概七十英哩吧，差不多。」

到處見不到燈火。

「同樣這一趟，你飛過幾遍了？」

他偏頭想想：「一百多次了。」

「所以說，你閉眼也能飛囉？」

「大概吧。」

「那就好，因為假如我們再飛低一點點，下面那些白煞煞的山頭保證會劃破我們的機腹。」

「不會啦……」他鬧著玩：「還差一百多英呎。不過呢，你如果開始盯著山頭看，一定會嚇得屁眼緊縮喔。」

艾許莉笑了。葛洛福從上衣口袋拿出一管Tums制酸藥片，丟兩顆進嘴巴，嚼一嚼，又咳嗽了。他拍拍胸，遮住麥克風，打嗝。

我拍他肩膀一下：「你說你心臟不管用。你嚼制酸劑治咳嗽多久了？」

他往後拉操縱桿，機鼻往上翹，飛機跟著爬升，翻越一個看似高原的地形，繞過兩座高山之間。月亮出現在左窗外，照耀著銀色世界。

他沉默半晌，向右看，然後向左看：「很美吧？」

艾許莉代大家回答：「奇景。」
「醫生，」葛洛福開始說：「我上禮拜才去看心臟科。制酸劑是他建議的。」
「你那時有沒有咳嗽？」
「有，所以老婆才叫我去掛號。」
「有沒有做心電圖？」
「有。零狀況。」
「建議你最好再回去檢查一下，對你比較好。可能沒什麼，不過也可能有問題。」
「是嗎？」
「我認為值得再檢查一次。」
他點頭：「我這輩子有奉行兩三條簡單的人生守則，其中一條是，我堅持做我內行的事，其他領域的專家，我也一概尊重。」
「所以說，你會再去檢查？」
「明天可能去不了，等到禮拜三大概可以吧。夠快了吧？」
我往後挪：「不要拖到下禮拜就對了。保證？」
艾許莉插嘴：「你太太是什麼樣的人，介紹一下。」
飛機穿梭在山巒之間，動作精準。葛洛福沉默片刻，然後開口，語調低了些：「她是中西部人。當年她嫁給我的時候，我一無所有，只有滿腔的愛慾和夢想。她為我生小孩，在我失去一切時不離不棄，聽信我掛在嘴上的『放心』。不是我有意觸怒在場人士喔，她可是全地球最美的女人。」

「我無所謂。再過四十八小時，我就要進禮堂了，你對我有什麼建議？」

「每天我一早醒來，她握著我的手。我泡咖啡，她坐下來一起喝，膝蓋碰我膝蓋。」

葛洛福健談，我們隨他盡興講。我們不想聽也沒輒。

他滔滔不絕：「你們不能體會，我也不怪你們。」他聳聳肩：「也許以後你們能體會吧。我和她結婚好久了，見過不少世面，也體驗過很多東西，不過，愛這種東西是越陳越香。你們可能以為，像我這種老頭子，見她披著褪色的法蘭絨睡袍走在臥房裡，心裡不會燃起一把火，你們錯了。見到我，她也一樣。」他笑笑：「差別是，我可不穿法蘭絨睡袍喔。就算她不像二十幾歲的她，不再彈性十足，胳臂後面和屁股的皮膚鬆垮垮，就算她多了幾條她不喜歡的皺紋，就算她眼皮下垂，就算她的內衣褲越換越大件，也許這些全是事實……而我呢，我的外表也和結婚照差多了。我和那小子雖然是同一人，現在的我滿頭白髮、皺紋多、反應比較慢、曬太多太陽。講一句可能有點老掉牙的話：我娶到的是一個和我很合適的女人。以拼圖來比喻人生的話，我是人生拼圖的一半。」

艾許莉再次開口：「最棒的一面是什麼？」

「她哈哈笑的時候……我跟著微笑。她哭，淚水也流下我臉頰。」他點著頭：「給我再……再寶貴的東西，我也不肯交換。」

飛機翻越山頭，橫渡山谷，嗡嗡響的引擎震動著機身。葛洛福指著GPS，然後指向窗外，大手對著地面一揮：「我們的蜜月就在這下面。健行。我老婆蓋兒熱愛大自然。我們每年都回來。」他笑一笑：「現在，我們開Winnebago露營車，蓋電熱毯睡覺，有電動咖啡壺可用。苦哈哈。」

他在座位上換姿勢：「妳要我給點建議，那我就把我對女兒婚前的叮嚀講給妳聽。要嫁就嫁一個願意陪妳共渡五、六十年的男人，願意為妳開門，牽妳的手，泡咖啡給妳喝，在妳乾裂的腳丫塗乳液，把妳捧得高高的。他看上的是妳的臉蛋和染成金色的頭髮嗎？五十年後，妳年老色衰了，他還願意愛妳嗎？」

我打破沉默：「葛洛福，你入錯行了。」

他嘿嘿笑一笑，檢查儀器：「怎麼說？」

「你比費爾醫生強太多了，應該上電視主持脫口秀才對。只要一張沙發，找一群觀眾，你上台開講，就夠看了。」

又引來一陣笑：「兩位今晚走進我的機棚，看到一架黃藍色的飛機，機長是個講話不客氣的老傢伙，滿手老人斑，後面跟著一條兇巴巴的小狗。你們想趕快飛去丹佛，以便繼續忙，照行事曆做事，成天和電郵、語音留言、簡訊周旋。」他搖搖頭：「我呢，我看到的是一顆封閉式膠囊，能載你們飛越地球上的難關，給你們一個地面上看不到的視野，讓你們一目瞭然。」

他雙手揮向底下昏暗的景觀：「我們所有人，平日隔著朦朧的鏡頭看世界，有的鏡頭髒了、破了、有刮痕。不過呢，這東西」——他拍一拍操縱桿——「它能帶你超越鏡頭，給你在短短幾秒的瞬間擁有千里眼的神力。」

艾許莉幽幽說：「你熱愛飛行的原因是這個嗎？」

他點頭：「有時候，老婆和我會飛來這上空，飛個兩三小時，一聲不吭，不覺得有講話的必要，不會讓空氣充滿雜訊。她會舒舒服服坐著，一手放在我肩膀上，老夫妻一同飄遊地球。飛機一降落，人間萬象都顯得順眼。」

我們沉默了幾分鐘。

接著，他又咳嗽。

葛洛福悶哼一聲，喉音低沉，一把抓緊胸口，上身往前傾，摘掉耳機，一頭撞上側窗，拱背，揪住上衣猛扯一陣，鈕釦全掉了，衣服也被撕破。他陡然往前彎，猛拉操縱桿向右，對著地面轉彎九十度。

眼看著，山向上飛，迎面衝過來了。感覺像我們正從桌面摔下去。就在飛機觸地的前幾秒，他往後拉操縱桿，修正方向，飛機開始停擺，航速慢到趨近零，我記得聽到樹梢掃機腹的聲響。

緊接著，彷彿這是他重複過一千遍的動作，他在山頭平降著陸。

最先觸地的是尾翼，接著是左翼。左翼撞到東西，折斷了。右翼變成近似船錨的東西，重量讓機身傾斜。就在這當兒，葛洛福讓引擎熄火。我記得的最後一幕是天旋地轉，飛機猛翻跟斗，尾翼折斷，隨後我聽見轟然巨響，艾許莉驚叫著，小狗汪汪吠，被甩向半空中。雪花灑在我臉上，緊接而來的是樹枝斷裂聲，然後是撞擊。

我記得最後見到的景象是加裝在儀錶板上的ＧＰＳ，藍藍的背景上有一團綠怪物慢慢逼近。

第四章

剛認識的艾許莉有很多方面讓我聯想到妳，也喚回了我們邂逅的那一天。

那天放學後，我站在田徑場上。天氣比現在暖和多了。我和隊友正在練四百公尺賽跑，越野賽跑隊穿越操場而來。有個女生遙遙領先，幾百公尺的後頭有一群隊友趕不上。帶頭跑的人正是妳。

妳簡直輕飄飄的。蜻蜓點水般，劃過草地表面。天上宛如有個隱形木偶師，操控著妳的四肢。我們的高中是四年制，妳唸二年級，是越野賽跑校隊，我以前曾見過妳。聽人家說，長跑是妳的專長。妳短髮俏麗，像電影《真善美》裡的家庭教師朱莉・安德魯斯。不費吹灰之力，妳躍過跑道旁邊的長椅，跳過我身邊的高欄，呼吸深沉果斷，有韻律感。就在飛躍欄架的那一剎那，妳瞄我一眼。妳的白眼球轉向右，展現中間那顆碧綠的翡翠。

妳的手腳唰然擺動，汗水飛過我的腿和肚子。我不知不覺驚呼「哇」，被欄架絆住，嘩的一聲倒地，聲音好大。就在那一瞬間，妳分心了——或者是，妳放任自己分心。妳的嘴角往上翹，妳的眼珠亮起來。隨即，妳兩腳觸地，翡翠眼消失，白眼球重現，妳頭也不回，走了。

我望著妳跑掉。妳連續跳過幾個障礙。很少繞邊跑。妳腳下的跑道隨著妳起起伏伏，對妳的上下運動造成微乎其微的衝擊。妳的注意力像雷射光束一樣集中，臉卻似乎和雷射光塔脫節，能運作自如。我好像又「哇」了一聲，因為後腦勺挨了隊友史考特一巴掌。

「想都別想。」

「什麼？」

「瑞秋．杭特。她死會了，你甭想追。」

「死會為什麼不能活標？」

「四個字。」他比手指：「奈特．凱西。」

我的視線黏在妳的背影，仍然轉不開。奈特的身影映入我腦海。他在美式足球校隊擔任中線衛，沒脖子，在舉重臥推方面破紀錄——近三年無人能比。妳越過操場，跑進旁邊的練習場，然後在女生更衣室附近不見了。

「我打得贏他。」

史考特又打我後腦勺：「痞子，你欠管教。」

但看她一眼，我就沒救了。

教練的太太在校長室上班，老想幫我拉紅線。我向她打聽妳的課程表，她欣然敲敲鍵盤，列印給我。不久後，我發現我有一股按捺不住的慾望，直想換掉第三節的選修課。但我的班導師很難被說服。

「你想改修什麼來著？」

「拉丁文。」

「為什麼？」

「因為拉丁文講起來很炫。」

「羅馬帝國倒了之後，就沒人講拉丁文了。」

「蛤，羅馬帝國倒了？」

他沒被我逗笑：「班。」

「呃……大家都應該講講拉丁文嘛。拉丁文復興的時候到了。」

他甩甩頭：「她叫什麼名字？」

「瑞秋．杭特。」

他在我的改選單上簽名，微笑說：「幹嘛不早講？」

「下次我會啦。」

「祝你將來好運。」

「謝了。」

他彎腰湊向我：「你有健保吧？」

「有啊。幹嘛問？」

「你見過她的男朋友嗎？」

我提前進教室，看著妳走進來。幸好我坐著，不然鐵定腿軟站不住。妳看著我，微笑，直線朝我走來，把課本放在我左邊的桌上，然後轉身，偏頭微笑，對我伸出一手。

「我叫瑞秋。」

「嗨。」好了，別糗我了啦，我也許是有點結巴。

記得我注視妳眼珠，暗暗想著，從來沒見過那麼綠的眼睛。大又圓。讓我聯想起《森林王子》裡的那條見人就想催眠的蛇。

妳說：「你是班．培殷。」

我愣得合不攏嘴，只能點頭。我的一個隊友在走廊上拍膝蓋取笑我：「妳認識我？」

「大家都認識你啊。」

「是嗎？」

「像你這種飛毛腿，誰不認識？」

看來，也許我爸還不算太可惡。

妳微笑著，欲言又止，搖搖頭，把頭轉開。

我也許有一點點害臊：「怎麼了？」

妳側臉轉過來，半笑說：「有沒有人稱讚你嗓音好聽？」

我用手指摸自己的喉嚨，嗓音不禁提高八度：「沒有。」我清清嗓子：「我是說……」壓低嗓門再說：「沒有。」

妳打開筆記簿，開始翻頁，小腿交叉：「呃……是真的。你的嗓音……很溫暖。」

「喔。」

那學年接下來的日子，我們純交友，因為我沒膽約妳出去玩。更何況，我怕被無頸先生劈成兩半——如果他追得上我的話。

升上高三，有天我剛到學校，離第一節上課鈴響還有大約三十分鐘，妳正好走出女生更衣室，被我遇到。妳剛沖過澡，頭髮溼溼的。

妳的眼睛瞇著，眉毛中間擠出一道深溝。

「妳沒事吧？」

妳轉身，含著淚，想往田徑場和看台的方向走，離開學校。妳緊握著拳頭：「沒事！」

我拿起妳的書包，一起踏上跑道，避談檯面上的事：「妳出了什麼問題嗎？」

妳顯得氣急敗壞：「我再怎麼跑，也沒辦法進步了啦。」

「要我幫妳嗎？」

妳皺皺鼻樑：「你能幫我？」

「可以啊。至少我認為是。」我指向越野教練辦公室：「我敢說，他幫不了妳。要是他幫得上忙，他早就教妳祕技了。」

妳半信半疑：「哼，憑你？你的眼睛比他尖嗎？」

我點頭。

妳停下來，舉起雙臂：「好啊，你看到什麼缺點？」

「妳的手臂。橫向動作太多了。應該儘量往前擺才對。而且……」我一手揮向妳的髖屈肌：「妳這地方太僵了。步伐太短。妳的腳程是很快，沒錯，不過，妳的步距應該再長一點。每步多跨兩英吋，也許能改進成績。」

妳聽了，嘴角往下掉，好像我剛笑妳穿那套衣服顯胖：「哼，真的嗎？」

我再點一點頭。我開始回頭看，提防妳男友殺過來。就我印象裡，無論在公開或私下場合，這次是我們交談最久的一次。

妳雙手插腰：「你能幫我改正？」

「改正嘛……我不是真的能。想改正，應該靠妳自己努力，不過我可以陪跑，從不同的角度看妳的姿勢，說不定可以幫妳找出能拉長步距的節奏。這就好比在人行道上跑步，遇到地面有裂縫，本能上不是儘量踩進去，就是跳過去。找個步距比妳長的人一起跑，能讓妳的頭腦同步。不管是哪種方法，不知不覺中，妳的步距就能調整過來。」

「那，你願意陪跑嗎？」

「呃……當然可以。誰能拒絕呢？」

妳雙手交叉胸前：「『你啊！』拖到現在？全校懶得理我的人只有你一個。」

我仍然頻頻回頭看。我幾乎聽得見他站在我背後，對著我的頸背吐氣：「那……五十四號球員怎麼辦？沒脖子的那個校隊。」

「大天才啊，你沒聽說嗎？我們絕交了……去年就切啦。」

「喔。」我搔搔腦袋瓜：「是嗎？」

妳搖搖頭：「在這裡，你是快人一步，沒錯」——妳一手揮向田徑場，然後戳一戳我胸膛——「可惜在這方面，我比你厲害。」

妳依然比我強。

第五章

天黑茫茫，胸痛得更厲害了。我按手錶的燈光鍵。凌晨四點四十七。墜機差不多六小時了。再等兩小時才天亮。海拔這麼高，可能更早天亮。但我現在冷得半死，能不能再撐十五分鐘都成問題。我冷得狂抖，牙齒磕磕磕打顫。葛洛福被埋在四英吋積雪底下。我的座位脫離機身，安全帶仍牢牢把我固定在座位上。

艾許莉躺在我左邊。我伸向她的頸子，觸摸她的頸動脈。她的脈搏強勁而過快，但她不出聲。四處黑漆漆，我看不見她。我摸索著周圍。遍布我們身上的是雪花和碎玻璃。我向右摸到葛洛福的睡袋，裝在伸縮包裡，繫在機長座位下面。我拉一拉，把睡袋慢慢拖出來，拉開側面的拉鏈，儘量攤開睡袋覆蓋我們。

我的動作不能太大，因為肋骨腔一動就痛得我呼吸困難。我把睡袋塞進她身體下面，讓她壓著，輕輕把她的腳丫放進睡袋尾。她有一腿歪得不太自然，顯示她的傷勢不輕。小狗過來，縮進我身邊。我再按燈光鍵，上午五點五十九，錶燈是朦朧的綠色，數字是朦朧黑。在我前方幾英呎外，推進器聳立在雪地上，被雪覆蓋，螺旋槳殘缺不全。

天剛破曉，我醒來發現，小狗站在我胸口，舔著我的鼻子。天色灰沉，大雪仍下個不停。幾英呎外的葛洛福已經大致被雪埋葬了，積雪看似一英呎深。某處有棵常綠樹拔地而起，一根樹枝伸進我的視線。我把雙手插進胳肢窩。這個羽絨睡袋有好處也有壞處。好處是，睡袋能保暖，能促進血液循環，現在的我大概不會被凍死了。反之，壞處是，血液循環加快，我的肋腔也更痛。

艾許莉仍在我旁邊躺著，不出聲也沒有動作。我再伸手摸她的頸子，脈搏仍強勁，速度緩和了一些，換言之，墜機時激增的腎上腺素已經消耗完畢。

我坐起來，想檢查她的狀況。她的臉腫脹，皮膚上有凝血，血來自她眼睛上方和頭皮的傷口。我順著她的肩膀觸診。她的肩膀腫了，好像有人塞一團襪子進她的羽絨夾克似的。她的肩膀脫臼低垂著。

我一手伸進她的袖子裡面，拉住她手臂往下拉，讓韌帶把臂骨卡回原位，讓杵臼復合。固定好後，我按摩她的關節，發現這部份鬆鬆的，能稍微側移，顯示她的肩膀以前脫臼過，幸好復原了。如果導引的方向正確，肩膀不難回歸定位。

由於我無法脫她的衣服，也不能對話，因此難以判斷她有無內傷。我兩手觸診她的腰臀。健康、精瘦、肌肉發達。接著，我觸診她的腿。右腿正常，左腿情況不妙。

飛機落地時撞上岩石，左大腿骨應聲骨折，她驚叫的原因可能就是腿骨斷了。她的大腿嚴重腫脹，可能比平常粗了一倍，把褲管撐得很緊。不幸中的大幸是，斷骨沒有穿透皮肉而出。

我知道，最好趁她昏迷期間為她接骨，但現在空間不夠用，我覺得置身在圓筒形的磁振造影機裡面，牆壁太靠近我的臉，伸展不開。我坐起來，發現機身和積雪形成一個洞穴。從某些角度來看，這樣也好。

由於墜機之後下大雪，我們被埋進雪堆，幾乎把我們團團包圍。我們等於被包進雪繭裡。這種情況不樂觀，聽起來也令人心驚，但這也意味著，裡面的溫度多少能維持在冰點上下，而外面的氣溫不知多低。更何況，躲在裡面能減少風寒。機頂是透明的壓克力窗，覆蓋一層雪，能透一些光進來，讓我不至於摸黑行動。

為了騰出空間讓我能為她接骨，我忙著挖雪，小狗則唉唉哼著，兜著圈子走，然後爬上主人葛洛福的大腿，舔走他臉上的雪花。牠想知道飛機何時才起飛。我空手扒一扒雪，只一分鐘就凍麻了，心想，空手挖不是辦法。我在葛洛福前面翻找，在機門的套袋找到一個夾紙寫字用的塑膠板，把紙拿掉，把塑膠板當成鏟子用。以板子鏟雪，動作快不起來，最後總算挖出夠大的一個平底坑，讓她躺得進去，方便我治她的左腿。

我抽走她身上的睡袋，在坑底攤平，然後抱著她，把她從座椅移進平底坑。我累垮了，索性挨著葛洛福的座椅坐著喘氣。我還不敢深呼吸，避免肋骨腔更痛。

狗在我身邊走來走去，蹦上我大腿，舔我的臉。

「喂，小子，」我低聲說。我忘記他叫什麼名字了。

休息了三十分鐘，我才養足力氣，再去救她的腿。

我坐起來，對她喊話，但她不回應——這樣也好，因為接骨勢必比骨折還痛。

我抽出腰帶，一頭纏住她的腳踝，另一頭纏住我手腕，加強施力點。然後，我脫掉左腳的登山靴，慢慢把左腳掌放進她的兩腿之間。我把自己的腿打直，緊貼她的腿，接著束緊皮帶，雙手握住她的腳。我深呼吸四五次，意識到她伸一手摸我的腳丫。我抬頭一看，發現她一眼半睜。她拍拍我腳丫，喃喃說：「用力……拉。」

我用腿推拉，拱背起來，動作一氣呵成。一陣激痛貫穿她的腦門，她驟然向後仰頭，壓抑不住的尖叫聲含糊脫口而出，隨即喪失意識。傷腿鬆了，我轉它一下，讓它自然打直，然後放手。我的手一鬆開，左腿「癱」向一邊，姿勢還算自然，和右腿相仿。

治療腿骨折有兩大要領，一是接骨要接對位，二是固定傷處，以利斷骨癒合。兩者都不容易。骨接好後，我開始找支架來固定。我頭上掛著兩根斷掉的機翼支架，長三英呎多，和我的食指差不多粗。左翼被撞斷時，機翼支架也被扯成兩半。我握著金屬支架折來折去，讓金屬疲乏，最後斷了。

登山時，我常帶兩把折疊刀，一把是瑞士軍刀，另一把是能固定的單鋒折疊刀。這兩把刀在機場安檢無法通關，所以被我收進背包托運，而背包目前躺在機腹裡，在我們後面，大部份被埋在雪堆裡，只露出一角。我撥掉雪，找到拉鏈，伸手進去摸索，兩把都找出來。

我這把瑞士軍刀包含一大一小兩支刀。我用小刀劃破艾許莉的褲管，從大腿割到腰。她的腿腫漲不堪，大腿大部份有烏青的現象，有些地方甚至呈深紫色。

兩座椅的安全帶都能從肩膀斜束身體，配備典型的快速鬆脫扣環。安全帶的束帶有兩條，我把安全帶拆下來後，以束帶固定我剛從機翼折斷的「棍子」，扣環雖然粗大，卻能給我鬆緊骨折支架的自由。我用支架包住她的傷腿，好好纏緊束帶，讓扣環壓在大腿骨動脈的正上方。

然後，我從行李取出一件T恤，割成兩半，緊扭成直管狀，接著把這兩管壓進扣環左右下方，減少動脈的壓力，讓傷腿有充份的血液循環，能促進復原。

被我這樣動來動去，她高不高興，我不清楚，但最後這步驟絕對會讓她痛恨我。我在斷骨周圍堆雪壓緊，以利消腫，卻又不至於讓體溫下降。

我再往背包深處摸索，找出一條聚丙烯衛生長褲，也找到一件我在山上穿的羊毛衣。這件羊毛衣有點襤褸，但裡面有一層防風織，即使毛衣溼了也能保暖。我脫掉她的羽絨夾克、褲裝的外套、上衣、胸罩，檢查她的胸部和肋骨，看看是否有內傷的跡象。不見瘀青浮現。我幫她穿上我的衛生褲和毛衣，衣褲雖然大她幾號卻乾爽溫暖。然後，我為她穿回羽絨夾克，但不把她的手穿進袖子。我把睡袋鋪在她身體下面，把她裹成木乃伊，只有左腿外露。接著，我把她的左腳墊高、蓋好。

人體有半數的體溫從頭部逸散，所以我從背包取出一頂羊毛豆豆帽，套住她的頭，向下拉，遮住耳朵和額頭，露出眼睛。我可不希望她醒來誤以為自己死了或瞎了。

讓她乾爽溫暖後，我才發現自己的呼吸多淺、脈搏多快，肋腔也痛得更厲害了。我穿夾克，在她旁邊躺下來取暖。小狗一見我躺下，立刻跨過我的腿，原地兜兩圈，伸長鼻子找著尾巴，在我們之間做窩趴下。看樣子，他以前做過這種事。我望向另一邊，看著被雪埋葬的葛洛福。

在我閉眼的一瞬間，艾許莉的左手從夾克伸出來，手指碰觸我手臂。我趕緊坐起來，正好看見她的嘴唇嚅嚅動，但我聽不懂她想講什麼。我彎腰湊近一些。她的手指捏捏我的手掌，嘴唇又動一動。

「謝謝你。」

第六章

天亮了。大雪仍嘩嘩落，我呼吸時吐出一團團煙。四處也顯得靜悄悄。彷彿有人按了靜音鍵，為全世界消音。

艾許莉的狀況凶多吉少。她可能有幾處內傷。她的肩膀脫臼，大腿骨折，全被我接合了，但獲救之後，她的傷處需要照X光，大腿也需要動手術。我為她的大腿接骨時，她痛得昏迷了，一直睡到現在還不醒。囈語喃喃。

她的手臂、臉部、頭部有幾道撕裂傷，但除非不得已，我不想再移動她。她如果不醒，如果不應聲，我就無法幫她縫合傷口。我的椅背掛著一件飛蠅釣客穿的背心，單線纖維（monofilament）多的是，可充當縫線。

機長葛洛福死了。咦，我提過了嗎？我不記得了。他心臟停了，竟然還能讓飛機降落，本事未免太大了。能讓飛機落地卻能保住乘客性命，簡直稱得上是英雄的壯舉。

我呢？

我斷了幾根肋骨。大概三根吧。吸氣時疼痛像被刀捅。我也可能有氣胸的現象。這地方的海拔超過一萬一千英呎，所以呼吸當然不像平地那麼輕鬆。

我反覆思考著獲救的可能性多高，但我再怎麼推演，也覺得不可能等到救兵。上飛機之前，我們沒告訴任何人。照規定，葛洛福不必提出飛航計畫。飛機上有乘客，他也沒有告訴任何人，所以塔台根本不知道我們搭上飛機。

從側面看，葛洛福有點像我爸。或者說，像我爸的其中一面。只不過，葛洛福給我的印象是他比較慈祥一些。

有人說，我爸是個王八蛋、控制狂；也有人說，有這麼盡心的父親是我的福氣。講這種話的人假如住進我家，保證連一天也熬不下去。我媽投降了。她被我爸虐待，藉酒澆愁，而我爸處心積慮，掌握了夠多證據，讓她再三進出戒酒中心，一間換過一間，他以這理由終生剝奪監護權。他很少吃敗仗。我不太清楚整件事的全貌。他准我跟她講電話：「佛利伍麥克合唱團」有一首歌，主題是皮革與蕾絲相輔相成。我爸揮起皮鞭來，絕不手軟。我們家裡找不到蕾絲——直到妳爬窗戶偷偷進我房間。

每天，他在清晨四點五十五分開燈，限我五分鐘之內穿好衣服，在後門站好。我穿運動短褲、跑鞋、兩件長袖運動衫。

「路不會自己跑啊。懶骨頭，還不快滾下床。」

「是的，父親。」

多數晚上，我穿著運動裝睡覺。記得妳第一次溜進我房間，拉拉我肩膀。妳的表情好訝異：「你睡覺幹嘛穿這麼多衣服？」

我看時鐘，然後望向門：「妳再待個四小時，就知道為什麼。」

妳搖搖頭：「謝了，我才不要。」妳發現我穿兩件運動服，問我：「你不熱嗎？」

「習慣成自然。」

妳拉一拉我：「快啦，我們離開這裡。」

跑到海灘救生站然後折返，總共六英哩。為什麼規定我跑六英哩？我不知道原因，總之他的規定就是這樣，他說這是我的熱身運動。我倒懷疑，最大的原因是救生站附近有間甜甜圈店。我想作弊也不可能，因為他會開車去甜甜圈店，靠窗戶坐著，一手端咖啡，另一手拿甜甜圈，盯著海邊看，桌面擺著一張紙，等候我拖著腳步跑上海灘、拍救生員的紅椅一下，計時。如果我進步幾秒，他會把甜甜圈吃完，趕在我之前回家，不稱讚我一聲。但是，如果我成績退步，他會衝出店門，對著沙灘上的我咆哮：「退步七秒！」或「退步二十秒！」

我學會了在心中捏算跑步成績，監測、衡量自己的努力和速度。恐懼感使然。

我折返回家時，他會在海灘上等我，允許我把兩件運動服都脫掉，然後開始練速度。星期一練六百六十公尺，跑十二趟。星期二練五百五。星期三練三百三。以下類推。我只在禮拜日休息一天，但我覺得苦甜參半，因為轉眼又是星期一了。

練習的結尾總是加速跳繩、仰臥起坐、捲腹、伏地挺身、健身球，凡是他想得出的酷刑，我都非做不可。他常拿著一枝竹子，平舉在我的膝蓋上方。

「再高一點！」

我的膝蓋抬得再高，他也不滿意。

他會搖搖頭，輕聲說：「苦，代表『弱』正從你體內流失。」

我舉著膝蓋站著，凝望海灘，暗罵著：「那好啊……換你來流失一下。我的『弱』快流光了。」

在他的屋子裡，我流失很多苦。

每天到了早上七點，我已經跑了七到十英哩，視當天是星期幾而定。然後我去上學，猛趕瞌睡蟲，然後去練田徑，或跟越野隊一起跑，跟我在家的磨鍊相比，根本是易如反掌。

我爸公司裡有五十個交易員，全歸他管，如果有誰沒盡到本份，一定被他炒魷魚，毫不留情。股市在下午四點停止交易，所以他會在四點十五前後回家，領帶鬆開，戴著墨鏡，拿著碼錶，皺著額頭，從圍牆裡面瞪我。

沒錯，他的確是很盡心。

高一那年，四百米我以五十點九秒奪魁，四百米四人接力我跑最後一棒贏了，一千六百米也以四分二十八秒勝出。我成了全州三冠王。

開車載我回家的路上，我爸一句話也沒說。沒有慶祝大餐，不放我一天假，沒有親子溫馨交心。他把車子停好：「五點很快就到了。如果你想在高四之前突破四分鐘，非苦練不行。」

我內心忽然醒悟，對我爸而言，我跑得再快，永遠是昨天的事，而且，成績再好也不夠好。

在課業方面，他不准我拿B。如果拿到A-，會挨他罵：「跟B+沒兩樣嘛，你最好再給我加強。」我的朋友沒幾個。不在學校的時候，我除了睡覺時間外，全在練跑。

升上高二了。我跑破全州和全國的幾個紀錄。我未必因此躍升全校紅人——紅人榜全被美式足球員包辦了。不過，在同領域的師生之間，我倒也算小有名氣。例如，越野賽跑選手也注意到我了。

例如妳。

妳跑進我生命中，以歡笑、光輝、奇蹟，照亮我的天地，熱情歡迎我。妳從我身邊奔騰而過，目光投向我，匆匆瞄一眼，指尖揮著汗，而我好想洗個澡，沖刷掉我爸投下的陰影，沐浴在妳的暖洋裡。

在很多方面，他造就了我，鍛造了我。我明白這一點。但是，我爸以苦來清除我的痛，在我心中留下一片空虛，讓我飽受折磨。妳對我澆暖水，盈灌我身心。有生以來，我首度無痛無苦。

妳賜予我一個他從未給過的大禮。愛，沒有碼錶的愛。

第七章

我醒來，天黑了。我按手錶的燈光鍵，半夜十二點零一分，睡掉整整一天了。我接著看日期，一會兒才豁然明白。應該說是睡掉兩天，我們連續昏睡了三十六小時。

十億顆星星低頭看著我，近到我伸手可及。綠色大怪獸走了，身後留下厚厚一層白毯。月娘在我左肩上空露臉，大到空前絕後。我瞇眼看，我左邊有一座高山，如果我爬得上去，就能一腳登陸月球漫步。

睡意再起，我惦記著一件事：飲食，短時間內非想辦法不可，水特別重要。如果艾許莉傷口發炎，最好讓她的腎臟有事可忙，所以最好幫她補充水份。休克會耗損大量水份。或許我少了一分警覺心，我其實也處於休克狀態，從墜機到現在一直靠腎上腺素支撐。明天一定很難熬，尤其是在這種高海拔地區。如果能開ＧＰＳ，我可以研究看看這是什麼地方，因為我沒傻到以為救兵會來。

我把所有事實匯整一下。我們沒通知任何人，就算有人知道我們搭上小飛機，以葛洛福的估算，我們的航道因強風偏移了至少一百五十英哩。這地方偏遠，即使出動搜救隊地毯式搜索，找幾星期才走得到。假如從空中搜救，就算知道方位，就算知道該找什麼，我們也早該聽見或看見了；可惜沒有。或者，更慘的情況是，搜救飛機來過，都怪我們睡死了，沒注意到。我們唯一的生機是那具緊急定位發報機。

日光照亮一大片藍天。我想動一動，渾身卻硬梆梆，連抬個頭都痛。出過車禍的人都能體會，車禍受的傷很痛沒錯，但事後兩三天，大痛才會真的纏身。我坐起來，靠在一塊露在雪堆外面的巨岩。從這山岩的位置來研判，打斷艾許莉大腿骨的真兇可能就是它。

大白天，有幾分能見度，我能看清楚周遭，能推測飛機的遭遇。飛機著陸時，我們撞上大約八英呎深的積雪，也撞到幾棵樹和一塊巨岩的側面。飛機快著陸時，左翼被樹或凸岩扯斷，飛機因此右重左輕，右翼往下墜，再受到一次撞擊，因而翻轉。滾到第三或第四圈時，右翼又被勾到，殘缺的機鼻因此戳進雪地，轉了半圈，進而把機身掃向另一塊凸岩，很可能是我的頭旁邊這一塊。岩石撞壞了機身的一邊，艾許莉的腿因此骨折。最後，還算完整的機身被埋進岩壁旁十英呎深的積雪，旁邊有幾棵看似從石縫長出來的樹。

先談壞的方面。葛洛福的飛機雖然漆著鮮豔的黃色和藍色，可惜除了左翼之外，所有部位全被埋進幾英呎深的雪地，搜救堪稱大海裡撈針。何況，尾翼已經被巨岩撞個稀爛。我只找到黃橙橙的塑膠碎片，沒找到緊急定位發報機，因此不會有 122.5 頻率的訊號，不會有三角定位，救兵不會來。這樣的現實難以下嚥，我不知如何對艾許莉傳達。

硬說有好消息的話，也只有一個：被埋進雪地的我們大致能免受天候侵擾，否則早已失溫斷氣。攝氏零度總比零下三十五好。

艾許莉躺著熟睡，臉色潮紅，很可能發燒，也很可能表示她傷口發炎，兩者都不是好現象，但都在我預料之中。我應該讓她補充一點水份。

我拼了老命也只能匍匐前進，所以我翻滾到我的背包旁邊，挖出露營爐，從雪洞外捧幾把剛下的粉雪，塞進燒水壺，開露營爐，藍火向上噴發，融化壺中雪。雪一面融，我一面再添雪。不知是燒水的聲響，或是我的動作吵醒她。她的臉浮腫，眼皮只能撐開一小道縫，下唇肥大。現在是大白天，我應該及時清理她的傷口，該縫的地方就縫幾針。

我端一杯溫水到她唇邊：「喝吧。」

她小口喝著。我背包裡有一罐止痛用的成藥安舒疼（Advil），我迫切想倒四顆給自己吞，但我知道她比我更痛，接下來幾天比我更需要鎮痛藥。我在背包的側袋找到藥罐，倒四顆進手心，拿一顆到她唇邊：「吞得下嗎？」

她點頭。我放藥丸在她舌頭上，她閉嘴吞下去。同樣的步驟再重複三次，慢慢來。裹住傷腿的雪早已融光了，可能一度消腫的部位現在又腫起來。有腫就有痛，如果能讓傷腿小一號，就能減輕疼痛。止痛藥和雪堆一內一外，夾攻傷腿。我輕輕以雪覆蓋她，摸她腳踝的脈搏，以確定血液循環順暢。我持續握杯子到她唇邊，直到她喝完整杯為止。這表示她喝了八盎司，我今天的目標是再餵她喝五杯。四十八盎司的水份一定能喚醒腎臟盡本份。

我為燒水壺添雪，倒水入杯，自己也補充一些水份。艾許莉強迫眼睛睜開到腫眼能允許的限度。她環顧雪窟，看看飛機僅剩的部位，看看小狗、破掉的衣褲、腿上的支架，然後視線落在葛洛福的遺體，定睛一分鐘，接著移向我：「他已經…？」

「飛機落地之前，他就走了。心臟吧，我猜。真不曉得他怎麼有辦法降落。」

她伸手，指尖在頭臉爬行。她的表情變了。

我緩緩拉她的手下來：「我需要幫妳縫幾針。」

她的喉音沙啞：「今天禮拜幾？」

我簡短敘述整件事。我講完後，她不發一語。

我翻找葛洛福的飛蠅背心，找出一些纖細的單絲纖維。我從背心摘下一個飛蠅鉤，清除掉模擬蒼蠅的所有裝飾，裡面是一個沒有倒鉤的魚鉤。我想把魚鉤拉成近乎九十度，卻愁無工具可用。

葛洛福的皮帶。

我伸手進積雪，深入他的腰間，摸到他的 Leatherman 萬用工具鉗。皮套裹著工具鉗，掛在皮帶上，我撥開皮套上的釦子，被凍僵的遺體完全不動。應該埋葬他才對，但我急著幫艾許莉縫傷口，也想找糧食。有空再埋吧。

我把魚鉤扳成縫傷針，以單絲纖維為縫線，穿進針眼，用鉗子儘量把針眼壓平。我回頭看艾許莉時，淚水正從她臉上滑落。

她說：「他太太一定正在擔心他。」

我們仍未談到自身的困境。進退不得的那部份。我從行醫和登山領悟到的道理之一是，遇到多重危機的時候，最好一次針對一個突破。下一個是她的頭和臉。

我拿著萬用工具鉗，在比艾許莉躺的平底坑還低的雪地，另外挖個平底坑。平常在醫院，我對病人開刀完，總習慣去病房探望病人。通常，我會推一張不鏽鋼的滾輪板凳進去，在病床邊坐下，放低我的身段，讓病人不必抬頭看我。剛出手術房的病患可能注意過，抬頭看是高難度動作。我就注意到了。在艾許莉身邊再挖個比較低的坑，用意就在這裡。也許這和對待病患的態度有關。

強風陣陣颳，吹得樹枝猛刮著壓克力窗。我終於挖得出背包裡的睡袋了。我把睡袋鋪在她旁邊的平底坑，總算不必再跟她同蓋一個睡袋。

我舉杯到她唇邊，她啜飲著。我擦掉她臉上的淚水：「哪裡痛？」

她瞥向葛洛福的遺體：「他。」

「另外呢？」

「我的心。」

「心臟或心情？」

她的頭往後仰：「我盼結婚盼多久了，你知道嗎？我好期待婚禮，甚至老早就開始籌劃，簡直是……從小就等這一天。」

「身體呢？哪裡痛？」

「從頭到腳。」

「我還會再弄痛妳。我需要幫妳縫幾針。」

她點頭。

三個傷口。第一個在她頭上，要縫兩針，比較不痛。第二個從她右眼正上方延伸到兩眉中間。一道舊疤痕也被撞裂了。我拿鉤針刺進去，說：「這裡有個舊疤。」

「全國錦標賽。那年我十八歲。被對手的旋踢踹中。我措手不及。」

我綁好第一針，繼續縫第二針：「妳被擊倒了？」

「沒有。我倒是氣炸了。」

「為什麼？」

「因為我知道，高年級舞會相片裡的我會很醜。」

「那妳怎麼辦？」

「我用後旋踢踹中他，緊接著祭出雙腳旋踢，最後補上一招下壓踢，把他打成蟑螂姿。」

「蟑螂姿？」

「被打得站不起來的對手，倒地成什麼姿勢，我們都有專用的形容詞。」

我繼續問，引她分心：「什麼樣的形容詞？」

「海豚姿、白人舞姿、蟑螂姿等等。」

我綁第三個結，剪線，下巴指一指她的眉毛：「我縫的幾針只算ＯＫ繃，能撐到我送妳去醫院，請個高明的整型醫師再處理。」

「我這個美美的雙棍支架怎麼處理？腿痛死了我。」

「我已經盡力了。骨是接好了，不過沒有照X光，很難判斷有沒有問題。我剛說過，等我送妳去醫院，照幾張，就能檢查看看。如果沒接好，我會向院方提出建議，相信他們也會同意。我會建議讓妳恢復骨折狀態，然後送妳幾個禮物，讓妳以後通過安檢時觸動金屬警報。無論需不需要重新接骨，妳都能完全康復。」

「你剛連續講了兩次『去醫院』。你真的認為救兵會來嗎？」

傾斜的機翼和八英呎深的積雪形成雪窟，上方的破洞露出藍藍的天，我們向上看，見到一架民航機定速飛行，高度大概三萬英呎。墜機至今將近六十小時了，我們除了自己的講話聲、風聲、樹枝搔刮聲，完全聽不見其他聲響。飛機飛那麼高，我們也聽不見聲音。

我搖搖頭：「我們是看得見飛機，不過我確定他們看不見我們。墜機的所有跡象全被埋進三英呎厚的雪了，七月融雪之前不會曝光。」

「墜機不是會發出SOS之類的訊號嗎？」

「會是會，不過，發出求救訊號的機器被撞爛了，碎成一千多片，撒在我們四周。」

「你可以爬出去，拿著衣服或什麼東西揮一揮吧？」

我嘿嘿一笑。好痛。我抱腰。

她的眼睛瞇成一條線：「怎麼了？」

「斷了兩三根肋骨。」

「讓我看看。」

我把上衣往上拉。我不曾在白天檢查自己，心想現在瘀青應該很明顯了。果然，左側肋骨架表皮是深紫色一片：「只在呼吸時才痛。」

我們相視哈哈大笑。

她向上看著我，頭不動，我則在她手臂上打第六個結。她的表情多了一分憂慮：「我在這種鬼地方躺成這樣，你在幫我縫傷口，我們居然還笑得出來，我真不敢相信。你想，我們腦筋是不是有毛病啊？」

「很有可能。」

我把注意力轉向她手臂外側。在沒有脫臼的這邊肩膀上，不知是岩石或樹枝，在皮膚劃出一道大約四英呎長的傷口，幸虧她命大，飛機停止時，她喪失意識，而且肩傷被雪壓住，雪和壓力有助於止血。這道傷口少說需要十二針：「妳的手給我。」她伸手：「我想把妳的手臂拉出袖子。」

她慢慢收手，臉皮縮緊：「對了，我身上這件帥襯衫是哪來的？」

「我昨天幫妳換的。妳衣服溼了。」

「那件是我最愛的胸罩啊。」

我指向我左肩膀後方：「等它乾了，妳就能穿回去。」

她自己也不知道手臂有長長一道割傷。她低頭看：「怎麼來的，我都不清楚。」

我解釋雪和壓力的作用，再綁一個結。

她看著我縫傷口，講話時不看我的臉：「你認為我們有多少機率？」

「妳講話不喜歡拐彎抹角，對吧？」

「何必拐彎抹角呢？多哄幾句，又不能快一點救我們出去。」

「有道理。」我聳聳肩：「讓我先問妳幾個問題。上飛機前，妳有沒有通知任何人？」

她搖搖頭。

「沒發電郵？沒打電話？什麼都沒有？」

再度徐徐搖頭。

「所以說，整顆地球上，沒有人曉得妳坐上包機、想飛去丹佛？」

最後再搖頭。

「我也一樣。」

她低聲說：「我在想，大家都以為我還在鹽湖城，至少到昨天，大家都這樣以為。現在，大家一定在找我我的下落。可是，往哪裡找呢？大家只知道，我領了住宿券，正想去住飯店。」

我點頭：「根據葛洛福的說法，我抓破了頭，也想不出有誰基於任何理由會來找我們。這一趟沒有提出飛航計畫，官方找不到紀錄，而且根據葛洛福的說法，按照目視飛行，他沒必要提出飛航計劃。最妙的是——其實也是我最喜歡的一項——妳和我，兩個專業人士，唸過的大學加研究所，總計差不多二十年，搭飛機前，竟然連個鬼都沒通知。」我停頓下來：「就好像這趟航程根本不存在似的。」

她凝視著葛洛福：「是存在啦，錯不了。」她頓一頓，視線向上瞟：「我本來以為，這一趟很快就飛到丹佛了，我既可以超前暴風雪一步，也可以交兩個新朋友，然後人生一切如常。」

我剪線：「艾許莉，我是真的很對不起妳。」我搖搖頭：「妳本來能享受手腳美甲之類的呵護，好好為預演晚宴準備。」

「不用道歉了。」她搖頭：「你本意是好的，用不著自責。你主動邀我，我當時很高興。」她環視周遭：「現在高興不起來了，不過當時是。」她把頭放回原位：「照行程，我本來要帶幾個姐妹淘去享受SPA和按摩。現在不是很流行熱石按摩嘛？我沒享受到，反而躺在冰雪上，而且只有一顆石頭……」她朝我背後的巨岩損友示意：「沒有暖意。遙遠的地方有一套禮服等不到女主人，有一個等不到新娘的新郎。」她搖搖頭：「那套禮服花了我多少錢，你知道嗎？」

「禮服總有一天會等到妳的。新郎也是。」我舉杯到她嘴邊，她啜飲最後一口，喝足了二十四盎司：「妳的幽默感難能可貴。」

「呃……如果我告訴你，我想小便，你還會覺得好笑嗎？」

「從某個角度來看，想小便是好事。」我看著睡袋和不良於行的她：「從另一個角度，就不太好。」

「我們應該從哪個角度看？」

「無論怎麼看，總要想個辦法讓妳小便時不至於對傷腿施壓。」我四下看一看：「假如有尿管，該有多好。」

「唉，別提了。我最怕那種東西了。我的那邊是只許出、不許進的地方。」

我從背包取出 Nalgene 水壺，放在她旁邊：「好吧，就這麼辦。」

「有苦頭等著我吞，對吧？」

「總勝過替代方案。而且，妳可以躺在原地。不過我非幫妳不可。」我掏出瑞士軍刀，露出刀鋒：「我想把妳的褲裝向上一路割到腰，這樣妳能繼續躺，有東西可遮。然後，由於妳壓著十二英呎深的雪，我想在妳屁股的正下方挖個窟窿，大到我能伸手拿這水壺進去。然後，我們一起脫掉妳的內褲，妳就對準這水壺小便。」

「你說的對，的確是苦頭。」

「我們需要測量妳的排尿量，而我也需要目視尿裡有沒有血。」

「血？」

「內傷。」

「這麼多了，還不夠啊？」

「多什麼？外傷嗎？」

她點頭。

「對，不過，我們有必要確定一下。」

我割開她的長褲，移向兩旁，在她下面掘雪坑，然後一手握著水壺，她以完好的一手稍微撐起身體，不改變傷腿的位置。她看著我：「可以尿尿了嗎？」

我點頭。她開始解決內急。

她搖頭：「跟別人在一起做這種事，糗死了，我一輩子很少這麼尷尬。」

「我的專業是骨科加急救，不必檢查病人尿液的日子很少有。嚴重時甚至要插尿管。」

她皺臉，縮縮脖子，尿停了。

「妳還好吧？」

她點頭：「腿痛而已。」她放鬆，又繼續排尿，空壺裡響起嘩嘩水聲。一秒後，她說：「你的手指頭好冷。」

「我講一句也許能安慰妳的話：我的手指冰到不能吃豆腐了。」

「哇，我如釋重負。」

我試著轉移她的注意力，避免她尷尬：「我在急診室遇到的傷患多數受過重創，這表示他們發生意外，通常是遭受過強力撞擊，有內傷，可能會發生血尿的現象。」

她看著我：「你是想安慰我吧？」

我舉起水壺，細看尿的顏色：「對。」

她看著我，然後看水壺：「好多尿。」

「對，顏色也不錯。」

「被人稱讚尿尿的顏色，大概是我這輩子頭一次，我不太曉得該做何感想。」

我協助她穿好衣服，把睡袋鋪回她身體下面的雪地，然後把她蓋好。在這過程中，她的肌膚和我接觸。儘管我身為她的醫師，我並非沒注意到她的胴體、她的無助。

我想起瑞秋。

一切完畢後，她打著哆嗦，我的肋骨則痛得像被針錐形高跟鞋踩到。我躺下，辛苦地喘息著。

她對我說：「你有沒有吃止痛藥？」

我搖頭：「沒有。」

「為什麼？」

「老實說，妳別以為妳現在已經很痛了，更痛的時刻還要等三、四天。我帶的止痛藥只夠妳撐一個禮拜。吃完後，妳只能自求多福了。」

她點頭：「醫生叔叔，我喜歡你的思考方向。」

「我背包裡，另外有兩三顆強效處方麻醉藥，不過我想留到今晚妳失眠才給妳。」

「聽你這樣說，簡直像你以前遇過這種事。」

「瑞秋和我喜歡健行。我們學到的教訓之一是，就算有規畫有希望，知道行程，知道哪天要走多遠，但是決定行程的其實是條件和狀況。所以，多準備一些準沒錯，揹得動就儘量多帶。」

她斜眼看被半埋在積雪裡的背包：「裡面有紅酒嗎？」

「沒有，不過妳想喝的話，我可以調一杯琴湯尼請妳。」

「那就太棒了。」她瞄自己的傷腿：「我的腿怎麼有這玩意兒，說明一下吧？」

「在其他科的醫師眼光裡，骨科醫師具有木匠的本事，我恐怕就屬於這一類。好消息是，妳這支架相當有效。至少短期而言是。妳雖然不能自由活動，只有在我移動妳時，妳才能換位子，但這支架卻能避免妳做出傷身的動作，能幫助妳保護骨折處。如果大腿或小腿腹勒得太緊，告訴我，我可以幫妳鬆綁。」

她點頭：「目前痛得像被鐵錘打中。」

我掀開睡袋，露出她的傷腿，在骨折處的下面和兩側再裹一些雪：「雪敷能加速康復，痲痺疼痛，我會再幫妳雪敷幾天。唯一困擾是，妳勢必覺得很冷。」

「勢必？」

我蓋好水壺，開始爬向光明的外面：「我想四處看看，倒乾這水壺。」

「好。我會稍微打掃這裡面的環境，說不定會訂個披薩或什麼的。」
「我喜歡義式辣香腸。」
「吃不吃鹹魚？」
「一概不吃。」
「了解。」

我爬到殘缺的機身外面，鑽過機翼下，繞過一棵樹，進入陽光裡。氣溫可能攝氏零下十度左右。我原本預料會碰到更糟糕的天候。我聽人說過，乾冷總比溼冷好。但在我字典裡，冷就是冷。零下十二度就是零下十二度。確實是幾度，我不清楚。

我站的是墜機的地方，雪被壓得比較硬，腳一踏出這範圍，竟然一踩就陷入深及下體的積雪區，胸部承受這麼一震，我猛咳起來。我強忍住喊痛的慾望，恐怕不是很成功。

艾許莉的嗓音飄出機身：「你沒事吧？」
「還好。只但願有雪鞋可穿。」

我倒掉壺中尿，儘可能眺望，到處只見山與雪。這裡似乎是一座高原，我左邊有幾座較高的山峰，但其他地方多半不是平地就是山下。這意味著，此地海拔高過我的估計，也許有一萬一千五百英呎。難怪呼吸這麼困難。

看夠了。我爬回機身，癱在她身旁的平底坑。

「怎樣？」她問。

「什麼也沒有。」

「沒關係啦，你可以對我實話實說。我能接受。講吧，不必拐彎抹角。」

「葛洛福說的沒錯。與其說這裡是地球，倒不如說是火星。」

「快啦，講真話，不必加一層糖衣。別人常對我直來直往，我習慣了。」

我望向她坐著的地方。等著。

「太……壯麗了，等不及帶妳出去看，景觀實在是……三百六十度全景，是妳一輩子沒見過的景象，千載難逢的美景。我已經搬出兩張庭院椅了，過幾分鐘，有個矮子會端兩杯插著小傘的飲料過來。他說他要回去加冰塊。」

她鬆懈下來，頭躺回原位，露出燦爛笑容，這是受困雪地裡以來頭一次：「害我窮擔心了一陣。聽你這麼一說，情況沒我想像的那麼糟，我很高興。」

從這反應，我隱隱察覺，在我認識的人當中，很少有像艾許莉．諾克斯這麼堅強的人。她躺在雪地上，半死不活，承受著多數人一生都沒嘗過的痛苦，還眼睜睜錯過自己的婚禮，更何況，我們沒有理由指望獲救。想活著走出去，我們只能自力救濟。遇到這種情況，多數人到這關頭會恐慌、絕望、語無倫次，而她居然還能一笑置之。更厲害的是，她還能逗我哈哈笑。而我，已有好一陣子沒開懷笑過了。

我累壞了。我需要食物，需要休息，但我休息後才有覓食的體力。我擬定一套計畫。

「我們需要食物，但我現在沒力氣找吃的東西。明天再填肚子吧。現階段，我想生火試試看，希望不要融化周邊的雪壁。這樣一來，我們能繼續喝溫水，儘量保存我的體力。」

「我贊成生火。」

「搜救人員常勸民眾，千萬不要離開失事的地方。是有道理沒錯，不過我們墜機地點在高山上，海拔真的很高，呼吸到的氧氣比平地少一半，而妳和我都需要氧氣來養傷。尤其是妳更需要。明天……或者後天，我會開始想辦法下山。也許先探路試試看。現階段呢…」我扭轉螺絲，把加裝在儀錶板上的GPS卸下來，拔掉插頭。

「趁這東西還有電，我想了解一下方位。」

她凝視著我：「你怎麼懂這麼多東西？我是說，假如你不懂怎麼辦？」

「我小時候，我爸發現我跑得比多數小孩快，對我這項天份熱衷起來，成了他的執著——以他的說法，這是他『存在的理由』。我後來慢慢恨他這一點，因為我跑再快，總被他嫌不夠快。他老是拿著一根很像碼錶的棍子測量我。瑞秋和我自立以後，我們深受高山的吸引。以前和現在的我，肺和腿都很強，所以我們一有機會離開學校或田徑場，就開始選購登山用具，週末全在山上渡過。我大概是學到了一兩件本事。我們兩個都是。」

「改天我想認識她。」

我微笑：「當然……童軍的訓練也有功勞。」

「你是童子軍？」

我點頭：「不想被我爸管，童軍是我呼吸自由空氣的唯一機會。他認為，童軍能給我一些必備的訓練，不必由他親自教我。他只負責接送。」

「你升到哪一級？」

我聳聳肩。

她低頭，以不敢置信的表情看我：「喔，你升到了那種……隼級或鶚級或……」

「差不多。」

「快講嘛，到底是什麼級？」

「鷹級。」

「對……就是鷹級童子軍。」

我意識到，聊天能讓她分心消痛。

她躺回雪地，喃喃說：「你一定贏了不少徽章。這下子，我們大概能驗收一下，看你能不能學以致用。」

「對。」我按GPS的啟動鍵，螢幕閃了一閃。

她的眉宇擠出一道皺紋：「童軍有沒有發電子儀器知識方面的徽章？」

我敲一敲GPS：「沒有。我認為只是氣溫太低。可以放進妳睡袋暖一暖嗎？」

她拉開睡袋，讓我把GPS輕輕擺上她的大腿：「如果太冷，電子器材裡的電路會受影響。加溫可以叫醒它。」

「我未婚夫文森對這些東西一竅不通。假如他也上這架飛機，掉到這地方，他一定會急著找最靠近這裡的星巴克，咒罵這裡沒有手機訊號。」她閉上眼睛：「現在能有一杯咖啡喝，該有多好啊。」

「我或許幫得上忙。」

「你該不會帶咖啡來吧？」

「我有三種癮：跑步、登山、熱騰騰的好咖啡。熱愛的程度不一定是這順序。」

「我能出一千元，向你買一杯。」

Jetboil露營爐的確是登山科技的一大發明，僅次於指南針。說不定可算是最重大的發明。當然，羽絨睡袋也相當高明。我捧雪塞進燒水壺，開火，在睡袋裡翻找我用夾鏈袋帶來的咖啡。好消息是，我找到了。壞消息是，咖啡所剩無幾。省著點喝，頂多只能煮幾天。

我從背包裡抽出咖啡，艾許莉看見了。

「班・培殷……你收不收信用卡？」

「妳也愛喝咖啡？情緒跌到谷底了，還重視這種東西，人類真奇妙。」

Jetboil公司也生產一種濾壓器，只要多花幾元，就能瞬間把燒水壺變成法式濾壓壺。我已經用過不下一百遍了，每次總是讚嘆它構造雖簡單卻好用無比。水滾了，我算準水量，倒咖啡進去浸透，然後倒一杯給她。

她用健康的一手捧著杯子，舉在鼻子下面。她笑得真誠。看樣子，此刻的她能暫時推開重重壓迫她的外界。我逐漸領會，幽默是她驅散苦痛用的武器。我見過其他人也以幽默感對付難題，通常，這種人以前受過心傷，所以拿幽默或諷刺來掩飾，讓自己分神。

她越來越痛了，痛上加痛。我只帶兩、三顆強效處方止痛藥波考賽特（Percocet），但她今晚非吞一顆不可，或許接下來幾夜也一樣。她上次服成藥止痛是六小時前的事了，我用凍僵的手指，笨拙地開藥罐蓋，倒四顆成藥進掌心，遞給她服用。她一口吞下，繼續捧著咖啡嗅。

她享受著溫馨時刻，低聲說：「咖啡能製造這麼溫馨的時刻，太神奇了。」她把杯子傳給我。我啜飲一口。她說得對，的確很棒。

她以下巴指一指她的公事包：「你能幫我找東西嗎？那裡面有一包綜合乾果，是我在機場天然零嘴店買的。」

這包裡面不但有多種堅果仁，也有鳳梨乾和杏桃乾，重量可能有一磅。我遞給她。我們各自倒一把出來，細嚼慢嚥著。

我點頭：「我相信這是我嘗過滋味最美的綜合乾果。」

我餵狗吃一把。他嗅一嗅，然後狼吞掉全部，搖著尾巴，求我再給。他挨著我，前腳踏上我胸部，鼻子朝天嗅。

「怎麼向狗傳達『不給你了』？」

她笑說：「憑個人造詣吧。」

我再倒一小把給他，他吃完後又討著吃，被我推開。我說：「不給了。」他悻悻然轉身，蜷縮在艾許莉睡袋旁。

我們默默坐了半晌，喝掉一整壺，喝完後，她說：「咖啡渣留著，我們可以再泡一次。走投無路時可以嚼。」

「妳的咖啡癮不是蓋的。」我按啟動鍵，GPS亮起來了：「妳的公事包裡，有沒有寫字板或紙之類的東西？」

她點頭：「應該就放在前面。」

我抽出一面黃紙寫字板和一枝筆，叫GPS顯示目前方位，儘可能照GPS畫地圖，把幾度幾分的座標也詳細抄下來。我的畫圖技巧和幼稚園小孩相去無幾。畫完後，我說：「我馬上回來。」

我爬出雪窟，拿著GPS對照眼前的景象，注意看四周的高山，也記下山頭和它們在指南針上的方向，由此判別南北。迷路還好，一直搞不清楚方向就糟了。就算我不清楚目前方位，只要我選對方向，一直照同一個方向走，應該能走出迷宮。我也知道，電池總有耗盡的一刻。我現在照描下來的任何細節，將來必定能發揮作用。時光一分一秒過，困境會越陷越深，我也會更著急。情況是全方位的慘。

「妳想聽好消息或壞消息？」

「好消息。」

「我弄清楚目前的方位了。」

「壞消息呢？」

「這裡的海拔一萬一千六百五十二英呎，誤差三英呎，最近的林業道路在三十幾英哩外，要翻越五個山口」我指著——「在那邊。至於有人煙或柏油路的地方，離這裡將近五十英哩。最糟糕的是，山上的積雪深度比我還高。」

她咬咬唇，目光在雪窟裡的白壁上游移。她手臂交叉胸前：「你非丟下我不可。」

「我不會丟下任何人。」

「我能預見未來的情形。你沒辦法帶我下山，你單打獨鬥的獲救機率比較高，你就把咖啡留給我吧，善用你那雙腿，記住我的座標，叫直升機過來救我。」

「艾許莉……喝妳的咖啡。」

「好，你不接受也得承認，你單飛有活命的機會，這是不爭的事實。」她瞇眼繼續說：「不承認嗎？」

「妳聽我說，當務之急是生火、找食物、下山幾千英呎，之後的事情到時候再討論。一次應付一個危機。」

「可是……」她很堅強。她具備臨機應變的韌性，課堂上沒有教的那種。她改變語調：「該搬上檯面的事實就攤在檯面上。不能排除單飛的可能性。」

「我不會丟下任何人。」

小狗聽出我的口氣變了。他站起來，走向艾許莉，頭鑽進她的手下面。討食沒討到，他仍不肯原諒我。她搔搔狗耳朵，狗肚子發出咕嚕聲。狗回頭看我，然後慢慢把頭放回地上。

「我聽見了。我知道你肚子餓。」

我們坐著，聽著風呼呼吹。風勢轉強，動搖我的防水布。我鑽回我的睡袋禦寒，看著她：「妳和朋友相處也這樣？」

「怎樣？」

「把最壞的情況講明白，對他們做心理建設。」

她點頭：「如果最壞的情況有可能發生，最好搬上檯面講，不要隱瞞，不要逃避。最壞的狀況如果有可能發生，就有必要預做準備。這樣的話，最糟糕的想法成為事實的時候，你就不會被擊垮。」

我再煮一些雪，給兩人補充水份。就算白開水沒養份，至少也能讓肚子不唱空城計。整個下午，我們時睡時醒。綜合乾果能暫時止飢，但吃完後，食物哪裡找？我知道這是個難題。沒食物，我無法運作，何況雪深及腰，步步艱苦，沒力氣如何覓食？明天想必不輕鬆。也許是最嚴苛的一天。我胸部的痛楚擴散中。

夜幕降臨，寒氣也跟著來。暮色快散盡時，我爬出去。附近有一棵常綠矮樹，枝椏上有積雪，我鑽進較低的樹枝下面，收集幾把枯松針和大小樹枝，堆在機翼下面。我前後走了三趟，氣喘不過來，扶著肋骨腔猛喘。艾許莉瞇著眼睛看我。

葛洛福旁邊的機門是一片金屬板，只剩一個鉸鏈連接在機身，可能不到十磅重。我用腳撬掉鉸鏈，在機翼下平放，把松針和樹枝堆在上面。以目前的棲身處而言，生火會產生一個難題：周遭的雪壁多少有屏障的功能，遇火會融化，更會把支撐雪壁的底層融掉。這片機門能避免火被融雪熄滅，外面的冷空氣能防止雪窟在夜裡融化。太陽一開始西下，氣溫便直線下降。

我需要光。我大可開露營爐，但爐裡的丁烷是能省則省。接著，我想到葛洛福有打火機。

我推開雪，伸手進他的牛仔褲口袋，用手指夾出 Zippo 牌的銅殼打火機。打火機蓋子掀開發出叮的一聲，令我聯想起藝人迪安．馬丁和約翰．韋恩。我轉動打火輪，亮了。

「謝謝你，葛洛福。」

我轉著打火機看。長年窩在口袋裡，打火機表面割痕纍纍，邊緣也被磨平了。我舉起來看，有一邊刻著字：【照亮吾路之明燈】。

我點燃小樹枝的一端，讓火苗旺盛起來，燒向我手指，我才把它插進松針下面。枯死的松針一下子就著火。我放綜合乾果的紙袋進去，添加較粗的樹枝，火燒得霹霹啪啪響，旺盛起來。

她看著紙袋被燒成灰：「那一袋綜合乾果真好。」

小狗察覺到暖意，走向艾許莉的睡袋尾，選中一個軟綿綿的地方趴下，頭尾相碰，離火堆大約四英呎。加了這盆火，我們心存感激。覓食希望渺茫的我們本來很鬱悶，這盆火提振了不少士氣。

我估計，即使空肚子一星期，只要有水喝，我就能運作，但撐過一星期之後，我勢必虛脫成廢物。幾年前，我看電影《我們要活著回去》（Alive, 1993），倒盡了胃口。如今坐在這裡看葛洛福，我更覺得噁心。我不想吃他。話說回來，如果真的把所有事實擺上檯面講明白，到了生死攸關的地步，總有狗肉可以考量。問題是，狗肉只夠我們吃一餐。個子小反倒有好處，這大概是他有生一來頭一遭。假使他是拉布拉多犬或羅威納犬，我才會認真考慮考慮。

我們凝望著火堆，眼睛漸漸懶散。艾許莉打破沉默：「我一直在想，結婚週年該送文森什麼禮物？我想不出東西。建議一下吧。」

我再添枯枝葉餵火：「結婚一週年。我們在科羅拉多州的落磯山脈租一間小木屋。結果雪太大，不能出門。」我勉強笑一聲：「有點像現在。那時候，我們還有學生貸款的壓力，閒錢沒幾毛，蜜月約定不互相送禮，週年也是。」

她笑說：「你送她什麼？」

「一盆紫蘭花。」

她點頭：「啊……所以才多到蓋一棟溫室。」

我點頭。

「我聽你談老婆的口氣，聽了很舒服。好像你們牽手『做』人生似的。」她把頭躺回原位：「在採訪工作裡，我和很多人合作過，也認識不少人，其中很多不像你們。他們把配偶當成室友看待，另一半成了人生路上偶遇的一個，能一起分擔房屋貸款，一起生養小孩。雙方都努力保有個體性。聽你這樣談她，感覺好清新。你們兩個是怎麼結緣的？」

我揉揉眼睛：「明天再說。我們該補充睡眠了。」我對她伸出一手：「給妳。拿去。」

她張開手：「什麼藥？」

「強效止痛藥波考賽特。」

「有什麼成份？」

「是止痛藥奧斯康定和泰諾的複方藥。」

「你有幾顆？」

「三顆。」

「你為什麼不自己來一顆？」

「我沒痛到那種程度。而你，明後天保證痛。吃吧，妳能睡得安穩。在這麼高的地方，空氣比平地稀薄一半，吃一顆可以抵兩顆。」

「意思是？」

「效果比較強。」

「能治我頭痛嗎？」

「大概不行。頭痛是高山症……墜機受到的衝擊也有影響。不過，適應一兩天就好了。」

「你的頭痛不痛？」

「痛。」

她揉揉肩膀和後頸：「我慢慢有僵硬的感覺。」

我點頭：「揮鞭症候群。」

服藥後，她目光落在葛洛福身上。離睡袋尾大約五英呎外，結冰的葛洛福坐著，泰半被雪覆蓋：「可以幫他想個辦法嗎？」

「不埋葬他不行，但我現在沒辦法移動他，我連移動自己都有困難。」

「聽你呼吸，好像你身體痛得要命。」

「快休息吧。我想去外面一下。」

「想麻煩你一件事。」

「說吧。」

「我又想尿尿了。」

「沒關係。」

這一次比較快，排尿仍無紅色，而且尿量不少——全是好現象。我再用雪包裹骨折處。她說：「你如果覺得可以，就別再堆了，好嗎？我快凍死了。」

我摸摸她的腳趾，檢查她腳踝的脈搏：「再撐一陣子吧。傷腳如果增溫太高，痛苦指數會飆升，而且會……」我搖搖頭：「妳不會喜歡的。尤其是在這種地方。」我在她右邊刨掉一些雪，挖出一個夠我躺平的地方，把我的睡袋鋪進去：「現在氣溫一直降，如果我們能共用體熱，晚上會睡得比較安穩，也能活久一點。」

她點頭：「幾點了？」

「六點過幾分。」

她躺回去，凝望上空：「是我踏進禮堂的時刻。」

我跪坐在她身旁，兩人吐氣成一團團煙霧：「妳以前結過婚嗎？」

她搖頭，淚水湧現。

我拉著自己的袖子給她，她靠過來拭淚。我檢查她頭皮和眼睛上方的縫線，然後輕輕為她戴回豆豆帽，蓋住耳朵。她的眼睛不再腫脹了，臉的浮腫也有些許消退。

「妳的婚事還是結得成。等我們一下山，妳就能舉辦婚禮，只比原定日期晚幾天而已。」

她微笑，閉眼。這句話的安慰效果微乎其微。

「妳一身純白，一定很美麗。」

「你怎麼知道？」

「我們的婚禮很小……」

「多小？」

「只有我、瑞秋和女方親屬。」

「對，那規模很小。」

「不過，禮堂門打開的那一剎那……她站在門口，白禮服在地上圍成一圈……那畫面，新郎永生難忘。」

她轉頭回去。

「抱歉。我幫了倒忙。」

過了一小時，她的呼吸慢了，我爬到外面，掏出口袋裡的錄音機。天空變低了，純白的雪海之上是一片火紅，點綴著幾條銀脈，對著地面索夜吻，只等最後一絲日光隱沒在西山後面。小狗也出來了，在我身邊繞圈，身體夠輕，不至於深陷冰雪中，但他不喜歡。他轉幾圈，對著一棵小樹抬後腿，然後對著背後踹幾腳雪，動作像等著進攻的鬥牛。他眺望著高原和山頭，兩三秒後搖搖頭，打噴嚏，躲回雪窟裡，在艾許莉身邊蜷縮趴下。

我按下錄音鍵。

第八章

漫長的一天結束了。第三天，好像是。我們還活著，但能活多久是未知數。艾許莉正在苦戰。她哪來的能耐，我不知道，也不清楚她能撐多久。假如我像她，骨折加外傷一籮筐，我一定萎縮成胚胎姿勢，求人一棒打死我，不然就用足以麻醉一條牛的嗎啡打我一針。她一句怨言也沒有。

好消息是，我弄清楚方位了。壞消息是，這裡太荒僻了，而且地形惡劣，即使雙腿健全也很難走。一腿受傷的人，機率近乎零。我還沒告訴她。我知道啦……我會的。

如何活著出去，我真的不知道。我可以用機翼的碎片，拼湊成克難式擔架，拖著她下山。只不過，我又能拖多遠？我們最好找個海拔較低的地方休養，可以等救兵來——我覺得不可能——也可以等到我養足力氣，能帶她脫困為止。而且，我們需要食物。吃了一些綜合乾果到現在，已經過了四十八小時。

更何況這裡還有一隻狗。我依然記不起他的名字。我知道他肚子餓，因為他在咬樹枝解饞。他整天不停發抖。他不喜歡雪。他走路像腳被雪凍痛了。

我好像惹得艾許莉難過了。我不是故意的。我本來想逗她開開心。也許我疏於練習吧。

——

說到練習……我們一同練跑那麼久，總共多少英哩了，妳有沒有計算過？我也沒有。

好像每次跑步，妳都會問我覺得妳的步伐怎樣，我都會擺出一副認真相，假裝注意妳的姿勢，其實色眼猛盯妳大腿。我猜妳也不迷糊。我好喜歡跟在妳後面跑。

每當我回憶我們交往初期，我會想到，我們結伴做的是我們熱愛並共享的事，我們從來不必找藉口廝混。再強的阻力也分不開妳我。

妳考到駕照後，常開車來我們家，在凌晨四點敲我窗戶，找我一起去海灘上跑步。長跑。十到十二英哩。是所謂的LSD，不是迷幻藥，是長慢跑（Long-slow-distance）的縮寫。時間長短不重要。碼錶用不著。成敗毋需測量。不去海灘長跑的日子，我會去妳家，在車道盡頭接妳，一起去鬧區找橋跑，奔過緬街橋，穿越渡口橋，回頭越過艾科斯達橋，繞過噴泉，然後從頭再跑一圈。如果有誰累了，如果有誰脛前疼痛或只想休息一下，我們會開車直奔Dunkin' Donuts甜甜圈店的得來速，買兩杯咖啡，打開敞篷逛市區。

我教妳開排檔車，可能就是那段日子的事。妳害我扭到脖子。好啦好啦，妳的技術也許沒那麼爛啦，不過我的排檔桿確實是被妳拉壞了，而且害我脖子好痛。但是，如果時光能倒流，我很樂意再教妳一遍。

有個禮拜六早上，我們長跑完，正從沙灘走上來，見到右邊有個小孩正在沖浪，被浪打翻了，沖浪板的前端往下沉，他摔進海裡，被沖上我們前方不遠處。斷成兩截的沖浪板不久也被沖上岸。他的額頭受傷，血流得滿身都是，肩膀也脫臼了，意識模糊，有反胃的現象。我讓他坐下，對他額頭傷口施壓，他指著他家，妳跑去通知家人，我坐著陪他，幫他把手臂推回原位。妳回來時，他有說有笑的，說他想再買什麼樣的沖浪板。他的爸媽謝謝我們，扶他走回家。妳轉向我，一手在眼睛上方遮陽光。妳以「我從小就知道」的口氣說：「你總有一天會變成一個好醫生。」

「什麼？」

「你。」妳拍拍我胸膛：「你具備良醫的資質。」

我倒沒想過。老實說，我從小考慮的事情只有一項，就是離開我爸的這個家。但妳這句話一說出口，立即在我心中激盪起回響。

「妳怎麼知道？」

「從你照顧別人的樣子就知道。就是你的」──妳舉起雙手，比出括號的手勢──「醫病態度。」

「胡扯什麼嘛？」

妳指向慢慢走開的小孩：「看看他。我去通知家人的時候，他差點吐了。現在他卻有說有笑的，說他想買什麼樣的沖浪板，等不及再去沖浪。這是你的功勞，班。你對人講話的態度，不知怎麼的……能安撫人心。」

「是嗎？」

妳點一下頭：「我最清楚了。」

由這個例子，我首次發現，妳有辦法從日常小事洞悉潛力。即使是微不足道或稀鬆平常的東西。

第二個例子是，妳放學後去當兒童醫院志工的那陣子，我去探班，到處躺著光頭、病奄奄的小孩，氧氣筒、輪椅、有穢物的床單、臭味、怪聲音。我找到妳，見妳戴著橡皮手套，捧著便盆，對著病童有說有笑。女病童剛坐過妳手裡的便盆。妳滿臉堆著笑，小女孩也是。

在每一個房間，我看見病痛和慘狀，妳見到的是另一回事，妳看得見希望和前景，即使面對機率是零的事物也一樣。

升上高三那年，妳已經成為我的知己。妳教我怎麼微笑，教我如何胸懷一顆活蹦亂跳的心過日子。和妳交往之前，我僵化成一座採石場，但隨著時日演進，妳對著我的心靈深掘，鏟走傷疤和亂石。妳是第一位把我拼湊回原貌的人。在愛情這方面，妳教我爬、走、跑。然後，在海灘上，在月亮下，逆風練跑時，一千六努力跑進五分鐘時，妳轉向我，切穿我翅膀上的束縛，教我翱翔。我的腳幾乎不觸地。

凝望這片冰天雪地，絕境一望無際的這時候，我聯想起妳。

我見到的是現狀。妳見到的是希望。

越來越冷了，我該進去了。我想妳。

我半夜兩度醒來，幫艾許莉的骨折處裹雪。她熟睡不醒，但常呻吟，也講夢話。我醒了幾小時，才聽見她大喊一聲清醒，好像很痛。她的眼睛只睜開細細一道縫。

「妳覺得怎樣？」

她的嗓音凝重：「像被大貨車撞到。」說完，她翻身嘔吐連續幾分鐘，多半是乾嘔，即使吐出來，也只有胃酸。最後，她坐回去，努力喘息。她痛得厲害。

我為她擦嘴，舉杯讓她喝水：「我想餵妳吃止痛藥，就怕妳空腹受不了。」

她閉眼點頭。

我為營火添柴，打開露營爐。

聞到咖啡香，她睜開眼睛。她累了。她的氣力全流失了：「你醒多久了？」

「兩、三個鐘頭。我出去看了一下。我雖然滿意這個雪窟，我還是認為最好離開這裡。躲在這裡，永遠也不會被人發現，我也不能燒狼煙求救。」

她斜眼瞄我左邊的勞作品：「你做的？」

在她睡醒之前，我拿椅背開刀，以葛洛福的萬用工具鉗拆掉網狀織，卸下椅背上的鐵絲和金屬框，做成看似雪鞋的東西。金屬框呈梯形，前寬後窄。我把網狀織對摺，覆蓋金屬框，以葛洛福的飛蠅釣線牢牢綁住。我舉起來：「雪鞋一雙。」

「你說的就算。」

「每天上午排定的手術，或是面對深夜被急救直升機空運、救護車送來的傷患，我遇到的挑戰比這東西還難應付幾倍。」

「你是在自我吹噓嗎？」

「不是，我只是說，我日常工作上見多了，再不尋常、再出乎意外的東西，我都見怪不怪。」

我遞一隻雪鞋給她，她接過來，轉著端詳。她遞還給我：「不管你建議怎麼動，我一聽就覺得痛，不過，我舉雙手贊成離開這裡。能換換風景也好。」

我倒咖啡給她：「慢慢喝。只剩大概兩天的份量。」

「你認為不會有人來，對不對？我是說，真的嗎？」

「對。」

她點頭，端著塑膠杯呼吸著。

「我想離開妳兩、三個鐘頭，出去外面走一圈。」

葛洛福存放擬餌的塑膠盒擺在後座，裡面有一支信號槍，我拿出來，裝好彈藥，交給艾許莉：

「如果有事需要我，妳就扳這裡，扣這地方，而且槍口絕對要指向那個洞，不然，恐怕妳會把自己和整個地方燒掉。機翼裡面還有一些汽油。我應該會在外面一整天。如果天黑了，還不見我回來，妳別擔心。我會帶著睡袋、露宿袋、緊急毯和其他兩、三樣東西，不會出事的。在這種環境，一切幾乎全由天候決定，天氣說變就變。如果風雪太大，我可能會被迫躲一陣子，等風雪過境。我想儘量找找看能吃的東西，幫我們換個避難所，或者找個適合的地方另外蓋一個。」

「這麼多東西，你全會啊？」

「我懂一些。不懂的，邊做邊學就是了。」

我從機尾的弓箭箱取出葛洛福的複合弓，也帶走一枝釣桿、一件背心、一捲釣魚線。

「你會飛蠅釣嗎？」

「試過一次。」

「結果怎樣？」

「妳想問的是，有沒有釣到魚？」

她點頭。

「沒有。」

「我就怕你這樣答。」她斜眼看弓：「用過那東西嗎？」

「我的確用過。」

「所以說，你射得中東西？」

「以前射中過。」

「你肋骨受傷，弓弦還拉得動？」

「不曉得。還沒試過。」

「所以……見機行事？」

「基本上是。」

「你走之前，可以幫我一個忙嗎？」

艾許莉上完廁所，我再燒一點水，好好蓋住她。

「可以幫我拿公事包過來嗎？」她取出手機：「拿著好玩而已。」她打開來看，可惜手機也被凍壞了。

我聳聳肩：「妳可以接接龍啊。」我指向我充當公事包用的小背包：「裡面有筆電，妳別客氣，不過我很懷疑還能不能用。即使還能開機，大概也撐不了多久。」

「有沒有書？」

聳肩以對：「我不太常讀書。看樣子，妳只能在腦海裡神遊了——小狗也會陪妳。」我搔搔狗耳朵。他已經適應我們了，不再舔葛洛福的嘴唇：「妳記得狗的名字嗎？」

她搖頭：「不記得。」

「我也不記得。乾脆叫他『拿破侖』好了。」

「為什麼？」

「看看他就知道了。如果拿破侖情結能出現在動物身上，最可能有拿破侖情結的就是他。他的心理是隻兇巴巴的鬥牛獒，臭皮囊卻只有一條麵包那麼小。他最能象徵『鬥狗大小不重要，狗的鬥志才是關鍵。』」

她點點頭：「可以幫他的腳想點辦法嗎？」

我望向鉸鏈斷掉的後座。它的金屬框被我挪用，變得歪歪斜斜、有點洩氣的模樣。我打開萬用工具鉗，從PVC表皮裁下四個方塊，底下黏有半英吋厚的泡棉墊。我在角落劃幾道細縫，塞進釣線，纏在拿破侖腳上。他看著我，好像我瘋了似的。他嗅嗅腳上的東西，站起來，在雪地上兜圈，然後倚著我，舔我的臉。

「好，我也愛你。」

艾許莉笑了：「你好像新交到一個朋友。」

我舉出手：「GPS。」

她從睡袋裡取出GPS給我，我放進夾克的內袋。最後，我拉開背包小側袋的拉鏈，掏指南針出來，掛在脖子下面。這個指南針是透鏡式羅盤，裡面裝液體，是瑞秋幾年前送的。

艾許莉看見後問：「那是什麼？」

我撫摸它。邊緣被磨平了。有些部份的綠漆也掉了，露出沉悶的鋁色：「指南針。」

「看起來像二手貨。」

我扛起背包，拉好夾克的拉鏈，戴上手套，拿起弓箭：「妳要記得……如果天黑了，還不見我回來，妳要告訴自己，我遲早會出現。我可能會拖到明早才回來，不過總有回來的一刻就是了。妳我約好了，一起喝咖啡。一言為定？」

她點頭。我知道，如果天黑了，我還沒回來，她會開始擔心。黑影幢幢，她的憂慮會變本加厲。黑漆漆的環境就有這種作用，伸手不見五指時，獨處的恐懼即使憋在心裡也確實存在。

「即使明早才喝得到，也行吧？」

她再度點頭。我取出止痛藥罐。

「每六小時吞四顆。別忘了添柴餵營火。」我爬出雪窟，拿破侖跟過來。我跪著綁雪鞋，他跳到我身上：「你乖乖留守，好好照顧她，好嗎？好好陪她。我覺得她很寂寞，而且她今天不好受。她的蜜月泡湯了。」

艾許莉從機身裡喊：「對啊……我本來要去熱帶度蜜月，有個穿白亞麻長褲、肌膚古銅色、名叫胡利歐或法蘭舒瓦的帥哥，一直端大杯的小傘調酒給我。」

我轉身，開始上山。

第九章

高四那一年，全州錦標賽。妳看著我獲得四百米賽跑第一名，刷新全州紀錄，突破五十秒的障礙。我和隊友也在四人四百米接力賽打破全州紀錄。我剛在三千兩百米獲勝，離全國紀錄只差幾秒。現在，我站在一千六百米賽跑的起跑點。主辦單位刻意讓一千六壓軸，以凝聚媒體的關注。在開賽前，有人散布謠言說，我能跑破四分鐘。全國教練聞風而來，包圍我爸，不時拍拍他的肩膀。我最近統計過，有二十多支一級校隊捧著全額獎學金等我。

我得過的獎項無數，我爸也有他的獎，多數和財金管理碩士學位脫不了關係：「他們願意幫你繳五年的學費。你兩年半拿下學士學位，然後攻讀管理碩士。你一出校門，就能自由發揮。憑你的進取心，你遲早能接管我的公司。」

我想和他劃清界限，才不想涉足他的金融市場或他的公司。他的那堆東西，我真想叫他從他下面那個洞塞進去，只是我沒膽說出口。

有兩個一級校隊捧著獎學金等妳。老實說，和我的成就比起來，妳的成就更讓我驕傲。

在起跑點的我，眼角看得見他的臉。他的右太陽穴上面青筋暴凸，汗流浹背。有幾個早上，我在海灘上跑出四分四秒的佳績——踩的是沙地，而且有些逆風。他確定我能跑進三分五十八秒。準備起跑的我累歪了，兩腿軟趴趴，能跑四分五秒就偷笑了。妳靠在圍牆頭觀戰，拳頭緊緊握。

槍響了。

跑完第一圈，沒有人領先，所有選手仍擠在一起。有個南部人想用手肘排擠我。我知道，如果想勝出，我非先擺脫這群人不可。跑進第三圈時，我超前所有人了。賽前，主辦單位曾問我要不要陪跑員，但被我爸婉拒：「他能靠自己贏賽。」三圈跑完，我的腳程平穩，勝券在握。

我知道我贏定了。

看台上的觀眾起立吶喊。我記得有一位女士拿著裡面有六、七枚一分錢硬幣的塑膠牛奶瓶猛搖。我爸面無表情，簡直是個肺葉能伸縮的花崗岩雕像。剩一百公尺，可望跑進三分五十八秒，甚至三分五十七。

他看著我，我也看著他。長年的耕耘即將在以下幾秒內開花結果。妳以海豚音縱聲尖叫猛跳，離地三英呎。我看著妳，看著他，忽然想到，成績再好，他照樣嫌不夠。有沒有刷新全國紀錄都一樣，他一定又老樣子，嫌我沒有盡全力，認定我絕對有力氣再跑快一點。

不知為何，他那張先總統石雕臉動搖了我的心。我鬆懈下來，腳步放慢，看著計時器顯示三分五十三、三分五十七。我的最後成績是四分又零點三七秒。全場瘋狂了。全佛羅里達州賽跑健將辦不到的事，我辦到了，在十二場競賽蟬聯四年冠軍，躋身全國錦標賽。由於我 4.0 的學業成績也傲人，大學任我挑選。

我站在跑道上，被隊友簇擁著。但我不在乎。我想見的只有妳的臉。後來，妳找到我。

我沒見到我爸。我敢說，我這雙腿保留了五秒的實力。我也敢說，他不是不知道。

全隊準備出去慶功。我先回家換衣服。我和妳走進門，他坐在他的椅子上，空水晶杯放在大腿上，身邊有半瓶酒，褐色液體。他很少喝酒。他認為，低他一級的弱者才會藉酒澆愁。

妳從我背後瞄他：「培般先生，你剛有沒有看到？」

他站起來，伸一指，指著我的臉，戳一戳我胸口。嘴角有白沫，眼下有一條血管噗噗脈動：

「我的好心全被辜負了。你這個狗娘……」

他甩甩頭，握拳朝我揮過來，打斷我的鼻樑，感覺像裝滿鮮血的氣球在我臉皮下面爆開。那時候的我已經六呎二，比他高兩英吋。我自知，假如我回擊，可能會一發不可收拾，但我一站直，見他舉手想打妳，我豁出去了。從他的表情看來，我之所以不爭氣，全都是妳的錯。

我抓住他的手，轉他半圈，推他去撞玻璃門。強化玻璃應聲碎成一百萬片小方塊。他躺在廊台上瞪我。

妳開車送我去醫院，醫生幫我接好鼻樑骨，刷洗脖子和臉上的血痕，恭喜我的佳績。醫院工作人員著報紙頭版，向我討簽名。整版是我的相片。

大約在午夜，我們開車去二十四小時無休的Village Inn連鎖煎餅店，點一份法式絲綢派，要兩支叉子。我倆的慶功宴。然後，我送妳回家，妳媽出來迎接，三人圍坐廚房桌，閒聊昨天的田徑賽事。妳坐著，眼裡有睏意，穿著毛巾布睡袍，一腿和我互碰。在田徑場上，在車上，或在其他地方，妳我腿腿相碰過幾百次了，但這一次……這次不一樣。這次是有意的。這次不是跑者瑞秋無意觸及我的腿，而是女友瑞秋有意貼近。

差別可大了。

凌晨一點左右，我回到家。幾小時後，時鐘指著四點五十五，卻不見我爸。他遲遲沒來叫我起床。我躺著看天花板，聆聽有沒有腳步聲。思忖著下一步。該擺出什麼嘴臉。我想不出答案，乾脆穿好衣服，去海灘上散步，觀賞日出，看著旭日從捕蝦船背後昇起。我一直散步到午餐，走到接近晚餐時刻。黃昏時，我來到梅波特的防波堤才歇腳。一整天下來，我往北走了差不多二十英哩。我攀上防波岩，爬向防波堤的盡頭。有些人認為這是危險舉動。

背後傳來妳的呼喚：「你在逃避什麼？」

「妳怎麼來的？」

「用走的。」

「妳怎麼找得到我？」

「跟著腳印找。」

「有點危險吧，妳不覺得嗎？」

妳微笑：「有人作伴就不怕。」

妳再攀登另一塊防波岩，下面的招潮蟹四散奔逃。妳站好，拉我回去。妳戴著我送的Costa

Del Mar太陽眼鏡。妳的眼珠紅紅的，妳剛哭過。妳雙手抱胸，凝望海天，手縮進長袖運動衣的灰色袖子裡：「我們蹺課，他們會在意嗎？」

「我不會。」我抹掉一滴淚：「妳哭了。」

妳點頭。

「為了什麼？」

妳先是捶我胸，然後依偎進我懷裡：「因為我不想劃下句點。」

「劃什麼句點？」

妳又淚水盈眶，下巴掛著一滴淚珠。我用手背輕輕抹去。

「我們的句點啦，呆頭鵝。」妳攤開掌心，平貼我胸膛：「我想每天……見到你。」

「喔……是為了這個啊。」

我清晨莫名其妙踏上海灘，也許這才是真正原因。走了二十英哩，我仍然無解。妳我即將面臨劇痛。

高中生兩小無猜是一回事，但不能為了高中時代的對象而選大學，大家都勸告我們。記得嗎？有時候，我但願我們聽從大家的警告。但我隨後搖搖頭，心想，才不要。我不怪罪我們。假如我能搭時光機回去，老實說，我的抉擇還是一樣。

但是……有時候，我不禁懷疑。

第十章

暴風雪倒出三英呎厚的雪，全是軟呼呼的粉雪。有這雙雪鞋，我才不至於被積雪埋到大腿，搞得兩腿溼冷，被凍得刺痛。兩三下就被凍麻。我暗記，如果發生意外，整個人開始翻滾下山，絕不能放雪鞋走。我越想越有道理，索性停下來，剪兩截繩索，一端綁住雪鞋尾，另一端纏住腳踝。有點像沖浪客的牽板繩。

儘管我們迫切想下山，為了鳥瞰四周的相對位置，我必須登高望遠。看清楚環境後，我才開GPS，對照顯示幕上的地圖仔細再看。這裡的空氣稀薄，積雪表面結了一層滑溜溜的冰，雪鞋反覆穿穿脫脫，氣力遠不如我的預期。中午過了，我仍在爬山。到了下午，我才登上一小道山脊，能俯瞰高原，大概比失事地點高一千英呎。我終於如願見到周遭環境時，已經接近黃昏。

眼前的景象無法解憂愁。

我本來盼望能見到文明的跡象。一盞燈也好，一縷壁爐煙也行，最好是建築。只要能給我一個前進的方向就好。給我一線希望。我轉身，放眼到天際，現實這時慢慢蒙上心頭。

四面八方是一片荒蕪，我看不到人造的東西。

我見到的是荒涼的雪景，穿插著幾座巍峨的山峰，往東南西北走，都是寸步難行的六、七十英哩。你如果查字典，找「偏遠」這個詞，一定會見到我獨守山頭的相片。我打開GPS，確定目前方位，驗證了肉眼見到的事實，再以指南針確定GPS顯示的方向和經緯度。唯一出乎我預料的是，螢幕上出現幾百湖泊和溪流，甚至多達一千。冬天必定全結冰了，但我記住最接近的幾個，準備明天去探查看看。

螢幕的東南角落有一條細線，表示有條林業道路或雪上摩托車山徑，穿過兩座山脈之間的山口，不知是上下坡。我往GPS指的方向瞭望，只見樹梢和嶙峋山岩。我拿著GPS對照四周的山峰，以指南針確認方向。由於距離遙遠，只要誤差一度，路線就可能錯開幾英哩。我放大這一區，沒想到GPS畫面閃一下，停電了。我拍打GPS的旁邊，好像能把畫面救回來似的，可惜沒電就是沒電。電子器材耐不住低溫，電池耗盡了。我閉眼，盡力記住最後的畫面，趕緊拿出我昨天在雪窟外畫的地圖，在上面加幾筆。地圖畫得不完整也不詳盡，但總比空白好。

天黑後，我往回走。我很累，只想躺下來睡個飽，但我惦記艾許莉可能睜著大眼擔心我的安危，所以一步一腳印往前走。臨走前，我對她做好心理建設，勸她不要因為我晚歸就緊張，但再堅固的心理建設也沒用。太陽一下山，她一定會豎起耳朵，期待我歸來。一分鐘會像一小時那麼難熬。等不到人的心情就是這樣，一分鐘會像一小時，一小時會像一天，一天會像幾十年。

第十一章

我差點以為沒機會再對妳傾訴了。錄音機開不動，綠燈不亮，紅燈也是，一動也不動。剛才五分鐘，我按遍了所有按鈕，動一動電池，甚至拔電池出來轉轉看。最後，我把錄音機塞進上衣裡面，貼胸幾分鐘。慢慢回暖了。

要是錄音機掛了……我真不知道如何反應。以美式足球的術語是拖著對手跑，田徑術語是遇到撞牆期。

我記得打電話給田徑教練，請他看看妳的錄影帶和妳的長跑成績。他開門見山問：「這要求能左右你就讀本校的決定嗎？」

「對……可以。」

我聽見紙張悉悉嗦嗦的聲響。

「怪事，我桌上碰巧多出一個獎學金。」

就這麼簡單。

回首大學時代，我認為很少有比那段日子更美好的時光。那時候，我甩掉我爸，妳我無拘無束，能一同成長，攜手歡笑。妳也跑出自己的節奏，蛻變成我預料中的長跑健將。我只慶幸能幫上忙。

大學最後一年，醫學院近在眼前。我的田徑生涯快結束了。獎章掛滿牆上，有些塞進抽屜裡。就我所知，我爸再也不來看我賽跑了。但在我心中：「跑步」也變質了，不再是我個人的志向。跑步成了我倆的興趣，我比較喜歡。

你是我終生最佳練跑搭檔。

另外，我們也發現落磯山脈，登山成了我們消遣的管道，成了我倆的興趣。

妳沉寂了幾天。我以為妳忙到不想講話，不知是擔心課業或考試或⋯⋯。我有所不知的是，妳在思考我倆何去何從。妳和我。親親啊，我看不穿妳的心思。當時沒輒，現在也是丈二金剛。

學校放春假，我們回佛羅里達。妳爸媽歡迎妳在家住幾天。我爸已經搬去康迺迪克州經營另一家公司，為保住戶籍而留著公寓不賣，給我自己一個人住。我們剛跑完步。太陽正要下山，微風陣陣起。汗順著妳的手臂涓流而下，左耳垂有顆汗珠晃來晃去。

妳在海邊坐下，脫掉鞋子，讓潮水沖刷腳丫。妳終於面對我了。眉毛中間擠出一條溝。脖子有條血管噗噗震，太陽穴也有。妳繃緊身體：「你到底有什麼毛病？」

我左看右看：「哪有？」

「哼⋯⋯有就有。」

「親親⋯⋯我⋯⋯」

妳把頭轉開，手肘杵在膝蓋上，搖頭：「叫我怎麼辦才好嘛。」

我想在妳旁邊坐下，被妳趕走：「妳指的是什麼？」

妳哭起來了：「我指的是我們。」妳戳我胸口：「你和我。」

「我喜歡我們現在的交往啊。我又不會甩掉妳。」

「你呀，」妳搖搖頭：「你的腦袋瓜裝的是石頭。」

「瑞秋……妳扯到哪裡去了？」

淚水噗簌簌落下。妳起身，雙手插腰，往後退一步：「我想結婚。你和我。我想獨占你……一生一世。」

「呃，我也想啊。我是說，我也要妳。」

妳雙手叉胸：「班……空口說不算，應該用求的。」

我這才覺醒：「妳鬧彆扭，為的就是這個？」

妳抹去一滴淚，轉頭看別處。

「親親…」我下跪，牽起妳一手，浪花打在我小腿上。

妳展露笑顏了。小魚苗忙著咬妳腳趾，細小的貝殼黏上妳皮膚。歡笑聲湧現了。我開口，言語卻被淚水堵住。

「瑞秋．杭特…」

笑意在妳臉上擴散。

「不在妳身邊時，我心痛。連血管延伸不到的地方都痛。我今後能成為什麼樣的男人、醫師、丈夫，我不清楚。我明白我很少講妳愛聽的話，但我知道我愛妳。傾全心愛著妳。妳是黏合我身心的萬能糊。與我共度今生吧。嫁給我吧？求求妳……」

妳振臂擁抱我，兩人一同倒在沙灘上，被海沙、潮水、水花吞噬。妳親吻我。在淚光、海鹽、歡笑中，妳點頭了。

美好的一天。

甜蜜的回憶。

第十二章

我回墜機地點時，已經半夜了。拿破侖聽見我，探頭一下又縮回去。氣溫已降回攝氏零下十幾度，換言之，我的褲管結冰了，冷進我骨髓裡。我折下幾根枯枝，甩掉上面的雪，抱進雪窟。又下雪了。一整天，我只解過一次尿，而且量不多，這表示我飲水不足，該補充大量水份。

我站在這裡，看著拿破侖縮頭回去，見到他被裹著的小腳在雪窟外面留下小腳印，我這才發現，另有一道較大的腳印順著狗腳印，在洞口徘徊。我不是鑑定足跡專家，當下的想法是山獅。大腳印從上方的某塊岩石延伸下來，繞過一堆雪，來到我進出的洞口。我另外注意到一個像小窩的地方，好像有動物坐過或趴過，換言之：「伺機而動」。我腦筋一轉，就想通了。死人會散發氣味。即使是冰人也會。傷患和小狗也會。

我非脫掉這身溼衣褲不可。我把營火弄旺，剝光衣服攤開來烘，身上只剩內褲，鑽進睡袋裡。我哆嗦著，手指僵硬，像被蠟封住似的。我塞雪進露營爐煮。

艾許莉看著我。她的眼神藏不住焦慮。我在睡袋裡蜷曲，讓自己抖個夠，這樣能生熱：「嗨。」她的目光有疲態。她正在承受苦難，從眼神就看得出。她深吸一口氣：「嗨。」她的嗓子薄弱。

「最近有沒有吃藥？」

她搖搖頭。

我把一顆止痛藥波考賽特放在她舌頭上，她喝完最後一口水：「你的氣色不太好，」她說：「為什麼不吞幾顆安舒疼？」

我知道，如果再不止痛，我明天恐怕休想脫離睡袋：「好吧。」我豎起兩根冰棒手指：「兩顆。」

她把藥倒進我手裡，我吞下去。

「你見到什麼？」

「這下面有一間一級創傷治療中心，走幾百公尺就到。我攔到急救隊。他們已經來了，正要搬擔架下車。我跟院方商量好了，幫妳喬到一間單人病房。不到十分鐘，妳應該能好好躺著，洗個澡，暖洋洋的，吊著滿瓶止痛藥的點滴。」

「地形有那麼糟啊？」

我再往睡袋裡面縮一縮：「再遠也只看見冰雪、岩石、高山。」

「GPS呢？」

「一樣。」

她躺回去，長長吐一口氣，是她憋了整天的那口。我倒些溫水自己喝。

「你有什麼想法嗎？」

「山下有幾座湖，幾條小溪。我相信現在全結冰了，但我明天想下去，看能不能釣到魚。明天是我們墜機後第五天，空肚子的第四天。」

她閉眼，專注於呼吸。

「妳的腿感覺怎樣？」

「痛。」

我翻身過去，在骨折的地方堆雪裹住，見到腫雖然消了，從膝蓋上面到腰卻呈深紫色一片。我開手電筒，檢查縫線，檢查瞳孔看反應。她的瞳孔反應慢，很快就疲乏。這表示她身體虛脫，高地開始對她產生負面效應。

我對營火添柴，摸她的左腳趾。好冷。壞現象。血液循環出問題了。持續冰敷傷腿，委屈了腳掌腳趾。最好趕快促進左腳的血流。

我調頭翻身，臉正對著她的腳趾，拉開我的睡袋，在不移傷腿的情況下，坐著讓她的腳底按在我的胸腹上。然後，我把兩人裹進她的睡袋。

她專心呼氣吐氣，望著防水布上空的樹枝。大片大片的雪花直直落，覆蓋大地，萬物變得沉寂。

「……照行程，我昨天應該去修腳趾甲。咦，是前天的事嗎？」

「抱歉。我的指甲油剛用完。」

「以後再修，可以嗎？」

我握著腳丫的上半部：「等我們離開這裡，妳就能在病床上暖呼呼躺著，不必再睡冰床。不過，妳可要先向我保證，不准妳因為我讓妳陷入險境、婚禮泡湯而提出告訴。以後妳想叫我把妳腳趾塗成什麼色，悉聽尊便。」

「說也奇怪，你不提這事，我也考慮過了。你走後，我躺著，滿腦子草擬著我幫律師寫的開頭陳述文『陪審團諸位女士先生……』」

「擬好了嗎？」

她聳聳肩：「勸你趕快請一個高明律師。即使是請到了訴訟達人，也不能抱太高的期望。」

「有那麼慘啊？」

她的頭歪向一邊：「這嘛……你的出發點是基於善意，後來救了我一命，何況，儘管我至少兩度見你咳血，你還是幫我接骨，而且幾乎全天候照顧我。」
「咳血被妳看見了？」
「雪中紅……大近視才看不見。」
「高度降幾千英呎，我們兩個會比較舒服點。」
艾許莉凝視我的指南針項鍊：「是她多久前送你的？」
「我們家的海灘上有赤蠵龜下蛋，在沙丘上堆出一團團小沙堆。幾年前，瑞秋以『海龜巡邏隊』自居，在沙堆周圍插棍子，用粉紅色的塑膠布條包圍，記錄產卵日期。小海龜孵化了，總知道海在哪個方向，她每次都覺得太神奇了。我的方向感從小就很靈敏，幾乎到哪裡都不太容易迷路。有一年，她觀察某一窩龜蛋孵化後，決定送我指南針。」
「為什麼不送葛洛福那種 GPS？」
「GPS 的問題是電池有用完的一天，而且忌諱低溫。登山要走遠路時，我通常會把 GPS 釦在背帶上，指南針當項鍊戴著。」
「問你一個笨問題……指南針怎麼知道該指哪個方向？」
「指南針其實只指一個方向——磁北。之後想找什麼，就靠自己的本事了。」
「磁北？」
她的腳開始回暖了：「妳沒當過女童軍，對吧？」

她搖搖頭：「忙著趕人，哪騰得出空閒？」

「地球有磁性，而磁性的來源在北極附近。所以才稱為磁北。」

「那又怎樣？」

「正北和磁北是兩回事。這裡離北極很遠，差別不是很大，不過在北極，妳拿指南針出來試試，保證越看越糊塗。我用指南針，主要是走點至點。」

「點至點？」

「指南針不能顯示所在地，只能指出你前進的方向或來向。以我這種慣用右手的人來說，不帶指南針，多走一段時間，就會向右繞一大圈。想走直線，應該選定一個方向，照指南針指的度數，例如一百一十度、兩百七十度、三十度之類的，然後選一個前方看得見的東西，而這東西必須和指南針的指向在同一條直線上。這東西可以是一棵樹、一座山頭、湖、樹叢，都可以。走到那裡，再挑另一個東西，重複剛才的步驟，不過這一次，你也要用剛才的東西當作參考點，以便確定。所以才叫做『點至點』。說難不難，但需要一點耐心。多練幾次就好。」

「你的指南針能救我們脫困嗎？」她的語氣透露出一絲我之前沒聽過的情緒。首次顯露恐懼的跡象。

「可以。」

「那你可別搞丟了。」

「了解。」

艾許莉的鼾聲響起，我仍然睡不著。止痛藥使然。既然睡不成，我鑽出睡袋，穿上衛生衣褲、夾克、靴子，到外面走一走。我打開指南針，讓指針在月光下靜止。

——

傑克遜維爾的醫院有意對我下聘書，我們多麼樂陶陶，妳記得嗎？我們二話不說就接受了，能重返沙灘，重返海洋。鹽巴香、旭日的滋味、夕陽的天籟。畢業後，我們即將搬回老家，離妳父母很近。

當時妳在兒童醫院負責協調活動，接手的人選一星期之後才報到，妳放不下心，所以開搬家車的任務落在我一人肩上。從丹佛到傑克遜維爾，從落磯山脈到海邊，全程一千九百一十九英哩。

我告訴妳，妳想住什麼公寓或房子，我都可以買給妳，但妳說，妳喜歡我童年住的那一間。

妳趴在搬家車的門上，車門的鉸鏈吱嘎響，妳翹起左腳，指著副駕駛座前面的地板：「我留個禮物送你。不過，車子開出車道，才准你打開看。」

她指的是一個厚紙盒，盒蓋上貼著一個銀色的手持式錄音機，黏著一張紙條，上面寫著「按播放鍵」。

我倒車退出車道，把排檔換成行駛檔，按播放鍵。妳的聲音從迷你錄音機裡飄出來。我聽得出妳在微笑。

「喂，是我啦。我猜你沒人陪，會覺得無聊。」妳舔一舔嘴唇，這是妳緊張或調皮時的習慣動作：「是這樣的，我……我擔心醫院會搶走我老公。擔心自己變成醫生寡婦，成天坐家裡的沙發上，一手拿湯匙猛挖Rocky Road巧克力碎片冰淇淋吃，另一手拿著電視遙控器，翻看著整型手術的型錄。我送你這東西，是希望我即使不在你身邊，也能和你同在。因為你不在的時候，我會想念你的講話聲。而且……我也希望你想念我的講話聲。想我。以後，我會留這錄音機一兩天，隨時隨地錄下我的想法，然後交給你，換你錄自己。就這樣傳來傳去。有點像接力棒。醫院裡的美眉護士多的是，各個對你放電，我怎麼拼得過她們？拿棍子趕，都趕不完。拿聽診器也可以。班……」妳的語調變了。從認真轉為三八：「如果你想聽誰對你放電，想聽誰腿軟、臉色潮紅……想扮演醫生……就按播放鍵吧。答應我？」

我對著後照鏡點頭：「答應。」

妳笑了：「這盒子裡面另有兩個東西送你一路順風。你手裡的東西是第一件，另外兩個註明著號碼，我准的時候，你才可以拆封看。答應我。不是開玩笑的喲。不同意的話，現在就按停。不要再聽我講話。懂嗎？……好。搞定了。好吧，你現在可以打開第二個了。」

我取出一個小信封，裡面有個CD。我放進音響。

妳繼續講話：「我倆的歌。」

妳傳達心意無礙。妳真情洋溢，從不遮掩，能直言心中的感受，常有話直說。從小，妳爸媽就教妳這樣做。我呢？每次我想對他說出我的感受，就見他橫眉豎目。他說，表達情緒是一種弱點，應該革除，應該淋上汽油，點火柴燒掉。結果是，我成了稱職的急診外科醫師。我能鐵面執刀。

之後二十四小時，妳帶著錄音機，邊走邊錄，讓我到處與妳同行。妳一向是孩子王，所以首先開車去上班——兒童病房。妳帶我一間接一間探視，喊得出每位病童的名字，跟他們抱抱，或送玩具熊，或打電玩，或玩cosplay，妳從不吝於壓低身段。我對於醫病態度的所知，其實多半是拜妳之賜。病童見妳拿著錄音機，問為什麼，於是妳讓他們一一對著錄音機向我講幾句，稚嫩的嗓音飽含歡笑與希望。我對他們的病況不熟，也不太認識他們的醫師，但我從他們的語氣聽得出妳對他們的感應力。妳走後，他們一定會很想念妳。

妳帶我去雜貨店，拿著採購清單一一選購。接著為了參加一場宴會，進購物中心買鞋子和禮物。妳去理髮，聽美髮師批評她的男友有狐臭。趁美髮師轉頭請櫃檯招呼另一位客人進來，妳悄悄對錄音機說：「她嫌男友難聞，呃……她應該陪你跑步見識一下。」然後，妳帶我去修腳趾甲，美甲師對妳說，妳腳丫長太多繭了，應該少跑一點。然後，妳去看早場電影，咯吱嚼著爆米花，叫我閉眼，因為男主角正在親女主角：「尋你開心的啦。你的吻技比他強。他亂噁心的。你問我怎麼懂這檔子事。呃…」我聽得見她又微笑了：「總之就懂嘛。」電影散場後，妳帶我來到女廁門口，對我說：「你不能進來。男生立入禁止。」

我開車穿越阿拉巴馬州的時候，妳帶我去我倆最愛的快餐店，對著錄音機大嚼萊姆派，說著：

「聽起來好好吃，對不對？」的確。然後妳說：「打開盒子，把大禮物拿出來。上面寫著『甜點』。」我拿出來：「打開，不過要小心喲。」我掀開蓋子，裡面是一塊萊姆派：「你還以為我只顧自己，對不對？」我駛進休息站，隔時空陪妳合吃萊姆派。妳帶我進我們臥房，躺下，我已經睡著了，睡死了。妳躺在我身旁，用手指梳著我頭髮，搔我的背：「我想睡覺了，睡你旁邊。不過，你車子開到海邊公寓之前，不准你打瞌睡喔。我雙手摟著你的腰。你好瘦。不增重不行。你最近工作太忙了。」這時，妳停頓一下。妳沉默幾分鐘。我知道妳還在，因為我聽得見妳的呼吸聲。妳低聲說：「班……在我們跑過的那麼多路上……在遙遠的過去和現在之間……我把我的心獻給了你……而我不想向你討回來了。永遠不要。你聽見了嗎？」

我不知不覺點頭。

妳打斷我：「喂，不許你對著馬路點頭。一定要大聲說出來。」

我微笑：「我聽到了。」

——

雪又來了。艾許莉痛得很，慢慢出現高山症的跡象。再不把她移下山，她只能躺在這裡等死。我知道……可是，如果我連試都不試試看，我和她都必死無疑。

葛洛福呢？

我應該埋葬他，可惜我可能騰不出力氣。他可以算是已經下葬了。另外，上面的岩石堆裡躲著一隻野獸，我有點擔心。

我非睡一下不可。

風勢增強了。颳南風的時候，風直鑽機身，嗚嗚吹著哨聲，像人在啤酒瓶口上方平行吹氣，彷彿永遠開不進站的火車。

我研究了指南針好久，努力搜尋出路，奈何四面八方全是高山，能往哪裡走呢？萬一我誤判方向幾度……唉，目前的情勢很糟。真的很糟。

我想告訴外界，艾許莉很想回家，但願她的親屬知道。但他們得知消息的機率渺茫。

第十三章

我被太陽喚醒，腦袋昏沉沉，渾身酸痛。我翻身，拉睡袋蒙臉，再醒來時已經中午了。我再怎麼盡力也起不了床。印象中，我從沒睡掉一整天的紀錄，墜機隔天例外。顯然我的腎上腺素終於消耗一空了。

艾許莉很少動。高山症加飢餓，外加墜機，再加上渾身疼痛，導致她和我都元氣大傷。黃昏時，我終於爬出睡袋，蹣跚踏上雪地。我從頭到腳都痛，幾乎無法動作。

天亮了，今天是第六天，營火早已熄滅，幸虧我的衣服乾了，所以我穿好衣褲，逼自己把必需品裝進背包，重新生火，幫她驅寒。我抓幾把雪，塞進露營爐，方便她醒來時直接燒水喝。我儘量不看葛洛福。

我們需要食物。

我挑起背包，把弓箭綁在背包外，走出雪窟時，太陽剛昇起。空氣乾燥凜冽，吐氣時可見浮浮沉沉的冰晶。我在洞口撒幾把新雪，覆蓋野獸腳印，以便我回來時判斷野獸有沒有再來。我綁好雪鞋，戴上指南針，拿起來辨認方向，以大概半英哩外的一塊凸岩為目標點，出發。由於我無法從山頭俯瞰，有指南針在手是如獲至寶。

我在雪地跋涉三小時，目標點一個換過一個。雪被凍得乾而硬，不會溼黏黏，但我每走一小段路就必須駐足，在膝蓋綁緊高幫鞋套。第一座湖讓我希望落空，於是我繞著冰湖走，找到從冰湖底下流出的一條山澗。湖的表面雖然結冰，這條山澗依然流水潺潺，水質清澈乾淨，嘗起來幾乎有甜味。喝冰水會導致體溫劇降，不是明智的舉動，但我目前運動量大，所以強迫自己喝。最後，我的排尿近乎水色。好現象。

再走一英哩，山澗向左急轉彎，在一塊半懸空的岩石底下形成一潭深池水，岸邊積雪深厚。由於我雙手有割傷，也被凍得不靈活，而且憑我的釣魚技巧，拿飛蠅釣桿大概也釣不到魚。我雖然飛蠅釣的經驗不多，卻也知道魚不是傻瓜，天寒地凍的，池子裡怎可能冒出蒼蠅，魚更不會笨到游過去咬咬看。

葛洛福有一小瓶假鮭魚卵，看似紅橙色的豌豆。我倒一粒出來，鉤在魚鉤上，拿釣線一頭穿魚鉤，把魚鉤和偽卵丟進池裡。

空等了二十分鐘，不見魚咬餌，我只好收拾東西，再找大一點的池子。走了一英哩，我找到一池，重複剛才的步驟，成績同樣掛鴨蛋。不同的是，這次我看得見石頭底下有小小的黑影，鑽進鑽出，在流轉的池水裡游來游去。好多黑影。我就知道這裡有魚，只不過，牠們為什麼不咬？

釣魚和捕魚的差別大概就在這裡吧。

垂釣三十分鐘，我差不多被凍成冰棒，只好收拾東西，繼續跋涉，尋找下一池。我既累又冷，肚子咕咕叫。這一次，我必須翻越一個小坡地，才往下走向另一條小溪。海拔高，我的肋骨腔又痛，即使單純的上坡也走得辛苦，透支我的卡洛里。我翻越後往下走，來到另一條小溪旁。這條比較寬，也許有剛才的兩倍，但水比較淺，流量仍可觀。

黑影又來了。數量眾多。

我撥開雪，攤開手腳，趴在岩石上，對著山鱒魚的身影垂涎。這一次，我一手垂掛著偽卵，另一手拿著葛洛福的手抄網在下面等。這種釣法的缺點是，一手必須泡在零下兩度的冰水裡。起初，手痛得椎心刺骨，一會兒就麻木了。

魚溜走了，然後緩緩游回來。越來越近。牠們徐徐游向偽卵，輕輕啄著。或許因為水太冰了，連魚的反應也遲鈍。我慢慢升高魚網，網到七條手指一般大的幼鱒，把牠們倒在雪地上，離溪邊幾英呎遠，然後趕緊把冰手插進羽絨夾克口袋。我拿著短柄斧，砍樹枝綁在魚網上，再讓偽卵和魚網下水，又撈上兩三條。

除了魚頭，全進了我肚子。

吃完後，我爬回岸邊，繼續「釣」魚，重複同樣的步驟一個多小時。我在雪地上的影子越拖越長。黃昏時，我數一數漁獲量。四十七隻。足夠我和她今晚和明天飽餐。我收拾東西，循著來時路回去。雪被我踩過，而且氣溫下降，雪地表層被凍硬，所以回程比較快。在回去的路上，我停下來練弓箭。我從箭袋拿出一支箭，上弓，深吸一口氣，用力拉弦，沒想到弦不聽話，掙脫開來，反彈到我的臉。我耐著肋腔刺痛，終於拉滿弓，相中二十碼外一棵粗如手腕的常綠樹，最上面一支瞄準針對準樹腳，放箭，射中右邊大約兩英吋外的地方，整支戳進雪地。我挖了幾分鐘才拔箭出來，因為箭戳進冰土，被卡住了。我拉弓的速度快不起來，但我起碼拉得動弦。雖然我沒射中那棵樹，卻也夠近了。以這距離，接近就能接受了。

登上墜機高原時，早已進入凌晨時分。月亮高掛著，四處是異常明亮。最後半英哩，我慢慢走，瞪大眼睛，留意動靜。什麼也沒看到。但到了洞口，藉著月光，我見到腳印比昨天更接近，錯不了。而且，野獸曾經在洞口駐足，兩行腳印之間有個橢圓形的壓痕，顯示牠曾趴在雪地上。極可能的是，牠聽見我走來才趕緊溜走。極可能的是，牠現正伺機而動，離我不到一百英呎。

艾許莉身體虛弱，眼睛疼痛。典型的高山症，外加腦振盪和飢餓。我撿一些柴薪回來，讓火燒旺一點，清理六條鱒魚，用細長的樹枝當叉子，把魚戳成烤肉串，邊烤邊沖泡咖啡。咖啡因能幫助她消化吸收養份——也能止飢。我端著杯子到她唇邊，慢慢喝著。我幫她剝魚，拿著餵她吃，像這樣連吃十四條魚，喝掉兩杯咖啡，然後才搖搖頭。

拿破侖靜靜坐著舔自己的臉。我在他面前的雪地擺六條魚，對他說：「吃吧。」他站起來，嗅一嗅，鼻子嚅嚅動一下，張口吞下去，連魚頭也不留。

我把最後一顆止痛藥波考賽特給艾許莉，為傷腿裹雪抬高，檢查左腳的血液循環。她睡著後，我才理解到，從我回來到現在，我們講的話沒兩句。我繼續坐幾小時，照顧營火，強迫自己進食，看著她的肌膚恢復血色，聽著她急淺的呼吸加深。在這段時間，我大部份坐在睡袋裡，讓她的左腳掌貼著我肚子。接近午夜時，我想去外面走走，前腳才踏出去，就見到岩石上有個修長的身影溜走，遁進我左邊的樹林。拿破侖站在我身旁，咧嘴沉聲吼。他也聽見牠了。

第十四章

今天捕到幾條魚，有點像大沙丁魚，只缺芥末醬和鋁罐頭。沒啥好吹噓的，不餓死就好。我也練了幾次箭。遇到緊急狀況，我大概能射中目標吧，我想。只要目標停留在二十或二十五碼之內。

我知道，能讓人那麼靠近的野獸不多，但總比我東跳西跳、高舉兩手亂揮來得好。

艾許莉正在睡覺。昨天我把最後一顆波考賽特給她，希望她能好好睡一覺，說不定能為她蓄積一些體力。我不擬定一套計畫不行。常聽人警告說，失事之後千萬別離開現場，但我們非下山不可。就算有直升機飛來，在一百英呎的上空盤旋，八成也看不見我們。五天之內下了幾乎四英呎的雪，我們等於是被埋進雪裡了。

提到「埋」字……我明天打算把葛洛福移走。帶他去一個他能欣賞日出日落的地方，讓他能細數夜空星辰。帶他去一個離我們夠遠的地方。我必須做一個類似擔架的東西，等我能移動艾許莉的時候也用得著。

妳記得我們在山上租的那棟小木屋嗎？白天爬山，晚上圍著壁爐，看著雪花黏在窗外，聽山頭風推著門，對著煙囪口吹哨子。

妳我的蜜月。

第二晚……晚餐後，妳我坐在壁爐前。那時候，我們除了生活費之外，還有助學貸款待繳清，沒有幾分閒錢可花，為了租這棟小屋，好像刷爆了信用卡吧？買一瓶便宜的卡百內葡萄酒喝。妳穿著妳的睡袍……黏有我的汗水。

我似乎記得，我們約好了，結婚不要互相送禮物，以後有閒錢再送也不遲。在這方面，妳怎麼可能信守承諾？我就知道。妳伸手從沙發後面拿出一個小盒子，遞給我。盒子包裝得無懈可擊，上面綁著一個紅色蝴蝶結，每個角摺得整整齊齊。妳睜大眼睛說：「這是你迫切需要的東西。」

火光映照在妳肌膚上，照耀妳左臂的血管。

「咦，不是說好了不送禮？」

妳說：「這不是結婚禮物。我們如果打算廝守七十年，你需要這東西。」

「七十年啊？」

妳點頭，然後問：「等我老了，渾身是皺紋，完全聽不見你講的話，你確定你還會愛我嗎？」

「可能會愛得更深。」

妳翹起右腿，睡袍開叉，露出半條大腿。然後妳說：「我的奶子鬆弛，垂到肚臍了，你還會愛我嗎？」

我讚嘆著眼前的美女，妳居然想著鬆弛的奶子。到現在，我仍不敢相信妳講那種話。

我抬頭望松木椽，搖頭一下，憋著笑：「不曉得喔，可能很難。妳常練跑，能鬆弛的部份本來就不多。」

我手臂挨妳一巴掌：「你最好把話吞回去。」

我哈哈笑：「我小的時候，在《國家地理雜誌》就看過妳講的東西。難看啊。害我不太敢看裸女雜誌。」

妳指著我鼻子，提嗓子：「班．培般。」接著，妳以同一隻手指，對著四面八方指，就是不指向我：「你的嘴巴再不小心點，今晚你恐怕只有睡沙發的份。」

「好啦好啦。如果妳真的垂到了腰帶，我們可以考慮這裡劃一道，那裡開一刀整一整。」

妳點點頭：「相信我，垂到那種地步之前，老早就整了。快開盒子吧。」

記得我盯著著開高叉的地方，驚喜於妳和我相處時多開放。妳的微笑，那雙疲憊的眼，耳朵上方有汗，潮紅的臉頰。火光、歡笑、美貌、勇氣。妳的一切都令我驚喜。記得我當時閉眼一下子，把這幅美景烙印在我眼瞼內，因為我想隨身帶著走。

而妳果然如影隨形。

瑞秋，妳依舊是標竿，無人能和你媲美。

妳淺笑一下：「依我看，美國有東岸標準時間，也有班時間。而班時間晚了十五分鐘，有時更慢了一個半鐘頭。這東西能解決你的小毛病。」

妳說的對。無論是什麼事，我都不應該遲到，我向妳道歉。

我撕開包裝紙，盒裡是一支 Timex Ironman 電子錶。妳指著錶面：「看……沒有時針分針，確切的時間一目瞭然，連秒都寫明白了。為了幫助你，我把時間調快三十分鐘。」

「喂，妳有沒有想過，搞不好是其他人全早了幾分鐘？」

「還想硬掰？……不過」妳搖搖頭：「算了。」妳背靠著我胸膛，依偎過來，頭以我的手臂為枕，我們聊著笑著，木炭漸漸泛白，雪花在窗戶上揮灑成畫。

大約一小時之後，在妳昏昏入睡之前，妳低聲說：「我設定了鬧鈴。」

「為什麼？」

妳緊貼著我，拉緊我手臂，兩人就這樣沉入夢鄉。

鬧鈴響起之際，我置身比沉睡還深幽的境界，被嚇得跳起來，一時搞不清楚狀況。凌晨三點三十三。新錶上的按鈕全被我按遍了，鬧鈴照樣叫個不停。我不想吵醒妳。月光從天窗射進來，我倆沐浴在月光中，影子映在牆上。妳的髮梢也被照得特別明顯。怎麼按也沒用，我乾脆連手帶錶，伸進枕頭下面壓住，叫它閉嘴。它連續吵了整整六十秒。妳呵呵笑著，對著棉被深處鑽。房間好冷。壁爐火暗淡，木炭變成深紅。吐氣是一團團霧。我下床，一絲不掛，站在地板上，渾身起雞皮疙瘩。

妳把棉被拉到下巴。端詳著我。微笑著。雙眼帶倦意。妳低聲說：「你冷嗎？」

我全身寫滿了尷尬：「好冷的笑話。」

我撥一撥爐火，添三塊粗木頭，然後鑽回被窩——如果我沒記錯，那條毯子是假熊毛毯。妳伸腿壓住我的腿，貼胸過來。溫暖，擁我入懷。我問：「為什麼把鬧鈴設定在半夜？」

妳扭扭身，貼得更近，腳丫好冷。嘴唇貼向我的耳朵：「提醒我。」

「提醒什麼事？」

「你會冷。」

有時候，我懷疑妳怎麼會看上我。妳重視的是看不見的東西，講的是唯有心聽得懂的語言。

「喔。」

後來，第一道日光穿破山脊而來，藍天罩頂，紅豔豔的光彩漫射向黑冰洋。妳拿起放在酥胸上的我的手，按手錶的按鈕，綠燈照亮我們。妳沉吟：「每當你按這裡，燈一亮……你就想起我們。想我。」妳頭靠我，往上看，按我手掌平貼妳胸口，妳在我掌心之中，毫無遮掩。妳的心在裡面砰砰跳。妳說：「……追憶此情此景。」

第十五章

我被拿破侖的低吼聲音吵醒。他的叫聲和以往不同，我聽得出，他沒有開玩笑的意味。我睜開眼皮，看見冰晶在我的吐氣裡飄浮。艾許莉躺著不出聲，呼吸又變得吃力了。狗站在我們之間，注視洞口。月光撒進來，投射陰影。外面夠亮，不打手電筒也能出去走。拿破侖低頭，緩緩朝洞口跨兩步。兩顆眼珠子從外面瞪進來，俯臥著，眼睛宛如鑲在黑影上，看似兩塊紅玻璃。在這身影後面，有個東西搖一搖。像旗子。又搖了一下。這一次比較像柴煙。我用手肘撐起上身，揉揉眼，拿破侖的吼聲更加低沉，音量加大，多了幾分怒氣。我一手放在他背上，告訴他：「放輕鬆。」

他顯然不懂。他宛如砲彈發射一般，陡然衝向在洞口虎視眈眈的野獸，和對方纏鬥起來，氣呼呼打成一團，緊接著，從那一大團黑影的中間冒出像貓的吼聲，黑影驟然消失，徒留拿破侖站在洞口，對著外面狂吠，騰空兩英呎蹦跳著。

我爬向他，用雙手摟他，拉他進來：「放輕鬆，小子。牠走了。放輕鬆。」他的身子在抖，肩膀溼溼的。

艾許莉開手電筒。我的手心溼黏，糊紅一片，正下方的雪地血跡斑斑。不一會兒，我發現傷口，從他肩膀一側到背部有一道很深的爪傷。

我拿起針線縫傷口，由艾許莉固定他。他不喜歡我拿針刺他，但我仍為他縫好四針。幸好傷口位於他咬不到的地方。他繞了幾圈，舔不到，最後死心了，凝視著洞口，然後舔舔我的臉。

「乖……你表現不錯嘛。不好意思，我居然動過吃狗肉的念頭。」

艾許莉清清嗓門：「剛才是什麼動物？」

「山獅。」

「會回來嗎？」

「應該會。」

「牠想要什麼？」

「我們。」

她閉眼，好一陣子說不出話。

接下來，我們整晚睡得不安穩，拿破侖蜷縮在我睡袋裡，但兩眼緊盯著洞口。我搔搔狗頭，他不久就睡著了。我把弓箭杵在我睡袋旁邊，箭上弦，背倚靠著機尾。

太陽爬起來時，我才終於睡著。

我醒來，發現艾許莉側躺著，盯著左邊，一手舉著信號槍。

拿破侖也定睛注視洞口。

有東西從下面走上來，雪被踩出聲響。我鑽出睡袋，拿起弓箭，把放箭器搭上弦。複合弓的構造看似複雜，其實很單純。放箭器有如扳機，讓人不必以手指放弦，如此一來，每次放箭都不受手力影響。射手拉弓，讓瞄準針對準目標，按一下放箭器，弦被放箭器釋放後，把箭推送向目標。葛洛福的這把弓是高級品，Matthews 牌。他的拉弓幅度比我稍大，但我能適應。

我爬向前，看見下面的岩石間有一隻像狐狸的動物，渾身雪白，蹦蹦跳跳。我這輩子很少見過這麼美的動物。我摒息，拉弓，瞄準狐狸，放箭。箭從狐狸頭上飛過去，偏了差不多兩英吋。

狐狸跑掉了。

艾許莉咬著牙，握著信號槍，指關節握到發白。她低聲說：「怎麼了？」

「沒打中。太近了。」

「太近了，怎麼會打不中？你不是說你射過弓箭嗎？」
我搖搖頭：「從牠頭上飛過去。」
「是什麼動物？」
「狐狸之類的。」
情況越來越雪上加霜了。

第十六章

老家裡滿是辛酸的往事、不堪回首的過去，如今歸我當屋主，感覺很怪，但妳只擺一擺頭，微笑說：「給我六個月，讓我重新裝潢一番，買幾件新傢具……我就能為你增添新回憶。何況……」妳雙手插腰：「既零貸款又濱海，這款好事哪裡找？」

於是，我們清除牆上所有東西，重新粉刷，重貼新瓷磚，裡裡外外幾乎全部更新，感覺上是徹底改頭換面了。我爸喜歡把窗簾緊緊關著，偏好深色系，燈光昏暗，不歡迎客人上門，比較像山洞。妳則傾向涼爽的藍色系和粉黃褐，喜歡開窗，把百葉窗拉到頂，玻璃門開一道縫，好讓海潮聲進來。浪潮一波接一波。

浪濤哄我們入睡的夜晚多得數不清。

記得那場大車禍嗎？那天晚上我加班，因為兩輛滿載乘客的凱迪拉克轎車被拖吊車撞到，急診室裡人滿為患。我本來輪班到下午四點，沒想到下班前幾分鐘，第一輛救護車載回傷患，還說，後頭還多的是。我一直忙到所有人的傷勢穩定——專指傷勢沒有重到無法挽回的幾個。我好累，思考著人生何其短。才一眨眼的工夫，車子翻進水溝，只見消防隊員拿著油壓剪搶救。就在那時刻，我真正領會，人生無保證。我領悟到，我太不把人生當作一回事了。我每天醒來總以為，明早也一定能醒。

其實未必。

凌晨時分，大概三點吧，風雨欲來，海面猙獰，強風橫掃地表，颳著夾沙的雨，海沫紛飛，白浪滔滔，怒吼聲如雷。暴風雨快來了，白痴也知道退浪洶湧。

言歸正傳。

我站在玻璃門裡面望海灘，沉思著人生苦短。妳披著一襲絲袍走來。眼神疲憊。

妳說：「你還好吧？」

我對妳敘述經過，說出我內心的感想。妳窩進我腋下，環抱我的腰，就這樣依偎幾分鐘。閃電在夜空揮灑蜘蛛網。

「你欠我一個東西，我現在想跟你討。」

我正在對妳傾吐最深切的感想，妳竟開這種話匣子，感覺不太對勁。我有點煩，回話的語氣難掩這種反應：「欠什麼欠？」

我的神經有點粗，我承認。我到現在仍覺得抱歉。

這件事，我不知妳在嘴裡含了多久，欲言又止。再三向我暗示，我瞎眼沒看見，回想一下才發現，幾個月來，妳頻頻對我釋出訊號，而我上班太投入，居然有看沒懂，幸好妳沉得住氣。我反覆勸妳：「等我先唸完醫學院再說。」

我猜，妳等不及了，想對我加強攻勢。妳往旁邊挪一步，解開絲袍，任它飄落，開始走向臥房，臨門回頭拋媚眼。臥房裡點著一根蠟燭，照亮妳的側臉：「我想懷個貝比。現在就要。」

記得我見妳遁入溫馨燭光，影子掃過妳的細腰。記得我回頭望玻璃門，見到自己的倒影搖搖頭，笑自己反應太遲鈍。記得我走進臥房，在床邊跪著說：「原諒我，好嗎？」記得妳微笑著點頭，拉我過去。一陣子過後，記得妳趴在我肚子上，胸貼胸，妳的淚潸潸流到我胸膛上，微笑帶倦意，雙臂輕輕顫。記得我在那一刻恍然明瞭一件事：在我心底，妳動搖了一個唯有愛能打動的東西，妳對我奉獻出一切。無私無己，毫無保留。

妳對我奉獻的情禮，莫名震撼我心深處。那份天大的厚禮，莫名感動了言語不存在的境界，文字難以表達，容不下祕密，只有妳和我，以及屬於我倆的一切。

記得我哭了，哇哇哭得像嬰孩。

就在那一刻，我頓悟了。我有生以來首度明白愛的真諦，而非僅止於愛的滋味。不只是愛給我的感覺，不只是我對愛的期望，而是愛的本質。我領悟到的是，在我懂狀況時，愛情是何物。是妳開導的。愛始終都在。但在那一夜，急診室那麼多人，得與失的意識，心碎與歡樂，所有成份交織成的那一刻，我……從小到大，我一直追求真愛卻無能為力，因為我負載的痛太沉重了。我爸調教的痛，我媽缺席的痛，再拚命跑也不夠快的痛，成績永遠不盡理想的痛。

但是……那一夜……那一刻，我有生以來第一次掙脫桎梏了。深吸一口氣，終於足以盈灌我身心。從小到大，我反覆在波浪裡翻滾、打轉、奮戰，被當成碎布娃娃亂扯亂甩，天天想浮出水面，慘叫著想呼吸，無形的手卻把我壓在浪花與海沫底下，硬是不放手。但在那一刻，妳挺身攔浪濤，拉我出水，以真情盈灌我身心。

第十七章

我使勁搬葛洛福時，他全身硬梆梆，被凍成坐姿，頭微微歪向一邊，一手仍握著操縱桿，眼皮閉鎖。

艾許莉轉頭看。

我剛才先拆掉機翼的一塊板子，現在把他放在板子上，連推帶拖，拉他出洞口，橫越雪地，來到布滿山獅腳印的巨岩，撥開積雪，讓他坐在石頭上，背向後傾。

我倒退往回走，數十八步。

一箭上弦，我瞄準葛洛福附近幾英呎的一堆雪，放箭。這次，箭沒有從他頭上飛過去。這次距離夠遠，讓箭有打直的機會，但也沒有遠到我射不中目標。

拿破侖不停在我和葛洛福之間跑來跑去，狗腿開始跛，繞圈的動作不太靈活。他抬頭看我。

「放心，我不會讓你的主人出事。」

拿破侖往回走，鑽進逐日崩解的雪窟。這地點的缺點多到數不清，我急著帶大家離開，但我面臨兩道難題。首先是我的力氣。明天，我的力氣會比今天少，後天更少。第二道難題是，不慎遭山獅襲擊的事件時有所聞，我擔任駐院醫師的地點在美西，而山獅在美西很常見。既然我見識過牠們的威力，我可不想繼續提心吊膽過日子。

我爬回雪窟。

淚痕布滿艾許莉的臉。她情緒崩潰了：「你在外面幹什麼？」

「打獵。」

「你拿葛洛福當誘餌嗎？」

「對。」

她不吭聲。

「妳先別緊張。如果情況照我預料，他不會遭殃的。」

「別怪我講得太白了。明顯的是，從我們在鹽湖城認識到今天，沒有一件事順著你的預料演進。」

有道理。我無法回應。我點頭。我只知道，總不能在雪窟裡坐以待斃，縱容野獸放肆吧。善用葛洛福能提高勝算。或許未必能提升我的勝算，但至少對山獅也沒有好處。

如果情況能照我的預料發生，葛洛福根本不知道自己成了棋子，也不會有任何損傷。就算出了差錯，唉，反正人已經死了，我會趕在艾許莉看見之前讓他入土為安。

接下來，兩人對話不多，晚上也沒話可說，隔天亦然。到了第二晚，我已經四十八小時沒睡飽，純靠意志力苦撐。艾許莉也是。

天候更加冷冽了，空氣乾燥，冰寒刺骨，顯示溫度大概降到零下十八度以下。雲來了，遮住月亮，情勢不妙。我需要月光。月光沒了，我看不見瞄準針。

午夜來臨，雪也開始下。我好睏，瞌睡連連。隔著雪地，我依稀看得見葛洛福的輪廓。從他身上的積雪來判斷，已經下了三英吋。

我大概是睡熟了，因為猛然醒來時，我抖了一下。拿破侖趴在我旁邊，俯臥著，兩眼注視著葛洛福。

有個東西搭在葛洛福身上。好大一隻。身長六英呎多。我的手快凍僵了，但我拉弓，儘量瞄準。外面黑漆漆的，什麼也看不清楚：「快啊，冒一點點光也好。」

仍然看不清楚。我搖搖弓，心知只剩一兩秒的機會，手臂快抽筋了，胸腔感覺像被矛刺中。我咳一下，嘗到血。我越來越虛弱了。我需要光線。我的手臂在顫抖。

忽然間，有東西擦了我的腿一下，接著我聽見喀嚓一聲，只見洞口射出一支煙火，在夜空劃出一道太空梭升空的大弧形，然後在我們上空幾百英呎綻放鐵橙火花，一陣強光傾瀉而下，投射出身影。山獅前腳勾著葛洛福的襯衫，宛如人獅共舞中。牠抬頭拱頸，我瞄準目標，鎖定山獅肩膀，放箭。

我沒看到箭。

我放下弓，往後倒，捧腰努力喘息，咳一咳，又嘗到血腥，對身邊的雪地吐痰。

艾許莉趴在我右邊，向外注視：「牠跑掉了。」

「命中了嗎？」我彎腰呵護著肋骨腔。激痛散布到我背部，呼吸更形艱困。

「不曉得。一溜煙就跑了。」

在黑暗中，我的手找到她的手。

我們躺著喘息。我太累了，無法把她抱回她的睡袋，只好拉她過來，趴在我胸部，以我的睡袋裹住，雙手環抱她的腰和胸。不到幾分鐘，她的頭歪向一邊，脈搏緩和了。

我們被晨光喚醒。拿破侖蜷縮在我們之間。我爬出我的睡袋，這才認清艾許莉昨晚的行為。雪上的拖痕道盡她的用心。

我需要檢查她的傷腿，所以掀開睡袋，一手輕觸皮膚。傷處又腫起來了，表皮近黑色，十天沒刮的腿毛長出來了。她的腳踝脈搏還好，棘手的是腿又腫了，皮膚緊繃。昨晚她爬出睡袋，再受一場創傷。禍不單行。本來逐漸復原的傷勢重回原點，想必疼痛劇烈，可惜波考賽特用完了。

我傾斜她的頭，餵她吃兩顆止痛藥，她喝一口水嚥下。

我把她的頭枕在我的睡袋上，自己穿好衣服，綁緊靴子，箭上弦，走向葛洛福。他翻倒了，也可能是被推倒。看起來像側躺著睡覺。一道血跡延伸到石頭上面，不見間斷。

昨夜驚魂到現在已過幾小時了。隔這麼久，有好也有壞。如果山獅身受致命傷，牠現在想必已經斷氣。如果牠只受輕傷，牠會趁這幾小時重振雄風，養足怒火。

我轉向拿破侖，手心對著他，命令他止步：「你留守，好好照顧艾許莉。」他鑽進她的睡袋，只露鼻頭出來。我呼出一陣陣濃霧，刺痛鼻頭。天氣冷得痛苦。

我循血跡，攀上岩石。血越來越稀薄，這是壞現象。血跡變少，表示箭射偏了，可能惹得受傷的山獅更凶猛。走了一百碼，血跡稀少成久久才見一滴。我停下來思考全局。風呼呼吹，穿骨而入，也把雪塵颳進我眼睛。

來到一大塊凸岩，血滴變多了，最後又連成一線。再往前一百碼，我看到一大灘，可見山獅曾在這裡停留。好現象。我用靴尖挖一挖——紅透幾英吋。

很好。至少對我方有利。

血跡再往上坡延伸兩百碼，穿越較小的石堆，前方有幾棵矮樹叢。最先進入我眼簾的是尾巴，黑色的末端平放在雪地上，沒被樹叢最低的枝椏遮好。我深吸一口氣，拉弓，緩步走向山獅。在八英呎外，我瞄準牠的頭，考量距離，向下修正一些，然後放箭，一箭射穿牠的脖子，只剩箭羽露在外面。山獅連躁動的機會都沒有。

我把箭拔回來，收進箭袋，在岩石上坐，看著死山獅。她不大，從頭到臀部頂多五英呎，體重大概一百磅。我提起她的腳來看。

無論是大是小，這隻山獅一發飆，能把我撕個稀爛。我檢查她的牙齒。牙尖鈍，難怪她開始獵捕輕鬆的獵物。

我知道艾許莉會擔心。

我循著足跡回去，發現她痛得厲害，猛發抖，即將再進入休克狀態。我脫掉全身衣服，只剩內褲，拉開她的睡袋，把我的睡袋加上去，鑽進她的睡袋，以胸貼胸，雙臂抱住她。她躺著，顫抖了將近一小時。

等她睡著，我才爬出睡袋，用兩層睡袋裹住她，把營火燒旺，再添一些枯枝葉，回去收拾山獅。我先剝皮，然後清理內臟，所剩的肉和骨接近五十磅重，能吃的肉約有十五磅。我把肉骨拖回去，砍斷幾根綠枝，在營火周圍搭烤肉架，然後開始掛上一條條的山獅肉。

她聞香醒來。

她抬頭對空嗅一嗅，喉嚨擠出低啞的一句：「我想吃。」

我取下一條肉，像接到燙手山芋似的，在兩手之間丟來丟去，把烤肉吹涼，才舉到她嘴前。

她慢慢嚼，一口氣吃掉整條。幾分鐘後，她抬頭，我用睡袋一角幫她墊著。嚴重黑眼圈。我再撕一條烤肉，舉著讓她小口小口咬。她把頭放回去，嚼呀嚼：「我剛做了一個恐怖到底的惡夢，說出來，你也不會相信。」

「說說看吧。」

「我夢見我在鹽湖城的班機取消，然後冒出一個陌生人，一個心地善良的男人，長相是有點樸實啦，心地倒是很善良，他邀我一起搭短程包機去丹佛，我答應了。包機飛到這片一望無際的上空時，機長突然心臟病發作，墜機，我摔斷一腿。將近一禮拜，我們只有綜合乾果和咖啡渣可吃，還有一頭山獅想吃我們。」

「樸實？善良？在高中，描述個性溫柔的女生時，才會用『善良』吧。」

「我認識的所有醫生都不像你這樣。」她細嚼慢嚥著：「惡夢最怪的一部分是，我跟那人素昧平生的，居然一口答應坐進他的包機。不對，同機的陌生人有兩個。我當初是斷了哪根筋啊？」她搖搖頭：「我需要重新檢證個人的決策機制。」

我笑笑：「檢證結果如何，記得通知我。」

趁天亮，我重新檢查她的腿。她不敢看。也好，因為傷勢難以入目。

「骨折沒有再斷一次，算妳命大。接骨的地方才剛開始黏合，妳卻拿信號槍表演特技。依我看，骨折沒有被妳動到，不過，腫倒是變本加厲了。」

她的皮膚無血色，有溼冷的表象。我再為她的傷腿裹雪，調整支架以利血液循環，然後讓她的腳底壓著我的腹部吸熱。

在天黑之前，我們一直吃著烤山獅肉，配溫水。我不斷用雪包裹骨折處，監測她的飲水量和排尿量。她躺了將近十天了，呼吸到的氧氣不到平常的一半。我擔心她發炎萎縮。果真如此，她的身體能不能反抗，我就不敢保證了。

蛋白質被我吸收後，我為她健康的右腿按摩，促進血液流通，在不震動傷腿的情況下，為她強化腿肌。拿捏輕重必須恰到好處。一整天下來，我持續從山獅骨切肉下來，拿綠枝串著，掛在火上烤。有幾次，我出去撿木頭，離基地越走越遠。天黑時，能割的肉全被我割得一條也不剩，烤了吃掉。份量不多，口感也好不到哪裡，至少能果腹就是了，能補充蛋白質，恢復一些元氣。或許同等重要的是，肉能烤好帶著走，日後我不必天天覓食。

傍晚我忙完後，艾許莉的臉和兩頰恢復血色。也許更重要的是，她的眼球溼潤而健康。

天色剩兩小時，我向洞外望，視線落在葛洛福身上。他側躺在雪地，看似一尊傾倒的雕像。我穿好皮靴：「我不會走遠。」

她點頭。我經過她旁邊時，她伸手抓住我的外套，拉我過去。她抬頭凝視我，拉我的額頭過去親。她的嘴唇溼暖，微微顫抖：「謝謝你。」

我點頭。湊得這麼近，我才留意到，她的臉頰變得多麼單薄，甚至凹陷。她顫抖了一個星期，又長時間休克，缺乏進食，所以才會顯得如此枯槁憔悴。

「妳昨晚的舉動是哪裡來的，我不清楚。那股意志力是從內心深處激發出來的一種。」我偏移視線：「我以前只見過一次。」我手掌按她的額頭，檢查她有沒有發燒：「我們明天早上動身，離開這裡。我不確定目的地，總之是離開這裡準沒錯。」

她放開我的手，微笑問：「明早第一班飛機？」

「對，而且是頭等艙。」

我爬出去。我的肚子飽了。十天以來，我首度不冷不餓。我四下看，搔搔頭。咦，有個東西不太對勁。很久沒注意到的一個東西，好像趁我不留意、悄悄走到我背後。我搔一搔下巴，這才恍然大悟。

我正在微笑。

第十八章

記得我們家外面那些赤蠵龜嗎？牠們現在怎麼了，我想知道。牠們游到哪裡了？游了多遠？有沒有游到澳洲？特別是妳的那個小朋友。

妳拍我肩膀一下，說：「那是什麼聲音？」哇，我們發現一隻正在築巢的母龜。妳我上沙丘，趴下，看她挖洞。她的體形龐大，挖了好久，然後下起蛋來，好像進入恍神狀態似的，起碼下了一百顆。產卵結束，她把洞蓋好，爬回水邊，游進黑水裡。

我們下沙丘，看母龜堆出的沙堆。這麼大的沙堆很少見。我們小心在周圍插棍子，圍出三角形，在頂端環繞粉紅色警告布條，然後妳叫我做幾面小旗子，以確定方圓一英哩的所有海灘拾荒族都看得見。

連飛機都看得見這窩龜蛋。

然後，妳開始數日子。活像急著過耶誕節的小孩。在月曆上逐日打叉叉。我那時正好休假一星期。數到第五十五天，我們開始露宿在旁邊守候。

「哼，海龜哪懂得算數？怎麼知道六十天到了沒？該不會提早孵化吧？」

我們在沙丘上鋪一層毯子，妳用一條帶子，把手電筒纏在額頭上，像個不懂狀況的煤礦工。我想鑽進妳的睡袋，妳卻拉上拉鏈，指著我：「現在不行。開始孵化了怎麼辦？」

老婆啊，妳執著的時候，真的是奇葩一朵。

於是，我們趴在沙丘上，看著月影越過警戒線。那一夜，沙灘很溫暖，涼風從西南方飄來，海面不再奔流，比較像湖。到了第五十九天，妳在睡袋裡，睡得口水直淌，我拍拍妳肩膀，叫醒妳，和妳一同趴在沙丘山，探頭觀察第一隻海龜寶寶抖掉龜殼上的沙，跋涉至水邊。轉眼間，海灘上爬滿了赤蠵龜。

妳好興奮，靜靜數著，指著每一隻寶寶，好像妳認識牠們名字似的。記得妳搖搖頭說：「牠們怎麼曉得往哪裡走呢？為什麼不會迷路？」

「牠們有生物指南針，懂得海水在哪裡。」

後來，我們遇見一隻小寶寶，牠爬出來，卻不跟隨一百一十七個兄姐走，而是反方向爬上沙丘，朝我們前進，走了幾英呎，然後走不動了。牠往沙地下面鑽。妳看著牠尋短，皺起眉頭。

「他走錯方向了。他走不成了。」妳鑽出睡袋，悄悄下沙丘，雙手捧牠起來，拿到水邊放下。牠本能划著水，順著第一道浪浮起。妳推牠一下：「走吧，小朋友。一路游去澳洲吧。」

我倆看著月光照耀牠的殼，牠看似一顆載浮載沉的黑鑽。清風把秀髮撩到妳臉上。妳微笑著。妳我大概在海灘上站了半天，話不多，呆呆看著牠游向大海。牠也是游泳高手。

就在那一刻，妳看見了。妳轉身望向我們剛才躲著的沙丘、矮橡樹和牛筋草，見到最高點插著一塊【出售】招牌，好讓A1A公路上的往來車輛看得見。妳問：「那塊地是誰的？」

「不知道。」

「想賣多少，你認為呢？」

「八成很貴吧。牌子已經插好久了。」

「那塊地的形狀很怪，一定很難把房子蓋大，因為沙丘保護區很大，能蓋房子的範圍蠻小的。那塊土地沿A1A的長度大概只有一百英呎，靠沙丘的這邊卻有八百英呎，形狀像個被壓垮的三角形。」

「對啊。而且，土地的兩邊被州立公園包圍，大概不是想蓋什麼房子都能蓋。建築影響區之類的，也會受限制。有一百萬美金買地的有錢人，多數都想高興蓋什麼就蓋什麼。」

妳對著沙丘揮一揮手：「這裡可能有十個赤蠵龜窩，粉紅警戒線多到可以圍出一整片建築用地。海龜在這裡出沒這麼頻繁，州政府為什麼不乾脆買下來？」

我聳聳肩：「經費的問題吧，我猜。」

妳點頭：「我們應該買下來。」

「什麼？」

妳往沙丘上面走，研究著地形：「我們又不需要大房子。房子可以蓋在這裡，一棟海濱屋，離海水有點遠。另外，我們也可以把玻璃窗戶蓋得很大，晚上能坐著觀察海龜窩。」

我往家的方向指：「老婆，我們有一棟好得沒話說的公寓，想來這裡看，隨時就能來。」

「我知道啦，可是，如果有人看上那塊地，見海龜把前院挖得亂七八糟，可能不喜歡。我們卻求之不得。我們應該買下來才對。」

事隔一星期。我回去上班，有天下班回家，把我的東西丟向沙發，看見滑軌式玻璃門開著。我走出去，發現妳站在沙灘上。太陽已經西沉了，這是我最愛的時刻，夜幕低垂前的天空布滿清涼的靛藍光。妳站在沙灘上，白紗龍隨微風飄舞。妳揮手。妳的皮膚曬成古銅色。常戴太陽眼鏡的妳從眼睛到耳朵有條日曬線。

我換上短褲，拿起檔案夾，走出去。妳面帶淺笑，手裡有個包好的小盒子，舉向我。微風轉向，又拉扯著秀髮，在臉頰和嘴唇上搖曳。我親妳時，妳用手指把頭髮撩開。

我打開卡片，裡面寫著：「好讓你認路回我身邊。」我打開小盒子，禮物是個透鏡式指南針。妳說：「讀一讀背面的字。」我轉過來，見到大寫的刻字：「我的正北。」妳把指南針掛上我脖子，低語：「沒有你，我將迷失方向。」

「我也想送妳一個東西。」

妳稍息站著，左看看右看看：「什麼東西？」

我把檔案夾遞給妳，妳翻開來看，逐頁翻來翻去，宛如讀到希臘文，一頭霧水。妳的眼睛瞇成一條線：「老公……這是什麼啊？」

「那是土地測量圖。而這個嘛……是一塊土地的契約。」

「哪一塊？我們又沒有…」妳講到一半，看著土地測量圖，轉過來側著看，望向海灘另一邊。

「不會吧。」

「只是出價而已，不表示對方會接受。我只殺價試試看。」

妳扳倒我。《軍官與紳士》，南彭提韋卓灘版。妳狂笑著，尖叫著：「真的嗎？我不敢相信！」

「呃……對方接不接受還是個未知數。那塊土地的規章和限制很嚴格，很多東西都蓋不成。周圍是州立公園，所以…」

「蓋一棟小房子，總可以吧？」

「那塊地還不是我們的。」

「知道啦，不過，我們有可能買到。等那塊地到手，我們可以蓋一棟小房子，面對海灘的地方蓋成一整面玻璃，可以看太陽和月亮從海灘昇起來吧？」

我點頭。

「多少錢？」

「很貴。買到地以後，我們沒辦法馬上蓋房子，可能要存幾年錢再說。」

「我可以等。」

送妳那塊地是我的幸福。

第十九章

應該好好埋葬葛洛福才對。我研究著地形。他的正上方凸出一塊岩石。我攀上去一看，幾英哩內的景觀一覽無遺。熱愛天空的他想必喜歡這裡。我踹開積雪，回去墜機旁，拔掉尾襟翼的一小塊，充當鏟子。我幫他挖個坑：「挖」是言過其實了，因為地面結冰，不太挖得動，頂多只把表面的東西刮掉而已。我再下去，扛起葛洛福，在岩石之間蜿蜒走上來，把他放在坑裡，然後去撿壘球般大的幾塊石頭。

我掏空他的口袋，想拉他的結婚戒指出來，可惜拔不動。我解開他的懷錶，把零散的小東西全塞進我的夾克內袋，把拉鏈拉好。接著，我解開他的鞋帶，抽出來，放進我口袋。我脫掉他的靴子，脫下羊毛襪，抽掉他長褲的皮帶。最後，我帶走他的牛仔夾克。

寒日西下了，天空變深橙色，接著轉為深紅。我堆著石頭，堆完後站直，往後退一步。地點選得不錯。風勢轉強，我猜，這地方一定終年有風。也許這是好事，能為他產生翺翔天上的錯覺。

我摘下自己的羊毛豆豆帽：「葛洛福……都怪我不好，害你倒這種楣。要不是我請你飛我一程，你現在一定能在家陪老婆。我能想像，你正在受訓當天使、稱職的天使。說不定能跳級，提早長翅膀。希望你能被上級指派去保祐你老婆。我猜她正需要你相隨。等我們下山，我一定會去找她，把事情經過告訴她，把你的東西交給她。」我把玩著帽子：「我不知道該不該向你道歉。」我勉強笑一笑：「跟你講句真心老實話好了，害我們困在這僻壤的人是你。」

疾風打在我臉上：「除非上帝想讓山上多兩個死人，不然，天氣最好變一變吧。天空變藍，氣溫高一點就好。另外，因為我不知該往哪裡走，多多指點一下吧。拜託你幫我們講幾句好話。」

地面覆蓋著一層白，一邊延伸四十英哩，另一邊延伸六十英哩：「我想艾許莉很希望能一身白白淨淨，走進禮堂結婚。她還年輕，前途無量，應該打扮得一身純白才對。」

天色暗了，無雲的天空凜寒，形成一面灰色天花板。繁星漸漸眨起眼來。我的上空大概四萬英哩，有一架民航噴射機飛向東南方，拖著一條綿長的白尾巴：「你挑這時候幽我一默？我倒不覺得好笑。」

又來一架飛機，白尾巴和前一架打叉：「這也不好笑。還有一件事……我迷路了。既然我迷路了，我和她都迷路了。這地方不太容易生存。我們走投無路了。那頭大山獅差點要了我們的命。你自己陪牠跳過舞，應該知道。問題是，如果我死了，她也活不下去。更何況，你那條狗……我忘記他叫什麼名字了。」

寒風颼進我骨裡，我把夾克拉鏈拉上：「我不是在臭美，不是什麼大人物，但我在乎的不是我自己。我只求你救救那女孩。她的腿骨折，鬥志漸漸渙散了，她自以為掩飾得很好，其實我看得出來。她的韌性很強，不過困在這山上……再剛強的意志也會被擊垮。」我環視四周：「這是個……苛刻的地方，再堅定的希望也會迅速流失。」一滴淚決堤而出，滾落我的臉。我的雙手傷痕纍纍、結痂、龜裂。我搖搖頭，嘴唇抽抽抖抖：「你和我……我們聊天沒聊完，不過我可以告訴你一件事……抱著破碎的心活著，等於是半死。而半死不表示半活，而是表示半死。那樣活著……根本活不下去。」

四面的群山聳立，銳角嶙峋，嚴寒不饒人，山影遍地。葛洛福安眠在地下，以冰雪和石頭覆蓋著：「心一旦碎了……就無法復原，因為心不像蜥蜴的尾巴，比較近似一大片彩色玻璃粉碎成一百萬塊，即使能貼齊所有碎片，也無法恢復原貌。即使硬湊成一整片，也無法嵌進窗戶裝飾。湊不好的碎片五顏六色，掃成一堆。破碎的心無法修補，也無法癒合，不是說康復就能康復。這些道理，也許你早就知道了，也許不知道。我只知道，心死了一半，痛的是整顆心，所以是痛上加痛，其他東西減半。就算耗盡下半生，拚命拼湊彩色玻璃碎片也沒用。再神的黏膠也無法讓碎片復合。」

我把豆豆帽戴回頭上，卻一戴上又摘下：「話講完了。」我舉起指南針，讓指針轉一轉之後停下：「我需要知道該往哪個方向走。」

兩架飛機交叉之後消失，空留兩條白尾巴。我扭頭東看西看。白尾巴打叉的地方形成一個箭頭，指向東南方。一百二十五度吧，也許一百三十度。

我點頭：「反正我也沒有更高明的法子……就走這方向吧。」

——

我走回雪窟，為艾許莉穿上葛洛福的遺襪。襪子的羊毛屬於中等磅級。她以狐疑的目光看我：

「哪來的襪子？」

「沃爾瑪平價百貨買的。」

「那就好。我正擔心你回答是葛洛福的。我正擔心，唉……我聽了會噁心。」

她睡著了。接近午夜的時候，我凝視著指南針面，被她看見。錶盤上的氚點亮著螢光綠：「你怎麼曉得該往哪裡走？」

「不曉得。」

「選錯方向怎麼辦？」

「如果選錯方向，天下只有妳、我、拿破侖知道。」

她閉眼睛，拉睡袋蓋住肩膀：「慢慢研究吧……慎選方向。」

「謝了，妳幫了大忙。」

「怎樣才算幫大忙？我現在可不想長篇大論。」

「說得好。」

第二十章

快天亮了。我們幾分鐘之後動身。應該說是，我們會盡力試試看。能走多遠不曉得，只知道待在原地是在死胡同裡打轉。

我已經儘量收拾必要用品了。我不知道我們能走多遠，但我敢打包票的是，每蹦一下、震一下，最苦的人是艾許莉。我很不願意移動她，但我也不能扔下她不管。我這一走，不知道多久才回來，拖太久，她一定撐不下去。讓人生存的一大要素是希望。如果……我不在她身邊，她的希望恐怕會飄走。我守著她越久，她就活得越長。

葛洛福在一個好地方安息了，能欣賞日出日落，我想他在天之靈會喜歡的。我儘量找好話悼念他，可惜講得不夠好，但妳最了解我，口語溝通不是我的強項。我告訴他，如果能下山，我一定去找他老婆。我認為，上帝應該直接讓他升級成天使。他一定會是個稱職的好天使。他熱愛飛行，能在天保祐他老婆。她需要他的庇蔭。

昨晚多數時間，我盯著指南針看，因為我不必說，妳也知道，第一腳如果踏偏了，往後的代價勢必慘重。我知道，東西南北大約六十英哩全是無人地帶，最靠近這裡的小鎮可能在三十英哩遠。烏鴉飛三十英哩不算什麼，但如果上坡、下坡拖著受傷的女人走，三十英哩就漫無止境了。前者有可能，後者零希望。

假如近到能見炊煙，或晚上遠遠看見燈光，我是可以自己走，找救兵回來，但每次我想到這裡，就想起妳和我看電影《英倫情人》（The English Patient, 1996）時，妳一直搖頭指著電視說：「不能丟下她啊。別丟下人家。保證你後悔。」被妳猜中了，兩人後來都付出代價。當然，婚外情的代價也慘痛。不過，丟下女人不管……肯定不會有好事發生。

我該出發了。太陽正從天際線露臉。今天保證辛苦。妳我晚上再聊吧。希望能。

第二十一章

我搖一搖艾許莉，對她說：「準備好了沒？」

她咬著牙，點點頭，坐起來：「有沒有咖啡？」

我遞給她一杯，看起來比較像淡茶：「慢慢喝。那是最後一杯了。」

「還沒開始，就已經是辛苦的一天了。」

「往光明面去想吧……每離開這裡一步，就是朝向星巴克的卡布其諾跨出一步。」

她舔舔唇：「我喜歡你講這種色瞇瞇的東西。」

我在她身旁坐下，幫她處理排泄物，為她穿好衣褲。她拉上夾克拉鏈：「有專人服務真好，不過我不得不說，我真的很期待自己動手的一天趕快來。」

我倒掉尿壺：「我也是。」

她雙臂交叉胸前：「有件事，我不太想講得太白。一直到今天為止，我只上一號，沒什麼問題，不過狀況可能快變了。」

我搖搖頭：「妳已經上過了。」

「已經？」

「兩次。第一次是在接骨時，另一次是妳昏迷的時候。」

她面露尷尬狀：「難怪。」

「難怪什麼？」

「能憋一個禮拜。」

「喔⋯」我微笑：「妳沒憋。」

「呃⋯⋯我剛才的問題還沒解決。」

「別擔心啦。通知我一聲就好。我們再想辦法處理。」

「不是我愛囉唆喔，不過我總覺得，這事我比你更怕⋯」

「我讀醫學院時，一年級值大夜班，負責清便盆，前後八個月，日子很難過，抱怨連連，也常嘟嘴，結果有天被瑞秋唸了一句。她告訴我，如果不爽和屎尿為伍，最好趕快改行。她還說，有病痛的人需要的是一個不怕髒的醫生、一個能關懷重視病人的醫生。聽了這句話後，我把態度調適過來，可以說為我的醫病態度奠定根基，讓我能反觀象牙塔裡的我能付出什麼，以順應病人的需求。」

我聳聳肩，繼續說：「瑞秋拆掉我的象牙塔，逼我進戰壕苦修，聞一聞臭味，見一見受難的民眾。所以……妳一有需要時，可能會怕，也許會窘迫，甚至臉紅……其實沒什麼。妳在這裡，沒有更好的選擇，甚至無法參考另一位醫師的建議，只好屈就我了。所以……如果妳不從，我只好用老婆罵我的一句話回敬妳囉。」

她挑起兩道眉毛靜候。

「不爽拉倒。」

她點頭：「我欣賞你老婆。非常欣賞。」她抿緊嘴唇，上下看著我，思考著即將脫口而出的話：「你該不會獎座獎章贏了一堆吧？年度良醫之類的。」

我傾頭說：「之類的。」

「喂，認真一點嘛……你這雙妙手能回春嗎？」

「我的手還好。不過妳最大的優點是妳具有幽默感。和黃金一樣寶貴。」

「什麼話？對樹講笑話，又不能救我早一點脫困。」

「我指的就是這個。」我在背包上紮一條束帶：「有一晚，半夜了，大概是凌晨吧，我在急診室值班，急救直升機送來一個頸側中彈的男傷患。他是個普通人，老婆懷孕了，想吃冰淇淋，他去店裡買，不巧碰到強盜搶錢不成開槍。他被送進來時，腳上還穿著拖鞋。直升機門打開，擔架上的他被抬下來，血從頸動脈激射而出。」

我摸摸她的脖子：「簡直像有人射水槍。他失血嚴重，但還不到語無倫次的地步，還能講話。

我用手指堵住彈孔，直奔手術室。死神正追著他跑，而我們只超前死神兩分鐘。我低頭對著他說，『你會不會過敏？』他指著自己的脖子說，『會啊，對子彈過敏。』我心想，這傢伙挺得過鬼門關。後來，手術室裡忙成一團，他抓住我手臂說，『醫生，你開刀時，不會把我當成只剩半條命，而是把我當成活人醫。』他放手，然後猛然說『我名字叫羅傑。你呢？』」

「他活下來了。過了兩個禮拜，他老婆生了。他們呼叫我進病房，讓我抱抱他們的兒子，還幫他取名叫做班。」我看著她：「如果照教科書上寫的，他失血過多，必死無疑，沒理由救得回來。我認為，這和他天生幽默有關係，另一個原因是他強烈希望抱抱兒子。」

我輕拂她的臉和嘴角的笑意：「妳也有同樣的優點。妳的幽默感可要好好保住。」

她抓住我手臂，拉我一下，改以嚴肅的口吻說：「我想問你一個問題，希望你據實回答。」

「好。」

「向我保證，你會講實話，好嗎？」

「保證。」

「你能救我們下山嗎？」

「想聽老實話嗎？」

她點點頭。

「我沒概念。」

她躺回原位：「呼……我以為你會講『我沒概念』，而且我們的麻煩大囉。」她搖搖頭：「其實我甚至不打算問我們往哪個方向出發，因為我知道，這種事全包在你身上。對吧？」

「對。」

「真的？」

「假的。」

她瞇起眼皮。她用手指戳一戳胸，然後戳我：「我們兩個啊，應該加強溝通才對。」

「剛才不算溝通？」

她搖搖頭：「我剛問你，並不是真的要你據實回答。我要的是你說謊不打草稿，唬我說，走一英哩就得救了，其實呢，可能走一百英哩才有希望。」

我笑笑：「好吧。聽著，如果妳再囉唆沒完，我們別想上路了。有架直升機正在等我們，就在前面那個小山頭的另一邊。」

「直升機有沒有帶星巴克來？」

「有。附帶柳橙汁、兩個煎蛋三明治、香腸、瑪芬、覆盆莓丹麥麵包，外加一打甜甜圈。」

她拍拍我的背：「學到訣竅了哦。」

理想而言，我會先做好一個像雪橇的東西，能在雪地上拉著走，又不至於痛死雪橇上的她。問題是，雪橇只在平坦的雪地上管用。就我肉眼看得見的範圍，平地並不多。而以我們即將走的斜坡來說，我知道雪橇很難控制。假設我踩滑了，假設坡度太陡，或假設我向上拉不動她，雪橇就有可能溜走，而我補救不及，就會產生墜機倖存卻死在擔架上的悲劇。

我決定做一個結合雪橇和擔架的東西，讓她背對著我躺著，我能拉著她走過少見的平地，但有必要時，我也可用雙手舉起擔架拖著走，比較能掌握狀況。

我先從斷翼下手。機翼的表皮不是金屬，材質較接近布和塑膠製品，質量輕，而同等重要的或許是表面平滑。機翼內部以金屬為骨幹。由於機翼被撞斷了，油箱也早已流乾。機翼的問題在於……形狀像機翼，前後都圓圓滑滑，於是我在中間割開一個真人大小的長方形空洞，用另一翼的支架強化底部。

做起來多簡易，令我也著實驚訝。

下一個問題是：拖著擔架走遠路，路上冰雪、岩石等粗糙的東西那麼多，機翼底層會不會破損？當然會。

非加強底層不可。底層被我動過手腳之後，摩擦力必定會增加，比較難拖，但如果不強化底層，機翼沒多久就會報銷。合適的金屬板，到哪裡才找得到呢？一下子就找到了。隔開飛機引擎的就是金屬板，一片被撞成重傷，另一片只受擦傷。此外，幸虧機械工為了維修引擎省事，為金屬板設計了可拆卸式插銷。我順利拆下金屬板，綁在機翼擔架下面，大約在艾許莉坐著的地方。我評斷著成品。可能管用吧。以我能就地取材的東西而言，非管用不可。

我儘量把用得著的行李裝進背包，包括我烤好的所有肉——不是腓力牛排，比較像肉乾——然後把整包交叉綁在擔架尾，以便墊高艾許莉的腿。

我餵她吞四顆止痛藥，舉杯餵她喝，她默默喝著水，聽我解釋我的想法。

「我不太確定哪個方向才對，但我知道，我們背後是西北方，那方向有幾座山，很高，有山羊的身手才爬得過去。而我們前面……」我指著：「高原往東南方傾斜，溪也往那邊流。要領很簡單，往山下走就對了。幸好，唯一能下山的方向只有這一邊，所以我們就往這邊小心下山。我拉著妳走，從頭到尾不會放下妳不管。在平坦的地方，我會在身上綁吊帶，讓我能用背包的束帶和腰帶拉妳。有疑問嗎？」

她搖搖頭，慢慢嚼肉。我檢查她的腿，讓她穿得暖一點，然後把睡袋拉鏈拉上，為她戴上羊毛豆豆帽，蓋住耳朵：「上路以後，妳的傷腿會首度低於心臟的位置，所以白天會腫起來，但也只能等到晚上冰敷消腫。所以妳一定會……有點不適。」

她點頭。

「不過」——我指著——「最痛的時候就是把妳拖出雪窟。」

她咬咬牙。我雙手插進她的胳肢窩，輕輕往後拉，緩緩寸步拖她上擔架。睡袋在冰雪上滑行順暢，不料被石頭或樹根鉤到，我猛力一拉，震動了她的傷腿。

她用盡力氣縱聲慘叫一聲，把頭轉開，吐光了剛才下肚的所有東西，包括止痛藥在內的東西全吐在雪地上。我為她拭嘴，擦擦她額頭上的汗珠。

「對不起。」

她點頭不語。她緊緊咬著牙關。

我把睡袋裡的她拖上機翼擔架，然後回去找拿破侖。他很高興見到我。我抱他起來，把他放在艾許莉身旁。艾許莉一手摟著狗，不睜眼睛。她的皮膚看起來溼冷。

我拿葛洛福的包包墊高她的頭，把弓箭和飛蠅釣桿固定在旁邊。超重到不像話，但我的準則是，寧可多帶而用不著，也不願在拉警報時方恨少，即使重一些也無所謂。話雖如此，我丟下我們的筆電、手機、工作上的文書。這些東西帶著是白費力氣。

我再三檢查方位和地形，在我和她之間綁一條繩索。就算所有情況違背我心意，至少我和她還綁在一起。這樣綁的唯一壞處是，如果我墜崖，她也跟著墜崖。

我注視著墜機地點，然後舉頭望葛洛福的安息地，看著我拖他去坐的那塊岩石，看著山獅的淡淡血跡延伸至石堆之間。然後，我看著我們即將前進的方向，望向高原下面，視線久久不移。我拿起指南針看，因為我知道，下山過程中，或者在山下的樹林迷路了，視野絕對不比現在好。我把夾克拉鏈拉上，拿起背後的克難式握把，邁出一步，再邁另一步。走了二十英呎，我說：「妳還好嗎？」

拖了一秒，她才說：「好。」她並沒有咬牙回答，對我傳達的含義比「好」還要更深遠。這一段路不知是十英哩或一百英哩，但起頭的二十英呎同樣重要。

嗯，幾乎是。

第二十二章

頭一個小時，我們對話不多。多數地方雪深及膝，有些甚至更深。我兩度陷入雪深及胸的地方，只得爬出來再走。雪軟對艾許莉來說是好事，因為路途比較平順，但對我來說卻是壞事，因為我走得更辛苦兩三倍。我把注意力集中在呼吸，努力握繩拉，慢慢前進。肋骨腔的痛相當嚴重。

我漸漸脫離我們的高原，往我撈到鱒魚的小溪走，進入一座長滿常綠樹的小森林。這裡的樹枝被厚雪覆蓋，雪面被凍成糖霜狀，人不小心撞到，成堆的雪會從頭上傾瀉而下。

走了一小時，大概走了一英哩，艾許莉說：「抱歉，醫生，我們走得不是非常快嘛。你應該加加油。」

我倒在她身旁的雪地，氣喘如牛，胸腔在稀薄的空氣中起起伏伏，兩腿痠得討饒。

她看著我，拍拍我額頭：「要不要我去幫你買一罐運動飲料之類的？」

我點頭：「也好。」

「我在想什麼，你知道嗎？」

我覺得汗水順著我的頸背直流下去：「我不懂讀心術。」

「我在想，現在如果冒出一個起司漢堡該有多好。」

我點頭。

「多加一塊漢堡肉吧，起司也多一點，當然。」

「當然。」

「番茄，非上等番茄不可。洋蔥，最好是維達利亞甜洋蔥。番茄醬、芥末醬、美乃滋。」

軟綿綿的白雲飄過上空。又來一架民航客機劃過天上，比我們高大約三萬英呎。

「多給幾片醃小黃瓜，」她補充說。

「外加兩份炸薯條。」

「整個餐，我現在大概能一口氣吞掉兩個。」

我指著天空：「太殘酷了吧。我們看得見他們，但我確定，他們八成看不見我們。」

「你乾脆生好大好大一團火，不行嗎？」

「有效嗎？」

「不是很有效，至少能舒服一點。」她循著我們走的方向望穿樹林：「你最好趕快拉我走吧。」

她拍拍她壓著的機翼擔架：「這東西不靠電池運作喔。」

「哈哈。我一個鐘頭前就知道了。」我跨幾步：「幫我一個忙。」
「別得寸進尺喔。」
我對她遞一個乾淨的 Nalgene 水壺：「我們不多多喝水不行。我在水壺裡裝雪，拉妳走的過程中，如果妳能把水壺放進睡袋，讓妳的體熱融雪，我們就有水可喝，不必常常吃雪解渴。可以嗎？」
她點頭，接下水壺，舀雪進壺口，然後蓋好水壺蓋：「可以問你一個問題嗎？」
氣溫可能只有零下十幾度，汗水卻從我額頭直直落。我早已脫掉夾克，以免被汗溼，現在只穿一件衛生衣和一件上衣。我渾身溼透了。走動期間，這還不要緊，但如果停下來，我無法取暖烘乾衣服，情況就糗大了。我一停下來，必須立刻生火烘乾衣服，然後才可幫助艾許莉。難以取捨。
「可以。儘管問吧。」
「那則留言。怎麼一回事？」
「哪一則留言？」
「就是起飛前你聽取的語音留言。」
我咬掉下唇的一片乾皮：「我們鬧歧見。」
「為了什麼事？」
「為了……意見不合就是了。」

「你不想講，對吧？」

我聳肩以對。

她冷笑說：「她的意見正確嗎？」

我不看她，直接點頭：「對。」

「不一樣喔。」

「怎麼說？」

「在重要的事情上，男人很少承認老婆講的有道理。」

「我本來不是這種男人。」

「既然扳開你的話匣子了……我另外有個問題想問你。你錄音的時候，有沒有提到我？」

「只提醫藥方面的事。」

她伸出一手：「錄音機給我。」

我微笑：「不行。」

「那你一定提到我了。」她挑起一邊眉毛。

「我對著這個小機器講話，不干妳的事。」

「間接承認囉？裡面一定提到我了吧？」

「只以醫師身分口述病患的診斷。」

「不含個人意見嗎？該不會在背後講我壞話吧？」

說破嘴皮也無法讓她相信。我按「倒退」鍵，然後按「播放」鍵，音量轉盤調到極限，把錄音機放進她手上。空氣裡迴盪著我上一次錄給瑞秋的心聲。艾許莉凝神聆聽著內容。

播完後，她握著錄音機，輕輕交還給我：「你沒騙我。」

我把錄音機收回口袋，放在貼胸的地方。

她看著我片刻，欲言又止，我知道她遲早會問。最後，她終於問了：「每次我一提錄音機，為什麼你就變啞巴？」她揚揚眉再問：「你瞞著什麼事，不讓我知道？」

我深吸一大口氣，沒有吸飽。

「沉默不算回答。」

再淺淺吸一口氣：「瑞秋和我……分居了。」

「你們怎麼了？」

「我們吵架了。吵得有點兇，現在我們正在克服……一、兩個問題。錄音機幫得上忙。」

她面露不解：「聽她的口氣，她好像不想分居。」

「什麼意思？」

「她的語音留言。」

「一言難盡。」

「我們受困多久了，十一天吧？你幫我接骨，把我頭上的傷口縫好，甚至幫我擦屁股，竟然拖到現在才說，你和老婆分居了？」

「幫妳做那些事的時候，我的身分是醫師。」

「其他時間呢？百分之九十九的時候，你的身分是朋友。」

「我只是不想扯到私事。」

她伸出一手：「給我。」

「什麼？」

她的手心向上：「錄音機，交出來。」

「妳是想毀損、亂扔、把它弄壞之類的嗎？」

「不想。」

「妳會還給我嗎？」

「會。」

「妳還我的時候，它不會故障嗎？」

「對。」

我交給她。她研究一下，然後按「錄音」。

「瑞秋……我是艾許莉。全名是艾許莉．諾克斯。同意跟他一起搭包機的白痴就是我。妳丈夫的優點很多，而且是個非常好的醫生，不過話題一觸及妳，他就守口如瓶。男人是怎麼搞的？每次叫他們說說內心感受，他們就擺出一副剛毅木訥的嘴臉。怎麼搞的嘛？」她搖搖頭：「為什麼男人不能乾乾脆脆對女人攤牌？這又不是什麼高深學問，男人怎麼想不出辦法暢談心裡的想法嘛？對他們而言，顯然不是那麼輕鬆。嗯……只要能活著下山，我非常期待認識妳。現階段呢，我會繼續開導他。我認為，錄音機是個很不錯的點子，讓我越想越覺得，等我回家，我也準備買一個送文森。可是——」她對我微笑：「我不太想告訴妳一個壞消息——班可能沒救了。我很少遇到唇舌守得這麼緊的男人。」正想按停之際，她補上一句：「當然囉，如果這男人很誠實，也泡得一手好咖啡，那就值得原諒。」

我把錄音機收回口袋，站起來。我的筋骨快被凍僵了。寒氣貫穿汗溼的衣物，附著在我身上。逗留太久了。

她抬頭看我：「剛才懷疑你，不好意思。我的留言，你想刪就刪吧。」

我搖頭：「不會。妳的事，我能講的，我全跟她報告了，所以……加進一個當事人的聲音，更有助於了解整件事。」我往回走向擔架，抬起來，開始拉。

「她嘛……現在住哪裡？」

「同一個海灘上。」

「離你家多遠？」

「兩英哩。我幫她蓋了一棟房子。」
「你們分居了，你竟然還蓋房子送她？」
「不是妳講的那樣。」
「不然怎樣？」
「一言難盡啦。小孩……」
「小孩？你還有小孩？」
「兩個。」
「小孩都生兩個了，你到現在才告訴我？」
我聳聳肩。
「幾歲了？」
「四歲。雙胞胎。」
「名字呢？」
「麥可和漢娜。」
她點頭：「好名字。」
「好孩子。」
「照顧兩個孩子很忙吧，我敢說。」

「我不……不常看到他們。」

她皺眉：「你一定闖了大禍吧。」

我不回應。

「依我的經驗，錯通常在男方。想法老是被生理反應干擾。」

「不是啦。」

她似乎不相信：「她現在有交往的對象嗎？」

「沒有。」

「坦白一點嘛……快講。你們幹嘛分居？」

我想結束這話題。

「仍然不肯講，對不對？」

我不回應。

她的語氣轉變：「假設說…」

我就知道她會改問這問題：「假設什麼？」

「假設我們走不出去……那怎麼辦呢？」

「妳想問的是，『現在錄音給誰聽？』既然活著下山的機會不大，何必對著錄音機講不停？」

「差不多是這意思。」

我轉身，往回走向艾許莉。雪深到大腿。藍天變灰，雲層厚實，山雪欲來。

我拍拍胸：「被我開過刀的病患數以千計，很多病患的情況危急，比我們現在的處境艱難多了，我的腦子卻從來沒想過『他們沒救了，他們沒有復原的機會了。』本質上，醫師是全地球最樂觀的族群。非樂觀不可。醫生的個性悲觀，會發生什麼情況，妳能想像嗎？病人如果坐著問，『醫生，你認為我活得下去嗎？』假設我搖頭說，『依我判斷是不可能，』會怎樣？保證我在醫界混不久，因為沒有病人想看這種悲觀醫生。」

「身為醫師，我們遇到慘到不能再慘的症狀，都一定要設法改善。每天都像下西洋棋。醫師對抗病魔。多數日子，我們能打敗對手，有些時候難免會敗退下來。」我大動作對著前方揮一揮手：「我們做這麼多，只為了兩個字。」我點一點錄音機：「希望。『希望』能在血管裡循環。『希望』是我們的原動力。」

我轉頭，一滴淚順著臉皮往下掉。我細聲說：「到時候，我會放錄音帶給瑞秋聽。會播放妳的聲音。」

艾許莉點頭，閉上眼睛，躺回擔架上。

我回到擔架前面，抓起握把，開始拉。我聽見背後喊：「你還沒回答我的問題啊。」

「我知道。」

山上的氣象瞬息萬變，一眨眼的工夫，雲來了，籠罩四周，對著人頭直拋冰雪。白天即使被凍了整天，天黑後照樣發現臉和嘴唇都被曬傷脫皮。臉頰被風颳得紅痛，腳也起水泡。

即使沒東西吃，人只要有水喝，通常能撐三星期。但在這種高山上，光是呼吸和顫抖，我們耗費的熱量就比平地多一倍，更何況我還拖著擔架走在四英呎厚的粉雪上，存活的時間不到三星期。這片雪地苦寒不饒人，壯麗而不屈，一會兒寒徹骨髓，一會兒又變熱，一會兒又轉為冰庫。

繼續走了五分鐘，雲飄來了，迷霧籠罩山區，不久後，風雪橫掃而來，甚至會打轉，刺痛我的臉，幾乎寸步難行。置身這麼大的風雪，我們絕對活不久。這附近無處可躲。我凝望著昏天黑地的大雪，痛下決定。

我調頭往回走。

回程走得灰心喪氣。我痛恨半途而廢，白走了一趟。話說回來，半途而廢能保命，總勝過硬走下去而賠上兩條命。四小時後，我們回到墜機地點。我累得幾乎無法動彈。我先讓艾許莉舒服躺好，她的臉上寫滿痛楚。她不講話。我強迫自己睜著眼皮，等她睡著才睡。

四小時之後，我醒來，全身發抖。睡前，我居然忘記把汗溼的衣物換掉，為此我付出巨額的代價。睡袋的設計理念是隔絕裡面的溫度，冷熱都一樣。睡袋裡的我既溼又冷，而溼冷最能殘害睡袋的保暖功能，降低熱阻係數。我剝光衣服，用機翼支架掛著，把營火弄旺，然後鑽回睡袋繼續哆嗦。抖了將近一小時，我才暖和起來，換言之，該睡的時間非但沒睡成，反而耗掉寶貴的能量。不換衣服就睡的代價不僅高昂，也是愚昧之舉。這種無心之過往往能斷送性命。

第二十三章

她一副不願苟同的模樣：「今天有什麼樣的冒險行程啊？」

她的聲音在我的腦殼裡衝撞，我一時想不起置身何處。有宿醉的感覺，六神無主。

「什麼？」

「你想睡整天嗎？我知道你很累，所以儘量讓你多睡一點，不過我是真的很急了，而我又不能兩腿交叉起來夾緊。」

我坐起來：「對不起。妳應該叫醒我才對。」

「你睡得好熟，所以我考慮乾脆自己來，可是我的手不夠用，而且我也不想尿溼睡袋。」

我點頭，揉揉眼睛：「判斷正確。」

「今天是第幾天了？」

我抬手看錶，錶面卻黑漆漆。我按 Indiglo 亮燈鍵。沒反應。我用力再按一次，依然沒反應。我甩一甩，舉向有日光的地方。

玻璃錶殼有一道網狀深裂痕，從左下角蔓延到右上，錶面底下已布滿水汽。

「我不知道。」

她注意到我的手錶：「很重要嗎？」

「瑞秋送的。幾年前。」

「很遺憾。」她沉默片刻，改以柔和的口吻說：「我們被困幾天了？」

拿破侖舔著我耳朵：「十二天……大概。」

她點頭，掐算著：「佛羅倫斯。我們的蜜月假如能如願，今天應該到了佛羅倫斯。我們訂的旅館套房在阿諾河畔，能眺望老橋。簡介書上寫說，遠遠看得見大教堂的燈火……我盼了好幾年了。」

我坐起來時，寒意攻心，我赫然發現自己半夜把衣褲剝得精光。她端詳著我肋骨的紫色瘀青：「你覺得怎樣？」

「還好，不會再一碰就痛了。」

錄音機的腕帶綁著一支鑰匙。她指著鑰匙問：「有必要帶著走嗎？」

「妳有點愛管閒事，對不對？」

「呃……你不是想儘量減輕負擔嗎……」她聳聳肩：「什麼東西的鑰匙？」

「瑞秋的房子。」

「你指的是你蓋給她、自己卻沒得住的房子，而她在這房子裡養小孩，你卻很少看到他們。」

「我的……今天怎麼有人口氣這麼衝？」

「坦白發表一下個人觀點而已。」

我把襯衫拿下來，開始換上溼冷的衣褲，在大白天才看得見自己瘦多少。她也看見了。

「你變成皮包骨了。」

「我最近在嘗試一種墜機減重法。」

她嘿嘿笑一陣，緊接著狂笑起來，具有傳染性。一大早能開開心心真不錯。

我檢查她的腿，處理內急，開始用露營爐融雪。瓦斯剩多少，我不清楚，因為爐子無法顯示燃料存量，但我知道裡面一定所剩無幾。露營爐的優點是輕便，燃料不可能源源不絕。我拿起來搖搖看，聽起來不樂觀。在海平面，露營爐燒開水只需七十五秒左右，但在這裡，燒水的時間足足有三四倍長，換言之，燃料用量比較大，消耗速度是平常的四倍。葛洛福的打火機油也即將耗盡。Zippo打火機的外型帥，聲音也酷，讓我聯想起「鼠幫」（Rat Pack）、詹姆士．迪恩、電影《終極警探》（Die Hard, 1988）男主角布魯斯．威利，缺點就是常缺油，通常每星期添一次油。打火機的設計理念同樣是輕便，燃料用不久，沒有源源不絕的道理。起初我有火柴可用，現在早已一枝不剩。我們能想的辦法不多，而我們需要生火。鑽木取火的日子遲早會來，我最好多多留意適合製作取火弓的木頭。

中午了，天空昏沉沉，雲層低，氣溫下降，積雪的表面結冰了，有益行走。雪鞋踏著凍雪前進，下陷不深，不必每踩一步就深陷雪地，耗費的氣力較少，理論上有助於我們走更長遠的路。

我綁好靴子，套上高幫鞋套，穿上夾克。我的夾克有一手的肘部破了，小小的羽絨外漏。我的雙手都傷痕纍纍，於是我從葛洛福的牛仔夾克袖子割下幾條布，纏在手上當手套用。

我們昨天收拾過行李了，所以今天很快就能上路。我把東西裝上「雪橇」，給艾許莉幾塊肉乾慢慢嚼，也給她一些水，然後小心拉她到洞口，謹記著昨天出洞時被狠狠震一下的教訓。我輕輕把她拉過凸起物，來到外面。感覺上，零下的氣溫比昨天再降攝氏十一、二度。我看著雪橇，思索著昨天的進程，領悟到吊帶的必要性。有了交叉在胸前的吊帶，不必用手拉，全靠兩腿和胸部挺進，雙手能自由運作，也不至於在意外時和雪橇脫鉤。我爬回雪窟裡，拿著葛洛福的萬用工具鉗，從機長座椅拆掉安全帶，固定在雪橇上，在胸前交叉，把自己釦住，騰出兩手。萬一我一腳沒踩穩，也能緊急按扣環脫鉤，以免艾許莉被我連累，防止兩人一起墜崖的慘劇。

她抱持懷疑的態度，歪頭看著，一口肉乾在嘴巴左邊嚼幾下，換到右邊再嚼。我脫掉夾克，抱起拿破侖，全塞進她的睡袋。如果我穿夾克加吊帶，走沒幾步必定汗流浹背，把夾克裡面弄得溼淋淋，把熱阻係數減到趨近零。夾克脫掉放進睡袋，艾許莉能代為保暖，保持乾燥，我賣力停下來時，可以拿出來穿上，包住熱氣。這決定具有關鍵意義。我揹好吊帶，向前傾身拉緊，開始前進。

走了一小時，大概走了五百公尺，高度降了一百英呎。每走三步就休息幾秒，再繼續走三步，然後再休息。這種走法慢吞吞，急死了，但有走總比沒走好。

她不太高興：「說真的……」她喝一口水：「這樣走，你覺得能走多久？」好事是，她幾乎一整天下來，慢慢吃吃喝喝，容易消化。

「不曉得。」我以眼角瞄她。

「我們再這樣下去，不是辦法。你辦不到。」她拿著肉乾指向天邊：「你前後左右看一看，這地方根本是屎蛋皆空山。」

「屎蛋皆空山？」

「雞鳥拉不出屎蛋的地方啦。」

我停下腳步，汗水從臉上直流下來，氣喘吁吁：「艾許莉？」

她不應。

「艾許莉？」

她雙臂抱胸。

「我們不能一直待在原地。待在原地只有死路一條。我也不能扔下妳不管。扔下妳，妳死路一條。所以，我們才一起走。」

無助感令她挫折深重，終於爆發了。她叫罵著：「可惡，已經十二天了，連個鬼影也沒等到。走了這麼久，才走大概一英哩。照這種速度，走到耶誕節才能得救。」

「大家不知道從何找起。」

「好吧，那麼……你有什麼規畫？你用什麼方法救我們下山？」

她講話不用邏輯思考，純粹被恐懼心驅使，再跟她怎麼溝通也是枉然：「一步接一步走下山。」

「照這樣走，你能走多久？」

「再久也得走。」

「你走不動了呢，那怎麼辦？」

「我走得動。」

「你怎麼知道？」

「不然我又能怎樣？」

她閉眼，把拿破侖抱過去，凝望天空。我掏出指南針，對準一百二十五度，以遠處的一小條山脊為基準，開始一步步前進。昨夜的雪徹底掩蓋昨天走過的痕跡，完全看不出我們離開墜機地點的跡象。

我們無言幾小時。

這條路線是穿越樹林的緩降坡，昨夜的雪下得很大，積雪也深，腳下有十到十四英呎厚的雪，這表示，夏天一到，我們抬頭才看得見目前擦身而過的這些枝椏。常綠樹枝能承載大量積雪，但人路過時擦到，動搖到樹枝，積雪會嘩然全部傾倒在人身上，毫無保留。雪經常掉到我頸子上，不停被我抖掉。我安步當車，注意呼吸和體力多寡，每跨幾步就休息。如果累得身體太熱，我會放慢步伐，兩步之間多喘幾口氣，行進的速度可媲美蝸牛。走了六小時又幾分鐘，我判斷我們前進一英哩多一些。

接近天黑，我才停下腳步。

我汗溼全身，筋疲力竭，但也心知再不趕緊製作取火弓，待會兒必定後悔莫及。巨岩旁邊有一棵常綠樹，我把艾許莉推進樹下。有枝葉遮著，樹下不但沒有積雪，竟然還見得到泥土和乾松針。有松鼠在這裡啃過松果。我脫掉汗溼的上衣，掛在樹枝上，收集幾把枯死的松針和小樹枝，在艾許莉旁邊生火，一點就燃。果然被我料到，露營爐的燃料快用罄了。我開爐時，爐子打嗝一下，大概還剩一天份的瓦斯。我再收集一些樹枝，在她身旁疊成一堆，告訴她：「好好顧著，不要讓火熄了。我不會走遠，有事喊我。」

「你想怎樣？」

「做一個弓。」

葛洛福的弓箭綁在雪橇尾，她看著說：「不是有一個了嗎？」

「我做的不是射箭用的弓。」

我開始往外圍繞圈走，想找兩根木頭。一根最好有三英呎長，有些弧度，兩端可用鞋帶或繩子連接，另一根最好直一點，能砍成紡錘形，大小和鐵錘的柄差不多，也許再短一點。花了大約三十分鐘，我找到合我意的兩根。

我悄悄穿越樹林，應急用的雪鞋踩得冰雪劈啵響，舉步維艱。離營地還有一段距離時，我停下來喘息，更貼切的用語應該是「監看」。她坐著，對營火添柴，火光映在臉上。即使遠遠望去，即使地凍天寒，她仍顯得美麗動人。這一點無庸置疑。

時時刻刻在我腦中打轉的是我們的困境，分分秒秒煩著我。眼前的局勢近乎絕境。然而，我不曾從她的角度設身處地著想。她局限於睡袋。她成天坐著沒事做，只能照料營火，搔搔拿破侖的頭。她凡事依賴我：餵食、移動、尋覓食物、燒水。解決內急。她除了睡覺之外，沒有我，什麼事也無法做。假如我也像她，變得凡事依賴人，一躺就是十二天，我保證變得比她更難纏。

醫師習慣像宙斯從天而降，凌駕難題之上，破解險境之後離開，後果由其他人收拾，例如護士和護理師助理。他們不辭辛勞做的才是真正的「醫療行為」。艾許莉需要醫師，也需要護理。身為醫師很簡單，肩負護理任務就不輕鬆了。在護理工作方面，我應該加強哪些地方，我根本不知道。我只知自己有心加強。

我回到營火旁，鑽進自己的睡袋，嚼著肉乾，叫自己喝水。露營爐雖然沒瓦斯可燒，我仍能善用爐子上半部近似小咖啡罐的東西。再怎麼說，這罐子的材質是鋁，能抗高熱。我用它裝雪，挨著炭火擺著燒水。

接下來一小時，我們吃吃喝喝，我也埋頭做取火弓。我雪葬葛洛福之前抽出他的鞋帶，收進我口袋，現在終於能活用。我拉出一條，一端綁個結，然後把鞋帶纏在弓頭的凹槽，拉緊，另一端纏在弓尾凹槽，繞幾圈，打個結，充當弓弦。弓弦不能繃太緊，也不能太鬆，以免纏上紡錘之後張力不夠，扭不動紡錘。鬆緊度要靠觸覺來拿捏，調整弓弦幾次後才成功。接著，我把紡錘砍成大約十英吋長，兩端削尖，一頭鈍一些，以製造較大的摩擦面，然後在紡錘中間刻一環凹槽，弓弦才不會脫軌。

取火弓完成後，我放在一旁，把我的水喝完，埋首做弓許久的我這才抬臉看。

艾許莉正盯著我：「你專心做事的時候，表情好認真，」她說。

「我有預感，明天用得上取火弓。她雙臂叉胸：「報告一下最新情況吧。你有什麼樣的想法。這裡是哪裡。諸如此類。」

「依我看，從墜機地點，我們已經走了差不多一英哩。明天早上，我想爬上那邊的小坡地，看對面那座高原上有什麼東西。如果地形允許，我們可以照目前的方向前進。我們的肉乾大概還能撐幾天，所以我想繼續走。妳最好儘量補充飲水，餓了就吃，震動太厲害的時候一定要告訴我。」我聳聳肩：「震痛妳了，對不起。今天路上有很多顛簸，妳很痛，我知道。」

她呼出長長一口氣：「今天早上對你發飆，對不起。」

我搖搖頭：「妳的處境很辛苦。我如果不幫，妳能自己做的事情不多。難以調適是人之常情。」

我在營火上添柴，挪近一些，但沒有近到引火上身。我合上眼瞼。睡意急速籠罩我。接著我想到艾許莉。我強迫自己睜眼。她盯著我看：「需要我幫什麼忙嗎？」

她搖頭，強擠出微笑。

「妳確定？」

「對。」

才幾秒，她就睡著了。

第二十四章

醒來知道受困十三天了，心理很難接受。我甩開睡意，趕在天亮前穿好衣褲。火熄了，幸好有幾塊炭仍紅。我添柴吹氣，幾分鐘就煽出熊熊一盆火。我再添柴，搔一搔拿破侖，然後走上旁邊的小坡地，登高眺望周遭地形。

我不慌不忙，細細探究每一處山窪、每一道山縫，不停自問著，有沒有人造的模樣？答案是斬釘截鐵的「沒有」。四面八方全荒蕪原始，是愛好大自然人士的樂土。我和大家一樣熱愛大自然，但這也原始得太荒謬了吧。

我穩住指南針，讓指針停息，判定方向，順著指針望向遠山。想走到那邊，我們必須整天不休息，也許連續兩天穿越樹林，踏深雪前進，絕對不輕鬆，而且一進樹林，我的方向感一定錯亂。沒有指南針，絕對走不出樹林迷宮。在樹林裡，我會失去透視的能力，方向感也不管用。也許人生就像這樣。

以目前的方向走，我們能穿越一道隘口，希望海拔也能隨之減低。我瞭望著無垠的野地，不禁想到，很多東西即使全扔了，我仍有得救的希望，指南針卻是萬萬丟不得的一個東西。我拿尼龍繩綁住指南針當項鍊戴著。

我回來，見艾許莉坐著撥火，還來不及喊早安，就被她拷問：「你當初怎麼曉得你想和她結婚？我是說，你是怎麼『知道』的？」

「早安。」

「早、早、早。祝你早安。真正『安』了再通知我一聲。」

「妳精神好多了吧。」我跪在她的睡袋旁，拉開側面的拉鏈，掀開，檢查她的腿。好的是，變化不大。壞的是，變化不大。

「今天中午，我們應該再冰敷……可以嗎？」

她點頭：「真的，我想知道。」

我開始把睡袋收進伸縮包裡：「我想和她共度每一秒。想陪她歡笑，陪她哭，陪她活到老，牽她的手，早餐時膝蓋碰膝蓋。另外，因為我們已經交往了兩、三年，我真的好想跟她上床。多多益善。」

她笑了：「你們兩個在分居之前，那方面還很頻繁嗎？」

「婚姻不為人所知的一大妙處是，相親相愛的方面是越老越醇。至少以我來說，我不再想證明什麼。我猜我們男人對性愛的觀念全來自電影，把螢幕上的做法當成榜樣，其實差得遠了。性愛比較像共享，不是施與受。電影對這一方面的刻劃不夠深刻，只表演出火辣、汗涔涔的一面。那沒什麼不好，我沒有批判的用意，只想破除迷思，不希望大家以為房事就應該那樣。」

「沒錯，結婚幾年，的確有很多人熱火不再，我能理解，不過，我也認為，很多夫妻結婚三、四十年了，甚至半世紀，最懂相親相愛的學問，只是我們懶得聽而已。我們以為我們還年輕，乾柴烈火是我們的專利。」我搖頭一下：「我不太確定了。老夫妻如果和費爾醫生脫口秀打對台，可能打得他沒戲唱喔。葛洛福絕對行。」

「那麼，一個想要、另一個不想要的時候怎麼辦？」

我笑笑：「瑞秋把這種情況叫做『施捨愛』——百分之九十九的時候，都是她對我施捨。」

「施捨愛？」

「情況就像，『老婆……我睡不著。幫幫我。』」

「在……在分居以前呢……她有沒有『幫』你？」

「有時候。不見得每次都幫。」

「她不肯幫的時候，怎麼辦？」

「泰諾 PM 助眠成藥。」

「我好像問得太私密了。」

「的確是。」

「所以說……分居之後怎麼辦？」

我深吸一口氣：「沒得辦。」

「你們兩個分居多久了？」

「久到我去 Costco 的批發架買助眠藥。」我開始搬行李到雪橇上綁緊：「聽著，我想扶妳站起來，不准妳對傷腿施力，所以我們慢慢來，但我希望妳開始把重心放在正常的那條腿上，促進循環。」

她伸出雙手，我拉開睡袋拉鏈，正常的一腳放在我腳上，我緩緩扶她起立。她站不穩，頭暈，趕緊靠在我肩膀上，最後總算站直：「這感覺不錯。幾乎像人類了。」

「傷腿感覺如何？」

「動不動就痛。但只要不伸縮骨折部位的肌肉，只有隱隱痛，不會劇痛。」

我調整支架的束帶，她雙臂搭在我肩膀上，以平衡重心，我則扶腰穩住她：「維持這姿勢站幾分鐘看看。這樣站能改變血壓，對心臟有好處。這樣能多給心臟一點任務，逼它把血輸送到全身各部位。」

她抬頭看樹木，微笑：「我的腿好冷。」

「呃……只穿襪子和內褲走來走去也會冷。」

「你知道嗎，我唸中學的時候，舞都是這樣跳，舞伴是一起出去玩的對象。」

「好久沒聽到『出去玩』的說法了。」

「如果交往認真，我會把雙手放在他肩膀上，他會兩手握著我的腰，趁監護老師不注意，慢慢繞到我背後。沒格調的男生會整條手繞過去，握屁股一把，或是插進牛仔褲口袋。我爸不准我和那種男生約會。」

「管得好。」

「文森很討厭跳舞。」

「我稱不上是舞棍。」

「為什麼？」

「缺乏節奏感。」

「好了，我站夠了，放我下來。」

我把她安放回睡袋，拉起拉鏈。她指著我：「快啦，表演一下。秀幾手給我看。」

「什麼？跳舞嗎？」

她點頭。

「妳瘋了。」

她指著我站的地上，比畫圓圈：「跳吧。我等著看。」

「妳不懂啦。我的腰臀動作跟玩具兵差不多，我甚至連『白人舞』都跳不好。」

「什麼人舞？」

「白人舞。就是白人舞技差勁，被黑人學來搞笑時跳的爛舞。唯一的問題是，想模仿爛舞技，沒有節奏感的人還跳不動咧。我這一點點節奏感都沒有。」

她雙手抱胸：「我還在等。」

「建議妳攤開雙手，對一手吐口水，對另一手許願，看看哪一手最先變出東西來。」

她抓抓頭，然後微笑：「你從哪裡學來的？」

「以前週末到了，我缺錢用，向我爸伸手，我爸常用這句訓我。」

「父子關係好像不是很親。」

「有點。」

「言歸正傳啦，你到底跳不跳嘛？」

我轉一圈，盡最大能力模仿約翰．屈佛塔的「活命舞」，接著用手和屁股的動作，表演男生常有的「水桶拖把」怪舞，最後以ＹＭＣＡ舞壓軸，也跳麥可．傑克森的月球漫步舞，轉一圈，帽沿往下拉。表演完畢，她在睡袋裡笑得彎腰，笑到講不出話。最後，她舉出一手：「停……不要……我好像漏了一點尿。」

大笑一陣，感覺很棒。真的很棒。我最奢望的是衛星電話、救援直升機、進手術房醫治她的腿，但這一陣大笑之寶貴，價值直逼以上三項的總和。拿破侖看著我們，以為我們發瘋了。尤其是我。

她躺回原位，喘著氣。半笑著。

我拉好夾克拉鏈：「瑞秋逼我去學跳舞。」

「什麼？」

「對。搖擺舞、探戈、華爾茲、維也納華爾茲、吉魯巴、狐步。甚至排舞也學過一兩次。」

「你全會？」

我點頭：「瑞秋說，因為我練跑太投入，髖屈肌繃得緊，害我節奏感有點毛病，所以我去報名，拖她一起上課。學了一整年，為約會製造不少情趣。」

「所以說，你真的會跳？」

「有她陪跳的時候。」

「假如能在婚禮拉文森跳一支，一支就好，我就偷笑了。」

「和她跳過幾次以後，我漸漸發現我喜歡和她共舞。等到我學會幾招，學會怎麼帶……」我笑笑：「等到她讓我帶……就沒有那麼慘了。沒有那麼丟臉。不再擔心了，玩得開心就好。當然囉，我放得開以後，每次一參加舞會，她都想拉我進舞池。」

「你願意嗎？」

我點頭：「被我叫做『施捨舞』，而百分之九十九的時候，都是我對她施捨。話說回來呢，我也不見得賠本。」我挑挑眉毛。

「下山以後，你應該幫我誘導文森一下。」

「到時候我盡力而為吧。」我把夾克脫下來給她，讓她塞進睡袋保暖。吊帶上身釦好：「動作快點，白光快被我們白白燒光了。」

「這句我聽過。」她彈彈指：「哪裡來的？」

「約翰．韋恩。電影《牛仔》（The Cowboys，1972）。」

她往睡袋裡鑽：「你是一天比一天更有趣。」

「相信我，我的魔術帽快變不出小白兔了。」

「我不信。」

我綁好雪鞋的鞋帶，彎腰向前拉雪橇，雪橇在結冰的雪地上滑行。我走兩步，聽見她呼喚。

「可以再跳剛才的怪舞給我看嗎？」

我擺擺臀，做出拿拖把拖地的動作，空拋披薩，扭轉棉花棒，以肢體拼出YMCA。

她狂笑起來，輕輕踹著正常的腿。

進入樹林，我們沐浴在常綠樹的芳香和她的歡笑。

第二十五章

到了中午，我們走了一英哩半，我累成廢人。我的左腳結冰了，前景不樂觀，因為最後半英哩是緩升坡，肩膀被吊帶勒得太緊，手指痲木。幸好今天沒有病號等著我開刀。

來到小溪旁，我們休息一小時。溪岸結冰了，積雪如山。我把艾許莉拉到一棵樹下，脫掉汗溼的上衣，掛著風乾。讓溼衣服結冰也好，因為氣溫如此低，抖掉衣服上的冰比擰汗來得容易。

這棵樹的枝葉為地面遮雪，產生類似金魚缸效應。我把艾許莉拉下去，讓她躺平，稍微折彎一根樹枝，讓多一點日光透進來，接著我鑽進睡袋裡，靜靜暖暖睡一小時。醒來後，我穿上衣服，嚼幾口肉乾，再戴上吊帶，然後挖出一道斜坡，以便拖她出去。來到平坦的雪地後，我跺跺腳五、六次。靴子裡面感覺溼溼的。溼表示冷，而冷不是好現象，尤其是腳趾，值得我觀察。

傍晚，太陽露臉，溫度微升，積雪有化為雪泥的跡象，地面變得溼黏，我每走兩三步就跌進雪裡，爬出來再走兩三步，再度跌進雪裡……同樣的情形重複了兩小時。

天黑了，我們大概走了兩英哩半。從失事地點算起，總共三英哩半或四英哩。有時候，我每跨一步就休息一分鐘，卻仍覺得不夠。雲籠罩山頭，夜幕急速降臨，而我幾乎寸步難行。我好冷，全身溼答答，沒力氣起火。腦海深處有個小小的聲音告訴我，再撐也撐不久了。我最好找個窩，明天休息一整天。

艾許莉也累了。她全天繃緊神經，擔心遭逢不測或墜崖，所以身心交瘁。

我們來到一塊凸岩下面。野生動物常年躲這裡，久而久之窩成一座山洞，避風雪的效果良好，兼備人間罕見的景觀。我讓艾許莉靠著岩壁坐，方便她欣賞毫無障礙的全景。她把眼皮撐開一線，說：「哇。從沒看過這種景象。」

我只吐得出：「我也是。」我坐下，累成殭屍一具了：「今晚不生火了，妳贊成嗎？」

她點頭。

我脫掉汗溼的衣物，儘量在石窟裡面找地方掛。即使洞外的氣溫攝氏零下十度左右，我的Capilene系列衛生衣仍被汗水浸透。我穿上僅有的一件四角內褲，睡進睡袋，閉眼，這才恍然想起靴子。明天左靴如果沒乾，我就有苦可受了。

我爬出睡袋，撿起幾把枯松針和小樹枝，堆排成圓錐帳篷形，高約一英呎，把乾松針塞進裡面，也塞幾根仍有枯松針的樹枝。我明白我只有一次機會。

我掏出葛洛福的打火機，莫名其妙放在掌心裡摩擦幾下，然後伸進圓錐柴堆裡，點火。只見火星不見火苗。我甩一甩打火機。

「拜託啊，再點一次就好。」

我再點火。再度落空。

「最後一次。」

我再按打火機，這次冒出一小團火，只延續不到一秒，幸好在熄滅前，延燒到松針。松針的易燃性難以想像，目睹過火燒耶誕樹的人都能明瞭。我慢慢添小樹枝，對底部輕吹氣。火漸漸旺了，我再添加易燃物，覺得火勢已成氣候，才去尋覓較粗的樹枝，甚至小樹幹也行。

我累得走不動，仍找足柴薪，能餵營火幾小時。然後，我在火堆外圍疊石頭隔熱，在後面留個缺口，好讓熱氣朝我們飄來。我把靴子放在兩塊石頭間的空隙，近到能烘乾靴子，但也不至於融掉橡皮。我脫掉夾克，鑽進睡袋，頭一觸地，幾秒後立刻墜入夢鄉。

睡前的最後一個想法是，葛洛福的打火機獻給我們最後一把火，如今沒油了。情勢持續惡化。衣物溼了，腳溼了，水泡一個個冒出來，氣力見底。山獅肉乾還剩一些，但照目前的速度省著吃，可能只能再撐兩天。

拿破侖也餓不得。如果不餵狗，也許能多撐一天。

問題是，我狠不下心餓死他。理智上，在不同的情境裡，例如在診療室或手術室舒服吹暖氣時，我或許能考慮在餓慌時吃狗肉，但在實際情境中，如今陷入緊急狀態，我卻不忍心。每次我看著拿破侖，他總是舔我臉，搖搖尾巴。每次風一呼呼颳，他就迎風站起來，對著風低吼。面對鬥志如此強的生物，都應該給他一個生存機會。

換成別人，或許早已把他切成狗排，飽餐一頓了，但我下不了手。反正他的肉八成跟鞋皮一樣難嚼，不吃也罷。然而，老實說，每次我看著他，我就看見葛洛福。也許，饒他一命的理由，這就算充份了。

六、七個小時後，天邊才透白，擴散到我們前方的灰白山巒，我被熱呼呼的劈啪火聲吵醒，眼皮撐開一條縫，腦筋轉了一下，才驚覺不對勁，猛然起身，惟恐鬧火災了。

幸好不是。

艾許莉正在看火。她已經照料營火幾小時了。我的衣物被烘得乾暖，而且說也奇怪，全被摺好疊在火邊幾英呎外的石頭上。她正拿著長長的綠樹枝撥弄火堆，樹枝不知道是哪裡來的。雪橇周圍的地面全被她撿得一乾二淨，凡是伸手搆得著的枝葉，全被她扔進去燒。我昨晚撿回一堆樹枝，她手裡拿著的是最後一根，難怪會燒得如此熱鬧。我的靴子被換個方向烘乾了。襪子也是。我站著揉眼睛，腰瘦了兩圈的我四角內褲穿不住。

「嗨。」她拿著樹枝指著，尾端冒著煙：「下山以後，你也許該考慮買小一兩號的內褲。你那件有點太大了。而且啊，」她拿著樹枝比劃一小圈，繼續說：「買那種褲襠有鈕釦的內褲。你是在賣熱狗嗎？」

我遮羞揉眼，躺回睡袋：「我想喝杯咖啡、一塊肉桂麵包、六個半軟荷包蛋、一塊紐約客牛排、香煎馬鈴薯絲、咖啡續杯、來一點柳橙汁、一塊萊姆派、一碗蘋果……更正，一碗鮮桃脆皮派。」

「可以讓我分一點嗎？」

我坐起來：「妳沒睡飽吧？」

她聳聳肩：「睡不著。你蠻累的，甚至講夢話。而且，我見你的衣服溼淋淋的。我能做的不多，這一點點事……」她拿著樹枝對著營火劃一圈：「我倒能盡點力。」

「謝了。真的。」我穿好衣服，穿上暖和的靴子，臉上不禁漾起微笑。我拿起短柄斧：「我馬上回來。」

半小時後，我捧一大堆東西回洞裡。我再出去走三趟。聽說非洲部落的人妻人母常外出提水找柴薪，一天少則三小時，多則十小時，視狀況而定。如今我總算能體會她們的辛勞。

我把火弄旺，燒一些水，熱一熱肉乾，給艾許莉和拿破侖吃。她默默嚼食，指著狗說：「他瘦到肋骨都激凸了。」

「對啊……我想他希望早一點下山。」

她的語調變輕，透露幽默和嚴肅兼具的心情：「我也一樣。」

無語片刻。火烤得心情舒暢。

「腿的情況怎樣？」

她聳聳肩。

我跪向她身邊，拉開睡袋，觸診大腿。腫已消退不少，青紫部位也停止蔓延，都是好現象。我檢查她臉上的縫線時，她看著我。我說：「不拆線不行。不能讓皮膚包住線。」

她點頭。我掏出我的瑞士軍刀，一針一針剪斷，然後進入疼痛難耐的抽線階段。她伸出一手，掌心向上，讓我放置拆掉的線。她縮脖子皺眉，但從未喊痛。

拆線完畢，她雙臂叉胸問：「我看起來怎樣？」

「醫術不賴的整型醫師都治得好。」

「有那麼醜啊？」

「回家後，多塗一塗 Neosporin 抗菌軟膏或維他命E油，能減輕疤痕。」

「維他命E油？」

「對。瑞秋懷雙胞胎的時候，常叫我幫她抹維他命E油，能減少妊娠紋。」

「我敢說，他們一定很想念你。」

「我很想念他們。」

她改變話題：「不曉得你有沒有空思考過，今天有什麼計畫？」

「找藏身地和食物。」無意識中，我舉手看錶，忘了手錶已經故障。我說：「我們這裡算是高原，穿越這樣的樹林再走大概一英哩，如果我沒記錯，會走到地勢陡降的地方。我希望今晚之前能走到那裡。地勢陡降，下面一定有什麼，我預計會有湖或溪之類的水源。說不定能讓我們躲個幾天，讓我有機會找東西吃。」

她看著綁在雪橇上的弓箭：「六支箭，夠用嗎？」

我聳肩：「不夠也沒辦法。」我揉揉胸：「我的肋骨舒服多了，不過，我拉那把弓，如果拉到極限，肋骨會有點刺痛。我拉這把弓比較難拉到底，因為葛洛福的滿弓長度比我長。」

「葛洛福的什麼？」

「滿弓長度。每把弓的適用程度依人而定，就像鞋子尺寸一樣，尺寸不合，能穿是還能穿，但怎麼穿就是不舒服。」烏雲堆積在對面的山頂，我凝望著：「今天可能有雪，大雪。我想趕在大雪不可收拾之前，穿越這片樹林。」

她點頭：「我贊成。」

我們打包熟能生巧，很快就收拾好行李。在我來得及畏怯之前，我戴上吊帶上路。我剛穿好雪鞋，才跨出幾步，就聽見她從背後呼喚：「班？」

我停下來，不回頭：「什麼事？」

這次她的音量變小：「班？」

她的語氣變了。我轉頭走回雪橇，被安全帶纏一身：「什麼事？」

她躺在睡袋裡向上看。她眼睛上方的疤痕遲早會癒合，但現在呈粉紅色，需要消毒藥膏。她伸出手和我握。葛洛福的牛仔夾克切成的布條裹住我的手，已經脫線，凌亂似髒抹布，破洞無數，右食指露出來。她握住我的手，幫我把布條纏好：「你還可以嗎？」

她關心的不只是我的腳或肚子。

我跪下去，長吐一口氣：「只要不思考下一步以後的事，我都還可以。」搖一下頭：「走一步算一步。」

她點點頭，繃緊神經，迎戰雪橇帶來的動盪打擊。

雪來早了。我們動身的頭一小時，硬幣般大的雪花就開始降。穿越樹林就花了三個多小時。出樹林後，我們來到一座陡降坡，下面是類似山谷的地形。我當然是瞎猜，因為大雪下得白茫茫，根本無從判斷是不是山谷。

我們找到一棵常綠大樹，躲進被積雪壓得低垂的樹枝下面，取出我先前草草描的地圖。我估計，這裡離墜機地點大約八英哩，位於山谷邊緣。我知道我們一直朝一百二十五度的直線走，但我們繞道前進的障礙物很多，有巨岩、岩架、小山、倒樹，可能偏移了原定方位線兩三英哩。這在預料之中，我也莫可奈何。在野地鮮少有走直線的可能，朝某一方向直直走，倒是可以。然而，走直線和定向直走的差別很大，兩者都能朝同一個方向前進，最後的目的地卻不相同。

如果是判讀指南針經驗豐富、認真學習、常參加定向運動的人，繞障礙物前進、調整方向難不倒他們，最後總能回歸直線，最後能抵達既定點。我的技巧比不上他們。

我打個比方。啟程時，我設定一百二十五度的方向，不久就遇到小山頭，爬不過去，只好繞道。繞到山頭另一邊後，我繼續朝原定方向前進——儘管已經偏離原定路線一英哩多。這有點像沿著棋盤線條走，走在一條線上，右轉，走過三格，然後左轉，繼續朝原定方向走，唯一的差別在於，現在偏離了原定路線三格。雖然我們目前離失事地點八九英哩，但一路上礙於地形左繞右繞，走過的長度其實將近兩倍遠。

我曾在GPS看到一條線，可能是林業道路或登山步道之類的。照我的草圖來看，那條路離這裡仍有十五或二十英哩。我們受困十四天，行進速度如蝸步，儘管我迫切想挺進，現在大雪當頭，不得不搭個東西避風雪，找到食物再出發。缺糧的我們頂多只能再撐幾天，吃完後，我會累得無力打獵。

我帶著短柄斧，對著為我們擋雪的大樹劈，砍下幾根樹枝，在背風處劈出一個進出口，拖著剛砍下來的枝葉到迎風處，提升避寒作用。我去砍附近的樹，拖回幾根樹枝，垂直堆疊，徒手推雪過來固定底部，把樹枝尖端插進我們這棵樹，直立起來，然後對著我們的樹多插幾支樹枝，作用類似閣樓的椽。不到一小時，我們有個像樣的避風港了。

艾許莉點頭：「不賴嘛。」

「久住不行，不過遇到緊急狀況，倒是能住一陣子。」

下一件事令我憂心忡忡。取火弓。我收集易燃物、松針、細枝，甚至刮下襪子表面的毛屑。我拉著弓，徐徐扭轉紡錘，讓錐尖摩擦爐床板，磨出定位之後，我全力前前後後拉著弓。高海拔區，鑽木幾分鐘才鑽得出煙，但煙徐徐噴發時，我繼續動弓。過了五分鐘，煙變濃了，看情況已經熱到能產生炭火了，我放下弓和紡錘，捧起爐床板，仔細看炭火。可能點得著。我舉起著輕輕吹氣，一小粒紅光出現了。我再吹，吹得太用力，紅光像塵埃一般，被吹散了。

重新來過。

這一次，我拉弓八、九分鐘，以確定火屑多到能生炭火為止。有鑽木取火經驗的人都知道，拉個八、九分鐘會累死人。經驗老到的人不到兩分鐘就成功。我的功力還不到他們的層次。

我放下弓，舉起爐床板，輕輕吹了再吹，這次一縷煙裊裊上升。我再吹幾口，炭被我吹紅了，我把炭火移進我手裡的易燃物、松針、襪屑，盡力不讓炭火被吹散。我繼續吹幾口氣，再吹一吹，再接再勵。終於，小火苗出現了。我對著它吹一吹，火苗延燒起來，火勢變旺，趕緊把手上的火移進樹枝搭成的圓錐裡。

生火成功。

艾許莉躺著搖頭：「你比魯賓遜還強咧。不用火柴、汽油或什麼東西，就能生火。你怎麼懂這麼多啊？」

「我在丹佛擔任駐院醫師期間⋯⋯」

「學習怎麼對人切切割割嗎？」

「其實解剖的技巧，我早就對著大體學過了，不過我在丹佛倒是常動刀。」我微微一笑：「瑞秋和我越來越常登山，可以說是省錢娛樂術。有一天，她突發奇想，規定下次去爬山，不准帶生火用具。沒有火柴，沒有打火機油，沒有汽油，沒有輕便爐，當然更沒有 Jetboil 露營爐。她建議我們依循古法露營試試看。如果起不了火取暖，我們只好受凍。於是，我去買幾本書，吸收知識，看圖照著實驗幾次，甚至還打電話請教附近一位童軍團長，拜託他傳授幾招。後來，我和瑞秋去露營，才知道哪些方法有效，哪些沒用。從這些經驗，我多少學會了取火技巧。」

「介紹我認識她的時候，記得提醒我向她道謝。」艾許莉指著我：「咦，你嘴巴翹成那樣，是哪裡學的？」

「什麼意思？」

「每次你專心的時候，臉老是⋯⋯」她翹起臉的一邊，像有條線從右眉貫穿臉頰，綁住嘴角，向上拉三英吋：「像這樣。」

「有像妳裝得那麼痛嗎？」

「不曉得。看起來很痛嗎？」

「非常。」

「不痛吧。你的樣子倒比較⋯⋯驢。」

「謝了。下次妳叫我幫忙處理內急時，我會記仇喔。」

她笑笑：「護士會取笑你嗎？」

我把右臉轉向上：「我戴口罩，他們看不到。」

她躺回地上，閉眼。四周靜下來，我這才領悟到，我已經習慣她講話的聲音了。這股靜謐的氣氛也讓我首度想到，假如空氣中再也不迴盪著她的語音，不知我會不會懷念。

由於這座棚子全以枝葉搭建，裡面的空氣清新潔淨：「我住過的房子沒有一棟比這間更環保了。」

她笑說：「對啊，綠到爆。」

裡面溫暖又舒適，頭上的枝葉不僅形成良好的屏障，也有助於排煙。時辰近傍晚了，離天色全暗還剩兩小時，我穿上夾克，綁好雪鞋，拿起弓箭：「我想出去看一看。」

「會很久嗎？」

「大概一個鐘頭。」

我看著拿破侖：「我馬上就回來，好好陪她。」他兜一圈，鑽進她的睡袋。

我搭的這種避難所的一大缺點是，人一進去躲著舒服了，生火，燒得太旺了，鬧火災，把整個地方燒垮，裡面的人走避不及。以行動不便的艾許莉而言，她絕對來不及爬走，到時情況不堪設想。

我指著她：「把火看好。別燒得太旺，不然我們的耶誕樹會被妳燒掉，妳也會跟著浴火，因為我大概沒辦法把妳挖出火坑。妳躲在這裡不必怕風雪。那堆雪留在身邊，如果火太旺，抓幾把丟進去，不能一次扔太多雪，把火打熄就不好玩了。讓火小一點就行了。了解嗎？」

她點點頭，做個雪球扔向我。

我登上一座小山脊，背風處的積雪較少，乾死的草屍和冰封的岩石點綴雪地，宛如人行道上的口香糖。或許比較像鳥糞吧。

肺葉告訴我，這裡的海拔仍在一萬英呎以上，空氣稀薄。即使置身高地已長達兩週，我依然無法適應，靜靜坐下時仍忍不住深呼吸。久住海平面大概就有這種壞處吧。現在呼吸是比兩星期前輕鬆了，但也輕鬆不到哪裡。

雪停了，雲來雲往，天空陰沉，但雲很高，底下的整座山谷盡收眼底。我登上的這座山脊呈半月形，圍繞一座較大的山谷，面積大概十到十五平方哩，結冰的溪澗蜿蜒在林中，為地面製造皺紋。除了少數幾座小山之外和坡地之外，整片谷地幾乎平坦。在這一帶：「平坦」是相對而言，但絕對比我們的來時路好走。

離開棲身處兩、三百碼，我來到一小座岩架，坐下來，拉上夾克拉鏈擋風，研究著地貌。為了讓眼睛專心，我用手圍著眼角，詳細掃瞄每一塊地，不時問自己，有沒有看見人工產物的跡象。我一直看，直到覺得太冷了，天色也開始轉暗為止。

就在最後一絲光線黯淡之前，我瞥見一抹棕色的東西，看似大樹的樹幹，只不過這樹幹橫躺在直立的樹梢之間。我瞇眼仔細瞧，甚至以眼角餘光瞄，想看得更清楚一些。那東西不容易看出端倪，但值得深究。我打開指南針，判定方位是九十七度，同時也把盤面的塑膠指標轉到九十七度。畫蛇添足比較保險。

夜幕低垂之際，我往回走。在我前方二十碼處，有個白白的東西掠過來時路。箭上弓，我等著動靜，一等就是五分鐘。我看見那東西微微蹦一步，緊接著再蹦，原來是一隻小白兔，耳大腳大，躲在樹下跳著走。

我拉弓，把第一瞄準針對準兔子正中央，吐半口氣，按放箭器。正在箭脫弦而出的那一剎那，兔子跳了大約六英吋，沒射中，整支箭埋進雪裡。兔子蹦跳兩下，不見了。

我找著箭，可惜我雙手起水泡又龜裂，空手掘雪太痛。我決定明天再挖。

回來時，我發現艾許莉把營火燒得熱烘烘，樹枝劈劈啪啪響，甚至燒了一些水，把最後的肉乾烘熱幾塊。大概只剩一天份了。她看著弓和缺了一支箭的箭袋：「怎麼了？」

「被牠跳走了。」

「假如沒跳走呢？」

「今晚就有兔肉可吃了。」

「乾脆從現在起，你應該叫我抓住牠們讓你射。」

「妳抓得到，我就舉雙手贊成。」

她呵呵笑著。

「對了，妳想不想出去散散步？」

她挑起雙眉：「真的嗎？」

「對。我扶著妳，應該能爬上這座山脊。我想借重妳的眼力。」

「你剛看見什麼了嗎？」

「可能有東西，也可能沒什麼。很難講。冒險走下去之前，我想找妳去再看一下。」

「冒什麼險？」

「照我原先計畫，我們以降低高度為目標，但如果往我看到的那東西走，我們會在這座高原繼續走幾英哩，會多花兩、三天，如果撲空再繞回來，會再多花三、四天。所以說，如果我誤判，我們總共會耗掉七天。」

不用我說，她也知道，我們本來就瀕臨和死神搏鬥的邊緣。多走一星期可能走掉兩條命，可能踏上死路而不自知。

「你看到什麼？」

「不確定。有點像一根樹幹，只不過那樹幹是橫躺在樹梢的高度，是一整片垂直的樹海裡唯一的水平線。」

「我走路安全嗎？」

「不安全，而且雪橇拉不上去。我們慢慢走，試試看。一次走一步。」

「我信任你。如果你認為應該試的話。」

「這不是信不信任的問題。關鍵在於，四顆眼珠總比兩顆好。」

「什麼時候去看？」

「天一亮就去。太陽剛出來的時候，可能看得最清楚。」

扶艾許莉上坡不無風險，但決定方向也是冒險之舉。走出墜機地點時，該往哪個方向走，無異於瞎猜。但走到這地步，離墜機地點已經太遠，無法走回頭路了，接下來的方向應經過雙方同意。我能預見再走一星期的後果，因此接下來的方向能決定我們的生死。

我也知道我們需要命運之神的關注。

——

我們鑽進各人的睡袋，看著火光照亮樹枝的底部。竟然熱到拉開睡袋拉鏈，這還是頭一遭。吃了一些東西之後，我把注意力轉向艾許莉的傷腿。腫已經消退了，骨折附近已摸得到結疤組織。全是是好現象。

我在她對面坐下，把她健康的一腳搭在我大腿上，開始深揉她的足弓，然後按摩小腿腹，最後按摩腿筋和四頭肌，以促進血流。

她看著我：「你不可能沒學過按摩吧？」

「妳躺了整整兩個禮拜，非活化血液循環不可。像這樣站著，妳一定像不倒翁。」

「什麼翁？」

「不倒翁。就是兒歌裡的『左擺右擺，不倒就是不倒。』」我用拇指按壓她右臂側面。她痛得皺眉，最後長長吐一口氣，肌肉鬆弛了。有些人表面上是一個樣子，等你伸手觸摸他們，才能摸清他們的裡子。艾許莉的裡子全是肌肉，修長、精瘦、靈活的肌肉，這可能是她倖存的主要因素。一般人可能早在機身裡就一命嗚呼了。

我輕輕移到她的左腳，小心不要扭轉整條腿。我只想按摩左腳丫和小腿的肌肉，增進循環：「等妳的腿復原後，我一定不敢惹妳生氣，怕妳火大踹我。妳全身上下都是肌肉。」

「躺成這樣，我倒不覺得自己全是肌肉。」

「總有一天會康復的。休養幾個禮拜，妳就變得煥然一新。」

「你老婆也很會跑嗎？」

「高中的我第一次見到她，覺得她的步伐是我見過最流暢的東西，簡直就像水長了兩條腿，從操場上漂過去，腳趾幾乎不觸地。」

我深深按摩小腿腹，她痛得縮脖子：「回家後，你一定要教文森按摩。」她仰頭摒息。吐氣時她說：「說真的，你去哪裡學按摩的？」

「我讀醫學院時，瑞秋和我繼續練跑。自然而然，我們變成彼此的教練。她需要按摩，因為她從媽媽身上遺傳到怪腳。」

「什麼意思？」

我摸摸她大腳趾稍微下面的地方：「拇趾外翻。」

「你真的幫她揉外翻的腳趾頭啊？」

我用力按她的足弓，扳她的腳趾：「很難相信嗎？」

她搖搖頭：「愛成那樣，太變態了吧。」

「文森不幫妳揉腳嗎？」

「給他橡皮手套戴，他都不肯揉。」

「我最好跟他開導看看。」

她彈彈指：「好主意喔。既然你正在寫獲救後的心願，不如也把取火弓列進去，一起教他。」

我搖頭微笑：「不要。」

「為什麼不要？」

我幫她穿回襪子，把腳放回睡袋裡：「因為我想說服他先做另一件事。」

「什麼事？」

「去買一支衛星電話。」

是火烤得暖呼呼比較窩心，或她嘻嘻笑的聲音比較悅耳，我難以判斷。

第二十六章

被火烘暖的我躺著，凝視三萬英呎高空又有一架客機，覺得諷刺。艾許莉熟睡中，輕聲打鼾。一襲微風輕拂我們這棵大樹，撩撥著我們上方的枝葉，為已有百億星斗的夜空增添幾許璀燦。我煩惱著明天的決定。我是真的看見什麼了嗎？或者，受困十五天，我想獲救想瘋了，大腦竟然無中生有，讓眼睛信以為真？

我被一陣聲響吵醒。腳踏冰雪的聲音。聽起來像兩個人駐足外面，以鼻子出氣。舔著嘴唇。外面的那頭野獸一定很重，因為冰雪被踩得啪啪作響，被壓得很扁。我伸手向艾許莉，她也同時伸手，中途攔截我。

我鑽出睡袋，拿起弓，箭上弦，蹲在艾許莉和門口之間。她一手停在我的頸背。我呼出的白煙徐徐上揚。寒氣回來了。全身起雞皮疙瘩。不到五英呎的外面，怪獸繞著我們走，嗅聲和哼聲連連。隨後，我聽見硬物敲擊的聲響。

鹿角。

我聽見鹿角摩擦樹枝的聲音。我深呼吸，鬆懈心情。艾許莉意識到我的反應，手從我的頸背縮走。怪獸用鼻子出氣，呼一次，隨即大聲一哼，嚇到我們兩個。牠拔腿跑掉了。

我放下弓箭，鑽回睡袋。

艾許莉打破沉默：「班？」

「什麼事？」

「你可以過來我這邊睡嗎？」

「可以。」我把睡袋移向她右邊。她往睡袋深處鑽，只露眼睛和嘴唇，昏昏入睡。我躺著聆聽，看著自己的吐氣如狼煙上升。我聯想到迪士尼動畫《小飛俠》（Peter Pan, 1953）裡的歌曲《紅種人為什麼皮膚紅？》我大概是唱出聲了吧，自己忍不住笑了。絕對是高山症加飢餓過度。

過了一段時間，我又醒了。有毛髮落在我臉上。人類的頭髮。有女人香。幾絲頭髮正搔得我鼻癢。另有幾絲在我臉上，感覺絲絲柔柔。我當下的反應是移開。躺遠一些。尊重她的空間。

但我不動。

我躺著吸氣，盜竊女人香，先是緩緩吸，然後靜靜地長長吐氣。回憶著女人的氣味。

我很喜歡。

艾許莉轉頭，額頭貼向我額頭，對著我的臉呼吸。我輕輕靠過去，慢慢吸滿整個肺，接著重複一次，小心不要弄醒她。就這樣，我反覆呼吸了好久。

在那段期間，我漸漸睡著了，懷抱罪惡感，心裡漲滿渴望。

我醒來時，天還沒亮。明月高掛天空，從枝葉透光進來，在雪地灑下松針影。營火熄了，幸好餘燼尚在，我對著吹幾下，炭火轉紅。我添一些易燃物，不一會兒，火就旺起來。

艾許莉動了一動。火光向她臉上投射手指般的魅影。她的體重劇降，身子變得單薄，大概瘦了二十磅。她的眼眶深陷，黑眼圈，眼珠血絲密布如紅色路線圖，口臭嚴重——表示她的身體正在蠶食器官。

我也好不到哪裡。

我穿衣服，也幫她穿好，然後拉雪橇到外面。我只拉了一百碼，斜坡就變得太陡，只好扶她起來站著。她摟著我脖子，我扶她站我右邊，讓傷腿垂在我們之間。

腳的重量動到骨折部位，她忍不住縮脖子：「不太好受。」

「妳想坐下嗎？想回去嗎？」

她搖搖頭：「不想。我們繼續走吧。」

慢慢走。踏出一步，再踏一步。拿破崙跟在後面，順著我們的腳印蹦向前，很高興能出洞散散心。

艾許莉以右臂勾著我脖子，握著我右手，兩人同步前進。我只花二十分鐘走完的路足足花了兩人將近一小時，幸好總算平安抵達目的地。我扶她坐在岩架上，眼前是六、七十平方哩的山谷，一覽無遺。她點著頭說：「要不是情況危急，不然我會覺得這風景好美。」

我把指南針平放腿上，讓指針靜止，然後指向綠地毯般的樹林另一邊的遠山脊：「那邊有個褐色的東西，看見沒？有點平，從左邊延伸到右邊，躺在樹梢，就在那條積雪的山脊線左邊。」

拿破侖跳上我大腿，向下看山谷。

她以手牆遮眼角：「每座山頭都有積雪啊。」

我等著，讓她仔細觀察天邊。我們想找的是八到十英哩外的一個小點。可以說是大海裡的一根針：「看見沒？」

她點頭：「有了。」她沉默片刻：「你昨天太厲害了吧？怎麼看得見？」

「不曉得。」

「不容易看個清楚。」

「再等十分鐘看看，等日光越過山脊直射下去，一定會照亮那東西。如果是人造的東西，反光不太自然，我們一看就知道。」

於是我們靜候。儘量不要對著它猛瞧，以免看到了視而不見的程度。這種現象好比反覆講同一個字，講到只聽得到字的發音卻忘了字義。陽光從峰頂向下爬進谷底，投射淡影。

我們這才看清谷底的世界多遼闊，三邊是嶙峋陡峭的群山，中央覆蓋著樹海，縱橫交錯其間的是溪澗和小冰湖池塘。很多樹枯死了，為數幾千棵，樹皮剝落，被曬得泛白，成為默然矗立的哨兵。倒地的枯樹以斜角蜿蜒森林中，構成聖經裡才有的浩瀚大迷宮。

「有一種堆竹籤的遊戲，我忘記名字是什麼了。把竹籤一枝枝抽出來，一不小心就垮得亂七八糟。」

「挑竹籤。」

「對。」我一手揮向眼前的樹海：「看起來像上帝想玩挑竹籤遊戲，才一開始玩就被叫走了。」

她哈哈笑起來。

正當日光即將變得太強，就在白雪的反光模糊影像之前，褐色的東西亮了一下。或可說是閃爍一下。下面隱隱好像也反射出一點點光。

我不轉頭就問：「妳看見沒？」

「有。我不太確定是不是冰雪之類的東西在反光。」

「好……往右邊看。有片空地，看見沒？」

「有。」

「可能是一座冰湖。」

「你想講什麼？」

「我嘛……假設說，我的心願是蓋一棟山屋或營社，儘量遠離塵囂，我會上來這座高原，找一個湖，把房子蓋在湖邊。」

「有可能。」

太陽往上爬，變亮，反光刺得眼睛不舒服，也模糊了我們的視野。我問她：「妳有什麼想法？」

我指向原定路線。照原定路線走，我們能儘快下山，脫離眼前這座山谷：「如果往那邊走，我們能降低海拔，氣溫也許會高幾度，呼吸絕對比現在容易。只不過，我不知道能走到哪裡，也不清楚要走多久才到。」

我大弧度向左邊比劃，表示穿越山谷，走向遠方的褐色物體：「如果穿越這座枯樹遍地的山谷，一路上會有很深的積雪，很多樹，雪的下面可能有結冰的小溪，我一不小心會踩破沉進去。如果那個褐色的東西什麼也不是，我們撲了空，不但白走一大段路，更要折返到能下山的地方，才可以繼續走下去。」

「『進退維谷』比喻的就是這種情況，」她說。

我點頭。

「我們剩多少肉乾？」

「儘量省著點嗎？」

「對。」

「大概能吃一天。不在乎挨餓的話，大概一天半。」

「吃完後，你能再撐幾天？」

「我能苟延殘喘大概一禮拜，力氣會越來越小。如果我還要拉雪橇的話⋯⋯」我聳聳肩：「就很難說了。」

「這樣說來，我們的狀況是，如果食物再不來，我們能靠你現有的力氣進山谷，走到褐色的物體。如果橫渡山谷還找不到食物，在那裡縮成一團躺著也不錯，好好睡個長覺。」

「妳想那樣講也可以。」

「不然，你有更貼切的說法嗎？」

「沒有。」

「假設說，你留我在這裡，自己去探勘，這樣可行嗎？」

「我考慮過。我單獨去，速度可以快很多，沒錯，不過我無法擔保能平安來去。假如我跌倒受傷，被山獅吃掉，那妳不知道我出了什麼事，兩人都死得孤零零，空留一大堆疑問。我不願意冒那種險。」

「如果我願意呢？」

「由不得妳作主。」

「怎麼說？」

「因為負責進出山谷的人是我，不是妳。」

「算是我求你，不行嗎？」

「我拒絕。」

「為什麼？」

「假設說我單獨走過去，站在那條山脊上，見到對面有房子或道路之類的。這時候，如果我決定繼續走，妳會獨守幾天。等到我找到人回來救妳，妳早就死了。」

「至少你活得下去啊。」

我搖搖頭：「我不想冒那種險。」

「咦，這事不是我們兩個同心協力做的嗎？」

「對，所以我才不想扔下妳。」我瞪著她：「艾許莉，我們不是在玩遊戲。我們……我們兩人不是往這邊走，就是往那邊走。現在是二選一的問題，而不是也許和假設。」

她閉眼泛淚，然後不看我就說：「我們受困十五天了，一直拖一直拖，總該正視這個躲不掉的難題吧。如果沒有我拖累，你能走更遠的話，那你就應該試試看。一個人活著走出去，總比兩個人全死好吧。」

「妳這樣說就錯了，我不願意就是不願意。」

「假如我不肯跟你走呢？假如我抗拒呢？」

「那妳別怪我一拳打昏妳，把妳綁在雪橇上，不顧妳反對，繼續拖著妳走。好了，討論夠了，我不想丟下妳。」

我們並肩坐著，瞭望著痛苦的未來。她勾著我的手臂依偎，頭靠在我肩上：「你為什麼要這樣？」

「我有我的理由。」

「改天你一定要解釋給我聽，因為我怎麼想也想不出邏輯。」

我站起來，扶她站：「想不想得通，視情況而定。」

「什麼情況？」

「關鍵是從我的觀點或妳的觀點來看。」

我們開始回頭走下去。她躡足逐步前進，緊抓著我，半路上我讓她休息一下，自己去挖昨天射兔子沒中的箭。

「我們看起來像踩著布袋賽跑，」她流著鼻涕說。

我點頭，當心她落腳的地方。萬一她一腳沒踩牢，滑了一下，基於反射動作，她會試圖以傷腿自救，到時勢必痛得昏迷，所以我想避免這種事發生。

她挨著我，呼吸深沉。連續躺了兩星期，她體力不勝負荷：「我不休息一下不行，」她轉身面對我。像兩個青少年在跳舞。

她笑了：「你該不會想插手進我牛仔褲的口袋吧？」

「不想，不過我們跳雙人舞應該很配。」

她點頭：「假如文森和我想從這裡走到那岩架，結局一定是兩人躺在雪地上，我痛得半死，只想塞幾把雪進他嘴巴噎死他，都怪他害我摔倒。」

「不是我愛刺探隱私。每次妳提起他，總提兩人的差異性，不講兩人哪裡多相近。不講個性多投合。怎麼會這樣？」

「我們的確是天南地北。不過，我喜歡和他在一起，他常逗我笑。而且，我們有很多共通點。」

「去領養流浪狗的人，不也抱著類似的心態嗎？尋找心靈相繫七十年的伴侶不能這樣吧。」

「好啦，費爾醫生。不然你找伴的理由是什麼？」

「愛。」

她搖搖頭：「那種事只發生在幸運的少數，至於其他人呢，我們最好在拉警報之前將就一點，否則……」

「否則怎樣？」

「否則只好枯等著永遠不會成真的童話故事降臨。」

「但是……假如妳註定能遇到成真的童話……不過，妳要多等幾年才等得到，那怎麼辦？」

「什麼？像電影《麻雀變鳳凰》（Pretty Woman, 1990）嗎？我從小到大聽得耳朵生繭了，一直在找白馬王子，等了又等，儘量挑剔，不想跳上第一班進站的火車。可是我不信就是不信。好男人全被挑走了。像葛洛福，像你……一直以來，我的運氣太背，不太容易遇到好男人。」

「我只是想說，我認為妳……」

「我怎樣？」

「如果妳屈就一個低於理想的對象，走進禮堂，未免太瞧不起自己了吧。妳配得上更好的對象。」

「班．培殷……你是在跟我打情罵俏嗎？」

「不是，我只是說，我認為妳是個相當出色的人，如果文森不怎麼樣，如果他既不出色，也打不進妳的心，那麼，恕我對他不敬，我希望妳別貿然和他結婚。」

「你說得倒很容易。你結婚十五年了，不必留意婚姻市場的行情。當前的行情是供不應求。何況，又不是文森打不進我的心裡……」

「我沒說找伴是易如反掌的事。我只覺得妳有資格配上一個……星鑽級的對象。」

她微笑：「謝謝你。我會記住的。」她舉手搔搔我的鬍鬚：「裡面有幾根白毛。」

「歲月不饒人。另外還有……」

「還有什麼？」

「坎坷人生路。」

我們回到樹下的避難所，腦海重播剛才的對話。我講的話像磚頭，重重敲醒我。情勢峰迴路轉了。和她相處的時光、一同走過的山路，也有助於點醒我多麼在意她。

我把雪橇停好，扶她回睡袋繫好。

艾許莉制止我：「你沒事吧？臉色好蒼白。」

我點點頭但不正視她，擔心被表情洩底。

第二十七章

離開樹下，出發。積雪的表面凍硬了，雪橇拉起來比較輕鬆。艾許莉不講話，累了，她的氣色不好，憔悴、枯槁。她需要補充養份。她的肉體一方面想求生，一方面又想療傷，時時刻刻在加班。

白天看得見外面的腳印，證實了我的料想。果然是駝鹿。我咒罵自己膽小，昨晚應該出來射一箭才對。即使是小駝鹿一隻，也足以供應我們幾星期。

艾許莉聽見我的咒罵聲。她說：「你昨天又不知道牠是什麼動物。搞不好是大灰熊喔。」

「是熊，我就死定了。」

「所以說，你昨晚的決定沒錯。」

「對是對，不過，如果鹿被我射中，現在我們就有口福了。」

她點頭：「對啊，如果是大灰熊，你被牠吃了當晚餐，我被牠當點心吃，現在牠可能正在舔熊掌呢。」

我看著她：「妳常看恐怖片嗎？」

「不看。為什麼？」

「妳的思想有點病態。」

「我一開始在地方小報當記者，跑社會線，看多了慘死的相片，大多是民眾不疑有他時發生的悲劇。走廊盡頭有怪聲音，有時最好還是別去探個究竟。」

我把拿破侖抱到她胸部上，我的臉被他親一下。我為他調整纏腳布，抓一抓狗頭。他轉個身，鑽進睡袋躲起來。我也轉身，把吊帶穿好，開始拉雪橇。受困到現在，今天極可能是最漫長的一日。

接近中午時分，我們大概走了兩英哩。路走了不少，但我的元氣也大傷。

艾許莉打破沉默：「喂，你要不要休息一陣子？」

我停下來，手壓膝蓋，腹式深喘幾口，點著頭：「也好。」我解開扣環，見兩棵樹下有一小塊平地，想把雪橇拉過去。

我踏向前，冷不防出事了，毫無及時反應的餘地。

雪地被我踏破，兩支雪鞋因此幾乎斷成兩半，我只剩頭露在雪地外。這麼一摔，肋腔大受震邊，痛得我呼吸暫停。水嘩嘩流過我的腳，淹到小腿，連膝蓋也泡水。儘管無法喘息，我仍覺得肺葉裡滿是空氣。

我的反射動作是旋身亂抓一通，以免繼續下墜。我抓到雪橇。被我這麼一抓，雪橇陡然側轉，甩掉艾許莉和拿破侖，我聽見驚叫聲和狗唉聲。

我掙扎著，想逃出流沙似的溼雪洞，不想被腳下的溪水沖走。我踏得到的地方一踩就垮，每次我的右邊一用力拉，胸痛就飆升，痛遍全身上下。我稍停，鼓足力氣，再拉一次。繼續再拉。繼續再拉。慢慢地，我掙脫雪洞而出。

我爬到雪地表層，癱瘓了。艾許莉躺在幾英呎外，喘著氣，身體緊繃，雙手握拳，指關節握得發白，嘴唇抿緊。我爬向她，檢查她的瞳孔。如果休克，第一徵兆會出現在這裡。

她匆匆瞄我一眼，然後轉回剛才定睛的地方——天空的某一點。她從跆拳道學到的祕訣。

我的腰部以下溼漉漉。我們受了傷，無火可用，我一身溼冷，而且至少要等一天，才能橫越這座地獄谷。衣褲溼了，我照樣走得動，因為衣服會結冰，總比溼布附著在皮膚上好。然而，靴子溼了就無法等閑視之。我轉身，看著雪橇。破了一個洞。雪橇被亂抓時翻轉，把艾許莉甩掉，然後被異物勾破，在艾許莉躺下時的肩膀部位下面扯破一個大洞。

我把她的頭墊高，小心檢查她的腿。剛才被雪橇一甩，幸好腿骨沒有再斷，腳丫的角度也沒變，但已慢慢形成的軟組織和黏骨全被扭轉，傷處在我眼前逐漸腫大。

想得出來的對策少之又少。

我可以挖個雪窟，帶睡袋進去躺，但拖延問題也不是辦法。一旦我們爬出雪窟，衣服一樣溼冷，更慘的是靴子也乾不了，非但走不了多遠，肚子還會更餓。我的核心體溫還算好，夾克放在艾許莉的睡袋裡，但我為了保暖，腳上穿著兩雙襪子，現在全溼了。雪橇最關鍵的部位就是底層，如今破了一個大洞，我如果硬拉雪橇，它只會像犁一樣往下鑽。

如果我能擦乾腳並保暖，維持乾燥，我能不穿雪鞋硬走下去。唯一的一雙乾襪子穿在艾許莉的腳上。問題在於，那雙襪子如果給我穿，我該如何保持襪子乾燥？更大的問題是，雪橇怎麼修理？

我用雙手托著頭。一小時之前的情況如果算糟糕，如果稱得上危急，當前的處境則像排水口，我們正繞著排水口打轉，即將流向前景無法逆料的黑洞。

我想不出解決之道，但我知道我非活動不可。我的牙齒開始格格打顫了。

我坐起來，脫掉高幫鞋套，然後脫靴和兩雙襪子：「我知道妳現在大概不想跟我講話，不過我想跟妳借襪子穿，可以嗎？」

她點點頭。她的指關節仍發白。

我輕輕脫她襪子，用我的夾克裹住她的腳，然後輕輕拉好睡袋拉鏈。

優質睡袋大部份都裝在伸縮包裡一起賣。以羽絨睡袋而言，最要緊的是保持乾燥，溼了就喪失禦寒作用。這種伸縮包的防水作用幾乎百分百。

睡袋有兩個，伸縮包也是。我從背包裡取出兩個伸縮包，把我的睡袋塞回背包，穿上艾許莉的襪子，用伸縮包套住腳，束帶綁在小腿，鬆開靴子的鞋帶，連帶伸縮包穿進靴子，綁緊鞋帶，最後把高幫鞋套套在褲管口。這辦法很可悲，但我目前也變不出其他把戲了。

我看著殘破的雪鞋，判斷救不回來了。兩支雪鞋全攔腰而斷，骨架也凹陷打摺，再踏一步勢必裂成兩截。雪橇的問題較棘手。

艾許莉的傷腿必須持平。假如我抱著她走，她的腿骨被我前臂一施壓，輕則痛徹心扉，重則二度骨折。因此，雪橇是必需品。

我想找個東西補破洞。除了背包和兩支彎曲的雪鞋，我一無所有。

雪鞋讓我靈機一動。製作雪鞋時，我用對折的網子罩住鞋底，以支撐我的體重。如果我能攤開網子……

我把網子攤開，固定在雪橇的兩邊，防止艾許莉從破洞滑走，卻無法避免雪從網眼鑽上來。我的唯一方法是抬起雪橇的一端，以吊帶綁在我身上。這樣翹起雪橇尾拖著，艾許莉的頭肩不至於碰到雪，雪地上會拖出兩道深溝。就像鐵軌一樣。

和拖雪橇相比，這種走法困難幾倍。或許最苦的是，對艾許莉來說，接下來的路會顛簸艱辛，她會更痛，過程也會遲緩許多。

但我想不出其他辦法了。

我取出最後的存糧，和她對分：「妳拿去吃，也許能分散心思，比較不痛。最好吃慢一點，因為吃完就沒了。」我吃掉我分到的三塊。不吃還好，下肚之後反而更餓。我把雪橇固定在吊帶上高一些，釦好扣環，舉足一步一步前進。我調整束帶，然後再走。

一直走到我走不動為止。

記得雪深及膝，我跌倒了千百次，用手肘匍匐前進，以長水泡的冰手拉樹幹走，迎戰我夢想不到的浩瀚雪地。記得我走完整個下午，走過黃昏，走到入夜月昇。記得月亮高照，在雪地留下我的身影。記得先有星光，隨後低空有雲飄來。記得我呼出的氣息苦寒。記得我繼續再多走一段路。指南針在我胸前盪來盪去。我拿起來，握在掌心，讓指針停息，對準箭頭的方向走。鮮綠色的夜光。十年前，瑞秋花一百美元買的指南針，如今價值一萬。

——

醒來時，我趴在雪地上，四周黑漆漆，不見星月，右臉頰冰冷，幸好有鬍鬚保護才沒有凍結。為防止行進中艾許莉的頭受撞擊，握著雪橇頭的雙手現在被凍得不靈活。安全帶勒得我肩膀難受，兩腿的知覺幾乎全無。

我站起來，在雪地挺進，第一萬次踩到深及大腿的地方。我先前之所以能保暖，是因為我動個不停，如今我再也動不了，身體冷卻。艾許莉不是睡著了就是昏迷了。我解開扣環，脫掉吊帶，爬進一棵常綠樹下，踹開積雪，騰出一片夠兩人躺的平地，然後把艾許莉拖進來。我打開我的睡袋，脫光衣褲鑽進去。

意識隧道越來越窄，我這才領悟到，我並沒有醒來的打算。

第二十八章

我睜眼時，太陽已經高掛天空。我渾身痛，連我早已忘掉的部位都痛。我不餓，但我虛脫到不想動的程度。除了幾點碎肉之外，我們的存糧已經見底。我的臉皮覺得緊繃。曬傷。我的嘴唇脫皮，兩星期沒刮的鬍鬚不太能擊退日光反射的毒害。

我抬頭翻身，環視四周。艾許莉正看著我。她的眼神訴說著兩件事：同情心與決心。接受命運擺布的決心。就連拿破侖也顯得衰弱。

我的衣褲堆成溼答答的一團，擺在我身旁。

昨夜的現實湧回腦海，頓時令我萬念俱灰。艾許莉彎腰對著我，拿著一條肉乾說：「吃。」她的大腿上擺著胸罩，裹在罩杯裡的是幾條肉乾。我的腦筋混沌，一時轉不過來：「哪裡來的肉？」

她點一點我的唇：「吃吧。」

我張嘴，她在我舌頭上放一小塊，我嚼了起來。肉乾冷而硬，多數是筋，卻可能是我吃過最可口的食品。我吞下去，她再度點一點我的唇。昨天剩下的肉乾也沒有這麼多：「妳是從哪裡⋯⋯」

我恍然大悟。我搖搖頭。她再一次點我的唇：「吃吧，別爭了。」

「妳先吃。」

一滴淚流下她的臉龐：「你需要這個。你還有機會。」

「我們不是討論過了嗎？」

「可是⋯⋯」

我單肘撐上身，伸手去抓她的手：「妳想孤零零死在這裡嗎？想活活被凍死嗎？」我搖頭：「孤零零死也不是辦法。」

她的手在顫抖：「可是⋯⋯」

「沒有可是不可是了⋯⋯」

「為什麼！」她把肉乾扔向我，打中我肩膀，彈落雪地，拿破侖急忙跳過去虎嚥。她的嗓音從周遭的高山迴盪回來：「你為什麼做這種事？我們活不下去啊！」

「我們能不能活下去，我不知道，不過，是死是活，我們兩個一同走。」我搖搖頭：「沒有其他選項。」

「可是⋯⋯」她轉頭指著：「如果你繼續走，你可能會看見人煙，發現人煙。如果你單獨走，說不定能早一步找到出路，對不對？」

「艾許莉……我可不希望在獲救之後，一閉眼睛，妳的臉就浮現我眼前，一輩子甩不開。」

她蜷縮起來，哭了。我坐直，呆呆看著結冰的衣物，唯一乾暖的衣服只剩我的夾克。我需要去看看周遭的環境，確認目前方位。我穿上衛生褲和長褲，穿上靴子。我的腳被磨出無數水泡。穿靴子很痛苦，但踏出頭幾步的動作更痛。我光著上身，直接穿夾克。如果能保持體幹的溫度又不流汗，穿夾克應該就夠了。

我們昨晚露宿在天空下，沒遇到下雪是萬幸。我繞圈走，研究我們走過的碗狀谷邊緣的山頭。我需要俯瞰圖。厚厚的黑雲正翻越北山而來，下雪是遲早的事。

我在她身邊跪下，摸一摸她肩膀。她的臉縮進睡袋：「我想去看一看。」

我們周遭的樹有個特點，就是樹枝生得直挺挺而堅韌，而且接近地面，在樹幹上形成階梯狀。我走了大約一百碼，找到一棵我估計爬得上去的大樹，脫掉靴子，引體向上，開始往上爬。我很累，肌肉痠痛，手臂嫌我重達一千磅。

爬到三十英呎高，我前後左右望一望。昨天從樹下的窩出發，居然走了這麼遠。我們昨天從山脊瞭望山谷，決定往這裡走，如今山脊被我們遠遠拋在後方。我們幾乎穿越了整座山谷。也許有八到十英哩。這表示，目的地應該近在咫尺。我用手圍著眼睛看。命運之神總該眷顧到我們了吧：「拜託啊，不要落空。」

進入谷地後，視野跟著改變，我費了幾分鐘才找到目標。一看到，我居然呵呵笑了。我掏出指南針，檢查方位，以座盤記住角度——因為我身心匱乏，惟恐忘記或搞糊塗。然後我下樹。

艾許莉很虛弱，不肯看我。她的決心更加堅定了。我把我的睡袋塞進背包，把所有東西綁在雪橇上，吊帶上身，耗費了我已蕩然無存的氣力。跨出第一步痛徹我全身，第二步更痛，到了第十步，我麻木了。也好。

昨天到現在，我一直沒排尿。而二十四小時以來我汗流浹背，現在一定處於失水狀態。我在水壺裡塞雪，拿給艾許莉：「妳幫我拿著，為我融一點雪，好嗎？我想儘量補充水份。」

雪溼而厚，行進時不像走路，倒比較像在犁田。樹木妨礙視線，我只好信賴指南針，每走幾步就停下來確認方位，選定前方不遠的一棵樹，走過去，再選另一棵，反覆不斷。每隔十分鐘，我會轉頭要水壺，喝兩、三口。就這樣，我持續走了兩、三小時。

終於脫離樹林時，雪勢轉強，雪花大如兩毛五硬幣，有些甚至和五角硬幣一般大。橢圓形的冰湖映入我們眼簾，延伸一英哩，對岸以山為依傍。視線被雪打糊了，但對岸有個我今生少見的美景。我腿軟了，跪倒雪地上，極力喘息，咻咻深呼吸，肋腔隱隱作痛。

艾許莉躺在雪橇上，沒看見美景，繼續看著來時路，因為雪橇上的她面向後。非叫她看不可。雪深及肘，我爬向她，讓雪橇調頭。她閉眼躺著，我拍拍她肩膀：「喂，妳醒著嗎？」

她看著我：「班……對不起……」

我用手指攔她的唇，指向湖的對岸。

她睜大眼睛，在越下越大的雪中注視，歪一歪頭，這才看出端倪。她飆淚痛哭起來。

第二十九章

接近傍晚了，確切時間是四點十七分。我剛在手術室忙完，回到診療室，護士說：「你太太在等你。」

妳不曾不通知就來探班，也從來不會「等」我：「她來了？」

護士點點頭但不多說，護士心裡有數。我走進去，見到妳正在看形狀像扇子的配色盤，大概有八英吋長，兩英吋厚，各種色調一應俱全。妳一手撐著下巴看著配色盤，抬頭看牆壁，再看配色盤，接著又看牆：「嗨，」妳說。

我脫掉藍色鞋套，扔進垃圾桶：「妳為什麼來醫院？」

妳舉高配色盤，對著牆壁看：「我喜歡這款藍。你覺得呢？」

條紋壁紙的圖樣具有男性風格，是妳一年前為我辦公室挑選的。這時我一手劃過壁紙：「我現在還很喜歡。」

妳進入渾然忘我的境界。妳轉一轉配色盤：「當然囉，這款黃褐色也不賴。」

我搔搔頭：「這壁紙去年才買的，一平方碼六十七元咧。妳捨得換？」

妳從我辦公桌上拿起一本型錄，翻到迴紋針標示的一頁：「我也喜歡這款木材色。有男人味，色調卻也不會太深，慢慢就能習慣。」

診療室裡的現代化傢具時髦新潮，大約是在去年貼壁紙的同時在聖馬可區買的，斥資六千美元。我開始暗忖，這些傢具在Craigslist網站上能賣多少錢。我不說話。

接著，妳拿出設計師隨身帶作品用的大畫本，平放在辦公桌上，翻出妳向史岱勒斯藝廊借看的幾幅複製畫：「這幾張⋯⋯」妳指著。妳邊點邊說：「⋯⋯我喜歡。它們讓我聯想到諾曼．洛克威爾*。這裡也有幾張迪士尼製作人福特．萊理，甚至有一張坎裴。」妳搖搖頭：「每張都各有各的風格，我知道，不過我全喜歡。」妳咬咬指甲：「只可惜，牆壁可能不夠掛吧。」

「老婆？」

妳看著我，眉毛高挑，臉上一副全然合理的表情。

不瞞妳，我當時累慘了。我在手術室裡站了十二小時，連開了四個手術，其中一個差點沒救：「妳扯到哪裡去了？」

妳講得理所當然：「育嬰室。」

* Norman Rockwell，美國畫家，1894-1978

這三個字在診療室裡以慢動作迴盪。育……嬰……室……記得我當時心想：「《小飛俠》裡面不也有一間？」

「班？」妳拍拍我肩膀：「老公，我剛講什麼，你聽進去了嗎？」

或許是我臉上閃現傻眼的模樣吧。妳牽起我一手，從上衣下面伸進去，讓我的掌心貼在肚皮上：「育嬰室。」

如果說，在風雨來的那一夜，妳排除巨浪，救我脫離怒海，為我的肺臟灌滿空氣，在診療室的那一刻，妳挨著辦公桌，滿桌是配色盤和複製畫，我一手貼附妳腹部，兩顆心像蝶翼在我掌心噗咚鼓動……在那一刻，妳令我感動到呼吸暫停。

第三十章

我不敢冒險走湖面。我估計，湖面的冰少說也有幾英呎厚，但我無從確認，只好乖乖沿著湖岸走。幸好岸邊的路平緩，沒有障礙物，是失事至今最好走的一段路。和先前的路相形之下，這段簡直像超速。到對岸的距離將近一英哩，我們才走了三十幾分鐘就到。

到目的地前，有個小上坡，我拉艾許莉上來，進入沿岸的樹林，然後讓雪橇調頭，好讓我們兩個一同端詳美景。

這棟房子拔地而起，高約四十英呎，A字形的正面全是玻璃窗，面對著湖，屋瓦缺了幾片，但整體而言還算完好。正門漆成黃色。盛行風從房子背面吹來，所以正面沒有雪滿為患。

我拉雪橇來到正門，忙著推開雪、製造斜坡。門高而厚，模樣威武。我拿起斧頭，對準門鎖，正要劈下去，卻聽見艾許莉說：「為什麼不先開看看，說不定沒上鎖？」

我推一推門，門以鉸鏈為圓心，輕易打開。

這棟房子的支柱全是海灘松的樹幹，地板是水泥，裡面乍看之下只有一大廳，幾乎和籃球場一般大。大廳的兩側，屋頂斜垂至地面，只有房子的前後有窗戶。我們的右手邊有個壁爐，大到可以讓兩人躺進去睡。壁爐中間有個大鐵架，角落堆著高達十英呎的木頭，我們兩人一整個冬天也燒不完。卡車載六、七趟才送得完。

大廳的中間堆疊著二十幾排長椅，全顯得老舊斑駁，幾艘銀色獨木舟疊在最上面，靜候夏天雪融。我們左邊是烹飪區，盡頭有一組樓梯直升二樓。開放式的二樓面積只有整棟房子的一半，向下能看見壁爐。前臂一般粗的巨纜從屋頂垂掛下來，拉住二樓的樓板。樓板鋪著一英吋厚的三合板，下面是交叉的木頭。二樓橫向搭建了五、六十張雙層床，全被小孩刻劃得眼花繚亂，寫的不外乎某某人到此一遊和誰愛誰。有松鼠在樓板中間啃松果，留下殘局，另外有生物亂嚼保麗龍，也製造髒亂。窗框死了上百隻蒼蠅、黃蜂等等的有翼昆蟲。到處覆蓋著厚厚一層灰塵。找不到電燈和開關。

拿破侖跳下雪橇，衝進大廳吠叫再吠叫，然後繞廳跑四圈，回我身邊，對著我搖尾巴，口水流到我腿上。

我慢慢把雪橇拉上斜坡，拉進水泥地板。我們出神凝望著。我把艾許莉拖到壁爐前，開始疊柴薪，準備生火。我找著易燃的小東西。木堆旁邊有一箱生火用的油脂木，我見到時心喜而笑。我把木頭堆好，細小的木條放進底部，大塊木頭往上堆，從舊箱拿舊報撕成紙條，從雪橇拿下取火弓，開始鑽木。

艾許莉清一清嗓子：「呃……班？」

「幹嘛……」眼看就要起煙了，我不想被她分心。

「呃……班。」

「什麼事！」

她指向壁爐上方，旁邊有個架子，架上有一罐打火機油和一盒隨地擦的火柴。我放下取火弓，拿起罐子，裡面幾乎全滿，趕快打開淋木頭和報紙，點火柴，丟向油紙。

去醫院報到後，我開始領醫師薪水，洗澡的時間也延長，甚至邊淋浴邊刮鬍子。這樣洗很浪費水，沒錯，但我喜歡蒸汽進出肺的感受，喜歡熱水沖背，讓熱氣鬆懈我身心。

我和艾許莉坐著著迷……衣服解凍，溼淋淋。

我溼透了，全身的衣褲無一不溼冷。我的手龜裂破皮，護手用的牛仔布條也破爛，作用不大。

我跪坐著，舉起雙手，開始剝除破布。兩人不發一語。剝完破布後，我脫掉溼外套和夾克，坐到她身旁，雙手摟她肩膀，擁抱她。

命運之神總算眷顧我們，趕走了步步近犯、掐得我們斷氣的絕望感。

冰寒全被火烤掉後，我上二樓，在雙層床區搜尋。床全空著，只有一張例外。有一層泡棉雙人床墊，厚六英吋，邊緣有嚙咬過的痕跡，被對摺塞進角落。我撢掉灰塵，拿起來對著欄杆猛揮，頓時塵埃滿天飛。我把床墊拖到樓下，翻轉過來，鋪在壁爐前，拿破侖立刻占據最接近爐火的尾端，蜷曲成一丸。

我才離開三分鐘，爐火已烤熱了壁爐區。

我取出睡袋，鋪在床墊上，然後拉開艾許莉的睡袋，慢慢扶她到我的睡袋。她很虛弱，需要攙扶才能移動。我用背包墊她的頭，解開骨折支架，幫她脫衣服，掛在長椅上烘乾。

艾許莉烘乾烘暖了，我也開始脫掉溼衣服，鋪在長椅上。接著，我從背包掏出我僅剩的一件乾衣物——瑞秋幾年前送我的 Jockey 牌運動內褲。送這禮物的原意是搞笑，但我穿了覺得功能還不錯。

隨後，我的腦筋轉到廚房。廚房占據樓梯左邊的一區，有兩具黑色鑄鐵大柴爐，爐子後面各有一支黑煙囪鑽出牆壁。廚房區中間有幾張準備食材用的長桌，沿著另一面牆壁設有一個長長的不鏽鋼洗濯台，末端有個高高的白色瓦斯熱水器。整間廚房看起來很適合煮大鍋菜餵飽一大票人。

我開水龍頭試試看，可惜停水了。我檢查熱水器，發現母火沒亮著。我用力搖一搖熱水器，裡面裝滿水，根本搖不動。我從壁爐帶火柴過來，開瓦斯，嗅到丙烷味，點燃母火，堆木材進火爐點燃，調整風門，以利通風助燃。我用大鍋子裝雪，硬壓幾下，再多裝一些，然後放到火爐上煮。

左牆遠處有一道看似不懷好意的門，鉸鏈很大，扣著門閂，更有一個大鎖，給人一種禁止擅入的印象。我扯一扯門，打不開。我回壁爐，拿起鋼製撥火棍。這支撥火棍足足有六英呎長，比我拇指粗。我用它戳門鎖，用全身的重量撬撬看，然後使勁扯一下，多加一把勁，再扯一次，然後換個位置再扯。鎖雖然沒被我撬開，鉸鏈倒是壞了。

我打開門。

左邊有幾疊紙巾、兩三百個紙盤子，紙杯大概有一千個。右邊有一盒沒開的無咖啡因茶包，以及一罐兩加侖裝的濃湯。

有了。

我穿上一件舊圍裙，看起來像被人用來當抹布擦爐子。我瞄一眼濃湯罐頭的食用期限，如果過期也不要緊，幸好離期限還有幾個月。艾許莉躺在壁爐前，一肘撐起上身。三十分鐘後，她彈彈手指，吹口哨，揮手叫我過去。我走出廚房區。

「什麼事？」

她又揮手。我走到離她幾步遠，停下。她搖搖頭，揮揮手：「再近一點。」

「什麼事？」

「這……這是我見過最性感的景象。」

「什麼……我嗎？」

她撅嘴，揮手叫我讓開，指著火爐：「不是啦，呆瓜。是那個啦！」

我轉身望向廚房：「哪個？」

「那鍋湯被煮出蒸汽了。」

「妳沒救了。」

「同一句話，我講了十六天了。」

——

一小時後，我們慢慢嚼著每一塊馬鈴薯，細細品嘗每一塊牛肉，她看著我，下巴滴著湯汁，噥噥說：「這房子做什麼用的？」

我剛餵拿破侖一碗有幾塊肉的濃湯，他狼吞下腹，現在窩在我腳邊趴著，狗臉上盡是滿足感。

我搖搖頭：「哪個單位辦的高山夏令營吧。大概是男童軍。」

她喝一口茶，撅撅嘴：「誰會出產這種不含咖啡因的茶嘛？有誰會買來泡？喝了有啥好處？」

她搖搖頭：「他們是怎麼上山的？」

「不清楚。這麼多東西，不可能全揹上山吧。我敢打賭，那兩個鐵爐子絕對不可能用揹的上山。等我衣服烘乾，我再去另幾間房子碰碰運氣。」
她再喝一口：「對，看能不能找到食物。」
兩碗下肚後，我們躺在壁爐前，幾天以來首度不覺得餓。我朝天舉杯：「該敬誰一杯？」
她也舉杯，飽到坐不起來：「敬你。」
她仍虛弱得很。今天有晚餐可吃是好事，但我們需要多補充幾天的力氣，以彌補一路走來耗費的體力。我望窗外，雪花密集，能見度降到零。我放下杯子，捲夾克給她當枕頭。她握住我的手：「班？」
「什麼事？」
「可以邀你跳一支舞嗎？」
「我如果再多動一動，難保不會吐得妳一身髒。」
她笑笑：「那就挨在我身上吧，我扶你。」
我攙扶她的胳肢窩，輕輕抱她起立，她先是垂在我身體下面，最後才站直。她不太站得穩，所以倚著我，頭靠我胸膛：「我頭暈。」
我正想讓她躺下，卻見她搖頭拒絕。她對天舉右手：「一支舞就好。」
我瘦太多了，內褲掛不住，好像有些游泳選手。她的T恤像布袋，早該丟進火裡燒掉。她的內褲也鬆垮垮，包著瘦巴巴的臀部。我牽起她的手，兩人站著不動。她的頭貼著我，兩人腳趾抵腳趾。

她笑說：「你瘦成瘦皮猴了。」

我舉高她的手，繞著她走一圈，藉著火光審視我倆。我的肋骨暴凸，她的左腿腫脹不堪，再度比右腿粗一半。皮膚繃得很緊。

我點頭。

她閉著眼睛，身體搖搖晃晃，看樣子站不穩。我走近她，雙手環抱她的腰，穩住她。她雙手摟我脖子，包住我的頭，按住我肩膀，嘴裡哼著一首我聽不出所以然的歌，聽來有醉意。

我低聲說：「傻話到此為止，不要再勸我丟下妳而……單飛。一言為定，好嗎？」

她停止晃動，偏頭以耳貼胸。她放開我的手，平貼在兩人胸部中間。她沉默了幾分鐘：「一言為定。」

她的頭頂比我下巴高一些。我靠過去，鼻頭接觸她的頭髮，呼吸著。

幾分鐘後，她說：「對了……」她上下看我一眼，憋著不笑：「你穿的……到底是什麼東西啊？」

瑞秋送我的內褲是亮晃晃的螢光綠，具有托住私處的功能，原本款式比較接近運動三角褲或自行車緊身褲，但由於我體重劇降，這件變得有點鬆，現在倒比較像平口內褲：「我老是……以前老是挖苦瑞秋穿的內褲。我希望她多穿維多利亞的祕密，穿那種引人遐思的款式，結果她喜歡 Jockey 牌。全重視功能，款式不拘。有一年，她過生日，我送她一件難看的老太婆內褲，尺寸大她兩號，能遮住她上身的一半，噁心巴拉。為了報復我，她居然穿了……更過份的是，她送這件給我。」

艾許莉挑眉說：「這款有沒有附電池？」

大笑一陣好暢快。

「瑞秋送我時，附帶一張生日卡，裡面寫著，致『科米蛙』。」

「人家科米蛙死也不肯穿這種吧。」

「對……我嘛，我有時穿。」

「為什麼？」

「提醒我自己。」

她笑笑：「有什麼好提醒的？」

「幾件事……其中一件是，我的態度常常太正經了，歡笑能治療痛處。」

「那……我也想穿穿看。」她點著頭，嚼嚼下唇：「當然囉，你可能也想買一件T恤，上面寫著『拒絕毒品』。」

她站累了，我扶她躺回睡袋，把頭墊高，再倒一些茶給她：「喝吧。」她啜飲幾口。我墊高她的傷腿，希望能消腫。她需要冰敷。

我想去附近幾棟屋子裡找食物，也許能找到地圖，也許能找到什麼東西，但我累得走不動了，而且外面黑壓壓，窗外的雪越堆越高，爐火烤得我暖到心窩。我穿上烘乾的衣褲。我終於暖了，乾了，滿了。

我把睡袋鋪在水泥地上，拍拍正在打呼的拿破侖。我躺下去。即將睡著之際，我赫然想到，剛才共舞的全程中，艾許莉的身體靠著我，以友誼和女人味溫暖我，我從頭到尾沒想起髮妻瑞秋。

我站起來，打赤腳，悄悄走到門口，開門，對著雪地嘔吐。好一陣子之後，我才有講話的勇氣。

第三十一章

我是科米蛙。艾許莉說我的內褲像有裝電池的那種。最近我體重掉了不少，這件內褲變得有點太大，有點穿不住。以前穿這件不太美觀，現在更是好不到哪裡去。

懷胎三個月，我們的「小狗狗」開始困擾妳。我幾次見妳照鏡子，見妳以眼角看自己，不太確定如何看待自己，猶豫著該不該穿寬鬆的衣服，但也不太願意穿緊身衣褲，處於不上不下的地步，既不是大腹便便，也不是還沒懷孕。一顆排球塞進肚臍裡面。湯姆．漢克斯的電影《浩劫重生》

（Castaway，2000）上映，所以我們用他的排球名字來稱呼胎兒威爾森。

後來，胎兒變得很好動，常在妳肋骨腔裡游泳。妳常呼叫我，我從急診室打給妳，一邊耳朵掛著藍色口罩：「什麼事，夫人？」

「威爾森想和你講話。」

「請他講吧。」

妳把話筒貼在肚子上，我會對胎兒講話，然後妳會告訴我：「噢，胎兒剛踢了一下。這孩子以後會成為足球隊員喲。」或是：「沒動靜。現在睡著了。」

懷胎四個月，某週五晚上，我加班完回家，妳嘴饞想吃炸笛鯛，於是預約了「第一街燒烤餐廳」。我在浴室裡找到妳，見妳正在沖洗頭髮上的洗髮精，妳沒看到我，我倚著門框，鬆開領帶，欣賞美女，看著溼淋淋、神采奕奕的孕婦……由我獨享。

我今生見過最性感美麗的一幅景象。

妳發現我在看：「色瞇瞇看我，最好別讓我丈夫逮到喔。」

我微笑：「他會諒解的。」

「是嗎？你到底是誰？」

「我是……妳的醫師。」

「你是嗎？」

「對。」

「你是來幫我打針嗎？」

我微笑，挑起雙眉：「我敢說，妳已經被打過針了。」

妳笑著點頭，拉住我的領帶。

瑞秋……每當我回首今生，尋找最登峰造極的一刻，那一刻非孕婦出浴圖莫屬。如果上帝肯讓我回到過去，任我挑選時間點，我也一定選那一刻。

下一刻嘛，也挺不錯的。

第三十二章

破曉了，第十七天。新雪堆積如山。我穿上乾暖的衣物，感覺如獲至寶。艾許莉仍在睡覺，臉色紅暈，囈語喃喃，但她看起來睡得暖，兩星期以來首次不顯得不舒服。

熱水器的供水開關在牆上，我找到後，硬扯幾下，終於打開。褐色的鏽水嘩嘩流進洗濯台。等水清澈了，我關水，啟動熱水器。

泡個熱水澡應該很不錯。

我把斧頭插進腰帶，拿起弓箭，出去搜查另幾棟房舍。拿破侖養足了體力，提早我一步衝到門口，用鼻子頂開門縫，躍向雪地。剛下的雪軟綿綿，他的四條腿插進積雪，無法動彈，活像卡進泥巴的車。我抓他起來抱著走，他一路上對著雪花低吼。有些雪花落在他臉上，他會張口猛咬。我搔一搔狗肚子，告訴他：「精神可嘉喔。」

早晨的空氣乾冷，酷寒，有些地方的積雪表層凍結了，一踩就破，膝蓋以下全被積雪吞噬。

我暗暗記住，應該認真思考雪鞋的必要性。

房舍總共有七棟。一棟是浴室，男女均分，我在裡面找到幾塊肥皂和幾捲衛生紙。馬桶或水龍頭全部沒水，就算有水閥，我也找不到。

五棟是套房小屋，正面呈A字形，有兩層，每棟附設柴爐，鋪著地板，有樓中樓。其中一棟甚至有一張躺椅。沒有一棟上鎖。

第七棟是雙臥房的小屋，可能是童軍團長的住處——總之是老大的地盤。後面房間有三張雙層床，每床都有泡棉床墊，床尾擺著摺好的綠色厚羊毛毯，總共六床。其中一床甚至有一個枕頭。我在衣櫥裡發現三面摺好的白浴巾和一盒一千片的拼圖，蓋子上的圖被撕掉了，但我搖一搖盒子，裡面有很多片拼圖，感覺沉甸甸。地上有個雙鎖鋼鐵保險箱，固定在地板上。

我拿斧頭用力劈，其中一個鎖被打壞，我再劈壞另一個鎖。我掀開保險箱，裡面空無一物。

在前面房間，我找到兩張木椅、一具柴爐、一張空桌和一張吱嘎響的椅子。我打開最上層抽屜，發現一套老舊的「大富翁」遊戲。

我來回搬了三趟，才把必需品搬回大房子——包括躺椅在內。搬到第三趟，我正要關門之際，注意到最重要的東西。

牆上有一張立體地圖，被圖釘戳住。這種地圖連距離都不註明，不是供人按圖索驥的地圖，而是鄉鎮政府用來宣傳附近國家公園或森林的廣告。圖上看得出鄰近市鎮的相對位置，立體的塑膠山頭覆雪。地圖最上面以斗大的字體寫著：【猶因塔高地原野區】，一旁註明【瓦沙契國家森林】，右角是【艾許莉國家森林】。

太巧了，我心想。

有個帶字的箭頭指向艾許莉國家森林的中央，警告【只准人馬進出，全年禁止機動車輛通行。】

地圖最下面寫著，【荒野一百三十萬英畝，任全家大小暢遊。】

懷俄明州的艾文斯頓位於左上角，有一五〇號公路通向正南方，沿著公路的小字寫著：【冬季封閉】。

地圖周圍滿是生動的畫面，有男女滑著雪板，有兒童在滑雪，有女童在騎馬，有父子檔正在獵駝鹿，有夫妻騎乘雪上摩托車，有幾個背包登山族拿著手杖，看起來就像在廣告這一區的戶外活動。地圖的上緣由西至東是州際八〇號公路，從艾文斯頓到岩泉鎮。一九一號公路從岩泉鎮往正南方走，可到一個叫做維農的小鎮。從維農鎮走四〇號公路西行，在地圖最下面蜿蜒穿越幾個小鎮，然後轉向西北方，和一五〇號公路交會，往北可通艾文斯頓。

在艾許莉國家森林的白頭山之間，有人插上圖釘並打叉，以黑筆註明「目前方位」。

我從牆上取下地圖，想帶拿破侖回大廳烤烤火。

正要進門時，不知拿破侖看到雪地上有什麼東西，直奔而去。我沒看見什麼，還來不及制止，他就一溜煙跑進樹林裡，呲牙吼著，身後雪花飛濺。

艾許莉還在睡，於是我把搜刮來的東西放下，把椅子挪近壁爐，去門口關心拿破侖，但只聽見吠叫聲從遠方傳回來。我心想，不必太為他操心吧。目前的人狗三條命當中，最有能力照顧自己的大概就是他。他可以說是被我們拖累了。

我回廚房，用鑄鐵爐生火。洗濯台的材料是不鏽鋼或鋅，腳粗如我手臂，焊接耐用，水池區既深又廣，人坐進去也沒問題，甚至能擠兩個人。整座洗濯台看樣子夠堅固，整棟房子蓋在上面也壓不垮似的。

我把水池洗乾淨，注入熱水，熱到我能忍受的極限。我坐進去時，蒸汽從水面徐徐上揚，享受到我近幾星期少有的酣暢。

我泡在熱水裡，從頭頂到腳底刷洗兩遍。洗完後，我擦乾身體，感到洗前和洗後的差別多明顯。我撥一撥爐火，添柴，讓火旺一些，把兩人的衣物倒進水池，逐件刷洗，然後晾在長椅上。我拿兩個馬克杯裝茶水，端給艾許莉。她才剛剛顯露甦醒的跡象。我跪在她旁邊，扶她坐起來，她雙手捧馬克杯喝著茶。
喝到第三口，她嗅嗅空氣：「你好聞多了。」
「因為找到肥皂。」
「你剛洗過澡？」
「兩次。」
她放下馬克杯，對我伸雙手：「快帶我去。」
「好是好，不過，泡熱水會讓傷腿腫得更厲害，所以洗完後，妳要接受冰敷。同意嗎？」
「同意。」
我攙扶著她，跛腳來到洗濯台。她見到自己的腿，搖搖頭：「有沒有找到刮鬍刀？生鏽的也行。」
我抱她坐上池邊，讓她坐進熱水裡，肩膀被水淹沒。她緩緩彎左膝，平放在食材準備台上，仰頭靠在內建式的碗盤瀝乾架，閉眼睛，伸出一手，手指勾成拿茶杯的形狀。
我端茶給她，她說：「我待會兒再叫你。」
泡個澡能讓人性情大變，說來也令人嘖嘖稱奇。
我走到接近壁爐時，轉身朝廚房高喊：「忘了告訴妳一件事。這片國家森林叫什麼名字，妳一定不相信。」

「說來聽聽。」

「就叫做艾許莉國家森林。」

我正要走出門，聽見她哈哈大笑。

第三十三章

艾許莉正在泡澡。我站在門外。風勢轉強了。情況出現轉機了嗎？或者只是儘量拖延無法避免的結局？我不清楚。

懷孕四個半月，妳躺在產檢檯上，護士進來，在妳腹部上面擠一團東西——妳說是「黏糊」。護士拿著探頭開始揉。

我遞給護士一個信封，告訴她：「拜託，先保密一下，因為我們今晚想出去約會。是男是女，麻煩妳寫下來，放進這信封，我們等到晚餐才打開看。」

護士點點頭，開始指著胚胎的頭和腿，甚至看得出小手一隻，神奇得沒話說。我看過幾十個胚胎，卻沒有一個能如此深深打動我的心。

不久，護士笑了起來。

妳和我當時沒會意過來。我問她：「笑什麼？」她搖頭不語，在卡片裡寫字，然後舔封口黏合，交給我，說：「恭喜，都健康。你們好好享受晚餐吧。」

我開車送妳回家。妳一直問：「你覺得是男是女？」

我說：「男生。肯定是男生。」

「如果是女生呢？」

「好吧。女生，肯定是女生。」

「你剛不是才說一定是男生？」

我笑一笑：「老婆，我哪知道？我才不在乎咧。從妳的烤爐端出來的東西，我全接受。」

我們最愛的是馬修餐廳，斜對面是聖馬可廣場。服務生安排我們坐在最裡面的雅座。妳容光煥發，我好像沒見過妳神采如此飛揚。

從來沒有過。

當時點什麼餐，我忘記了。大概是主廚特餐吧，因為馬修從裡面走出來打招呼，走了以後還交待服務生送香檳上桌。我們坐著，看著香檳冒泡，燭火藉妳的眼珠反光，信封在桌上，被妳推向我，被我推回給妳，再被妳推過來，我再推給妳，用手壓著。

「妳開。老婆，辛苦的人是妳。」

妳拿起信封，手指伸進封口拆開，取出卡片，按在胸口，呵呵笑著。妳我都講不出話。接著，妳慢吞吞打開卡片看。

我猜妳讀了兩三遍吧，因為妳拖了半天，才對我開口：「呃……」我問：「裡面寫什麼？」

妳把卡片放到桌上，握起我雙手：「兩個都對。」

「老婆，別賣關子了，開什麼玩笑，性別只有一個。」話一講完，我才領悟。

我直盯著妳。淚水呼嚕嚕流下：「真的嗎？」

妳點頭。

「雙胞胎？」

妳再次點頭，拿餐巾捂臉。

我起立，拿起香檳杯，拿餐刀敲杯子，叮叮叮，向餐廳裡的十五對有情人說：「抱歉，女士先生們，各位……我想宣布一件喜事，我太太……準備在耶誕節送我一對雙胞胎。」

我們請全餐廳客人喝香檳，馬修也獻上入口即溶的本店招牌蘋果脆皮派，以饗全店饕客。

開車回家的路上，妳成了啞巴，滿腦是育嬰室、配色、再一張嬰兒床，所有東西再添一套。一進家門，妳進浴室，幾秒後呼喚我：「老公。」

「什麼事？」

「幫我。」

我進浴室，發現妳只剩胸罩和內褲，站著照鏡子，一手握著一瓶維他命E油，另一手插腰。妳把瓶子交給我：「從今天起，到耶誕節，你的任務是呵護我的肌膚，以免我被妊娠紋吞噬，防止我的肚皮垮到膝蓋。好了，開始倒吧。」

妳躺到床上，我把整瓶倒在妳肚皮。妳驚叫：「好噁！」

「老婆……我只是想塗遍妳全身每一吋皮膚。」

「班．培殷！」

我塗抹著妳腹部、背部、兩腿，有皮膚的地方都不放過。妳搖搖頭：「把我抹成了油豬。」

「對呀，妳的味道是有點怪。」

我記得隨之而來的爆笑，也記得在床上滑來滾去。

我們玩得好開心，不是嗎？

幾小時後，妳凝視天花板，一腳翹在膝蓋上抖呀抖，說著：「取什麼名字，考慮過沒？」

「沒認真想過。剛遇到一加一的震撼教育，還沒鎮定下來。」

妳雙手在肚皮上交叉，改翹另一條腿，腳丫又上上下下晃蕩。妳說：「麥可和漢娜。」

名字一說出嘴，立刻產生感應，就像幾片拼圖啪啪湊合成全貌。

我翻身趴向妳，唇貼妳越來越緊的肚皮，低聲喊他們的名字。肚子裡的回應是足球腿一踢，緊接著揮一拳，就這麼決定了。從那一刻起，兩人世界成了一家四口。

倘使時光能倒流，我最想重溫的也許正是那一刻，沐浴在歡笑、溫馨中，狂想著全部東西買兩套，沉浸在維他命E油的滑溜感和氣息裡。

因為我很確定的是，我不願回溯接下來的時光。

第三十四章

拿破侖失蹤了好久，我有點擔心。衣服烘乾後，我穿好夾克，帶著弓箭，開門外出。疾風從我背後吹襲，颳過湖面。我吹口哨，沒聽見狗叫聲。我拉高夾克的領子，跟蹤他的腳印登上一座小山，然後沿著山脊俯瞰雪湖。他的行進路線忽左忽右，顯示他追著什麼動物跑遠了。他的腳印被雪蒙住，不容易辨識。我再翻越一座小山，往下看見他趴在湖邊不動，周圍的雪地是一片紅。我走近一看，才發現紅的不只是雪地。箭上弓，我慢慢走向他背後，近到他聽見我時，他頭也不回，只顧著沉聲吼。我繞一大圈，好讓他看清來人是我。我檢查周遭的樹林，回頭留意著，輕聲對他說：

「喂，小子，是我啦。你沒事吧？」

他停止低吼，繼續趴在雪地，壓著一團血紅的白毛球。我在他前方幾英呎外跪下去。

被咬的不是拿破侖，而是一隻兔子。他壓著兔子的殘骸，獵物只剩兩支腳和幾根骨頭。我點著頭，轉頭留心背後：「幹得好，小子。你如果有空，能不能再抓兩隻，叼去那棟大木屋放下，好嗎？」

他看著我，撕扯掉一塊肉，嚼一嚼吞下，哼一鼻子氣，舔舔臉頰和鼻子。

「我不怪你。我也餓。」我站起來：「你認不認得回去的路？」

想必是我靠得太近了，他叼起吃剩的野兔，離我遠一些。

「不理我就算了。」

往回走時，我邊走邊想，雖然有大木屋，住得暖和乾爽，不受天候侵襲，我們照樣需要食物——而且也要找路下山。這是當務之急。罐頭濃湯如果多攙一些水，或許能多撐一天，吃完後，我們辛苦走到這裡，只算是找到一個乾暖的地方等死。

回程我改變路線，遠離湖畔。有幾次，我發現駝鹿的腳印，不只一隻，其中有一隻比較大。好幾次，我發現兔子的足跡。兔子蹦跳的模式明顯，很容易辨識。駝鹿也不難，因為牠們體形碩大，在雪地留下的腳印深沉。

我需要磨練射箭技巧，但又怕在戶外練弓沒中，箭射進積雪深達幾英呎，我可能挖不出來，練幾次就沒箭可射了。

我回到大木屋，撥一撥壁爐火，去看看艾許莉的情況，見到她像海豚一樣，玩得不亦樂乎，還趕我走。我去一棟小屋拆下一片地毯，帶回大木屋，對摺再對摺，然後再摺一次，放在長椅的椅背上，用圖釘把紙盤子釘在地毯中間。我在紙盤中心割出一個一角錢大的小洞。

這間大廳有四十多碼長，我只需要大約十五碼。我算著步數，走回去，用腳趾在灰塵上劃一條線，箭上弓，拉弦，穩定弦上瞻孔，自我叮嚀著：「瞄準鏡、瞄準鏡、瞄準鏡，」然後：「按。」我輕按放箭器，箭直飛向標靶，射中紙盤小洞上方大約三英吋。我再取出一支箭，上弓，慢慢重複同樣的簡單步驟。第二支箭射中剛才的右邊，兩箭只間隔毫髮。第三箭的落點也差不多。

非調整不行。我向下調整弦上瞻孔。這種瞻孔是設在弦上的一個小環，作為瞄準用，理論上射箭者每次都從同一點瞄準，每次都能以同樣的方式放箭。向下調整瞻孔，可以讓箭的落點下移。

果然。只是調得不夠低。我再調整一遍，結果落點變得太低。我繼續調整，落點往上移了。三十分鐘不到，我總算能命中十五碼外的紅心，並非箭箭都命中，畢竟我不是很穩，但如果我能穩如泰山，至少每射三、四箭能擊中靶心一次。

艾許莉聽見砰砰聲：「好吵，什麼聲音啊？」

「是我啦，想改善有晚餐可吃的機率。」

「可以先扶我出來嗎？」

她把T恤和內褲洗好了，鋪在頭後面碗盤瀝水架的凹槽上。她伸出雙手，讓我扶她下來。她裹著浴巾，一角以女人習慣的方式塞進胸前夾著。下來後，她閉眼，伸手抓我肩膀：「頭好暈。」

她挨著我，想尋回平衡感。她閉著眼睛講話：「聽說，男人是視覺動物，見到裸女會興奮。你呢？怎麼應付？」

我扶她轉身，朝壁爐的方向走：「我現在還是妳醫師。」

「確定嗎？醫生也是人啊。」她面帶微笑，戳破禁忌話題：「現在的我，已經裸到不能再裸了。」

她的手腳被泡得皺巴巴，但洗乾淨後，氣味也清爽不少。她擦拭全身，以一手勾著我的脖子。我讓她把我當成拐杖使用。這一次，我扶她走向躺椅。躺椅本身的功能是抬腳，減輕腿的壓力。我剛添太多木頭了，壁爐烤得大廳火熱，我只好打開門一道縫，調節室溫，不一會兒就涼爽多了。

她豎食指說：「班？你還沒回答我剛才的問題。」

「艾許莉，我不是瞎子。妳是美女，可惜妳不是我的。」我添柴火：「而且……我還愛著我太太。」

她對著我豎食指：「我衣不蔽體，一直縮在睡袋到現在，也看過你裸體六、七次了，而且每次我上廁所，你簡直就在身邊。結果……你怎麼辦？這麼接近我，你會不會心癢？」

我聳聳肩：「要我老實說嗎？」

「老實說。」

「不會。」

她面露詫異。幾乎洩氣了：「所以說，你看到我，完全不會心動？」

「我可沒說喔。有些情況，妳的確會讓我的心多跳幾下。」

「那你到底會不會心動嘛？」

「有一種電影，大家都看過——兩個陌生人在荒郊野外迷路了。然後呢，就像《軍官與紳士》，兩人在海灘上翻滾，熱愛得如痴如醉，一口氣解決掉所有煩惱，劇終時，兩人一同走向夕陽，愛得腿軟，四眼情意綿綿。電影歸電影，我們遇到的是現實。我真的想下山回家，而且希望回家以後對得起良心。我的心田需要填滿的部份已經被瑞秋填滿了，這和妳能不能或會不會做的事情完全無關。」

「所以說，從機場到墜機，一直到走來這裡，你一次也沒動過色心？」

「當然有。」

「我被你搞糊塗了。」

「受誘惑和付諸行動是不一樣的兩回事。艾許莉，妳先別誤解我的意思。妳是個有成就又美色出眾的美女，身材能媲美希臘女神——只不過我覺得刮一刮腿毛會更美——另外，妳的智商絕對比我高。每次我們對話，我總覺得舌頭打結，老講笨話，不過，遠在天邊的地方有個男人，名叫文森，哪天我和他認識時，他會暗暗希望我沒在山上占妳便宜。而我和他認識之後，我也會希望自己的確善待過妳。我多希望能直視他的眼睛，毫無隱瞞，因為，相信我，隱瞞是件很痛苦的事。」我盯著她。

「等我們得救以後，妳和我回首這一段，雙方都會希望我沒占妳便宜。我希望自己回憶這一段時，對得起良心。」我撥弄著拇指。緊張：「我和老婆分居，是因為我做錯一件事。不對，換一種說法是，因為我沒做一件事。我只好帶著內疚過日子。和妳或任何人上床，只會讓我和她分得更遙遠。就算和別人上床的感覺再美好，也抵不過被拆散的痛苦。每次遇到某種狀況，我總是盡力提醒自己⋯」

「什麼狀況？」

「腦子裡出現醫師不該有的邪念。」

「所以說，你是血肉之軀。」

「有血有肉。」

她沉默片刻：「我羨慕她。」

「妳讓我聯想起她。」

「哪一方面？」

「呃⋯⋯在體格方面，妳身材精瘦，有運動細胞，肌肉發達。我能想像被妳一腿踹昏。」

她笑一笑。

「在頭腦方面，我可不願跟妳辯論。在情緒方面，妳從不隱瞞心意。妳不拐彎抹角，有事劈頭就講，常常正視迎面而來的問題。另外，從妳的幽默感可見，妳的內心有一口毅力深井。」

「她最大的弱點是什麼？」

我不想回答。

「好，不想講就算了。在你們分居之前，她最大的弱點是什麼？」

「和她最大的優點是同一個。」
「哪一個？」
「她的愛……對我和雙胞胎的愛。」
「怎麼說？」
「她以我們優先。凡事都是。總把她自己推到遠遠的第三名。」
「那算什麼弱點？」
「有時是。」
「這就是你們分居的原因？」
「不是，但這因素也不無傷害。」
「不然你希望她怎樣？」
我慎選措辭：「我希望她當初和我一樣自私。」
我拿起一塊三英呎見方的三合板，拍掉上面的灰塵，平放在她大腿上，把拼圖盒遞給她：「我找到的。盒蓋上的圖被撕掉了，所以我不知道最後能拼湊出什麼圖，不過……玩玩看，也許妳不會悶得發慌。」
她扭一扭盒蓋，掀開，倒出所有拼塊，馬上把每一塊翻成正面朝上，邊緣是直線的幾塊集中起來。她說：「想不想幫忙？」

「才不要。我一看就頭昏。」

「沒那麼嚴重啦。」她以流暢的手指翻拼塊：「慢慢來就對了，最後一定能拼湊成功。」

我看著堆在她面前的亂七八糟拼塊：「湊不成功怎麼辦？」

她聳聳肩：「遲早會啦。也許不會湊出你想要的圖，不過一定會的啦。」

「我沒那種耐心。」

「你有啦。」

我搖搖頭：「我不想玩，謝了。」

雪下個不停，天色持續黯淡陰霾，氣溫變化不大。這棟大木屋高處的玻璃窗形成冰晶，以蜘蛛網狀擴散。

艾許莉的傷腿腫得太大，情況不樂觀。她搖搖頭：「乾脆開始叫我『肥腿婆』好了。」

我拿著大鍋出門，做十幾個壘球般大的雪球，帶回來坐在她的左腳旁邊，移開她的拼圖，摺一條毛巾墊在她腿下，拿起一顆雪球，開始繞著骨折處冰敷。

她雙手抱後腦勺，痛得想縮腿：「我不喜歡。」

「忍耐幾分鐘就好。被凍痲了，就比較不痛。」

「對呀，不過現在一點也不好玩。」

用完四顆雪球之後，她不再抱怨。她躺下去，轉頭望窗外，讓我冰敷近三十分鐘。消腫的效果微乎其微，皮膚倒是被凍得紅通通。

「每小時冰敷一次，懂嗎？」

她點頭。她的狀況依然不樂觀。她的眼球布滿血絲，臉色潮紅。有可能是泡熱水澡的關係，但我暗暗覺得不是。

「現在的方位是什麼，有概念嗎？」她問。

我攤開「地圖」，指著打叉註明此地的部位。

就在這時候，拿破侖抓抓門，從門縫鑽進來，大搖大擺走向我們，好像他當家似的。他走向他趴習慣的床墊一角，兜兜圈子之後坐下，蜷縮起來，一腳遮臉，閉上眼睛，嘴巴旁邊的毛仍有血紅色，填飽了的肚子圓鼓鼓。

「他剛去哪裡？」

「吃早餐。」

「沒留剩菜給我們嗎？」

「我跟他商量過，可惜他不聽。」

「乾脆用搶的啊。不能從旁邊偷抓一塊來吃嗎？」

「狗在吃飯，妳敢伸手接近他嘴巴嗎？」我搖搖頭：「伸手回來，搞不好只剩半截。」

她揉揉肚皮：「對喔，他好像動不動就生氣。」她看著我：「所以……現在有什麼打算？」

「我今天想去探勘環境，看能不能帶晚餐回來。」

「然後呢？」

「然後嘛……總該先解決民生問題吧。也希望雪趕快停。」

「然後呢？」

「一直吃到肚子撐不住了，我們才收拾行李出發。」

「往哪裡走？」

「還沒規畫。我只想一次解決一個危機。」

她把頭躺回去，合上眼皮：「等你搞通了出路再通知我吧。我乖乖在這裡等你。」

我再做十幾個雪球，儘量按硬一些，放在躺椅的另一邊，遠離壁爐。我把一條羊毛毯割成幾長條破布，用來裹手。我拿起弓箭：「如果過了一個鐘頭，我還沒回來，妳自己要記得冰敷。記住，冰敷三十分鐘，休息六十分鐘。」

她點頭。

「而且要持續喝水。」

「遵命，醫生大人。」

「我不是在開玩笑。冰敷三十分鐘，休息六十分鐘。」

「口氣好像我的醫生。」

「那就好。」

我走出門。風勢轉強了，颳得積雪打轉，蔚為迷你龍捲風，闖進樹林，動搖枝葉之後解散。我從營區後面穿越樹林上山。山脊環抱著湖，另一邊有另一座山谷。

我看著營區的分布。無論是不是男童軍，來這裡的人不可能搭直升機空降。既然不是走路就是騎馬上來，路在哪裡呢？如果這裡真的是艾許莉國家森林裡面，既然只准人馬進出，太遠了走不動，所以目前的位置不可能太深入森林。

我繞向南邊，不久就找到路了。一條羊腸步道被埋在雪底下，寬度只夠兩匹馬並肩走，從湖邊通往山下，穿越我們背後的山谷缺口。當然，如果大人帶童軍揹著背包爬山，不可能千里迢迢走到這裡。頂多走幾英哩就累了。除非這裡是鷹級童軍專屬區，但我不太相信是。營舍太大了，一次能容納大批民眾。

我覺得冷。雖然羊毛毯比破牛仔布實用，布條纏手的禦寒效果不佳。我想趕快回壁爐前取暖。一整天，艾許莉時睡時醒，我照樣定時為她冰敷。有時她醒來，有時繼續睡。她能做的事當中，就以睡覺對她的好處最大。多熟睡一分鐘，等於是在體力銀行多存一毛錢，等我們決定再出發時，她能提領出來花用。我有預感，出發日期近在眼前。

近傍晚時分，天空從陰沉變得更陰沉，天色更加黯淡，我帶弓箭外出，回到我見到最多腳印的山脊，爬上一棵山楊樹枝坐下。天氣寒冷，很難靜靜坐著不動。接近天黑時，我眼角瞄見白白的東西一閃而逝。我細看著雪地。又有動作時，我的視覺漸漸聚焦。

原來前方有六隻兔子，正坐在不到十五碼外。我慢慢拉弓，對準最近的一隻。我拉滿弓，吐氣一半，以瞄準鏡瞄準，按放箭器，射中兔子的兩肩之間，兔子翻滾幾下。見其他兔子不動，我再取一支箭上弦，拉滿弓，再度以瞄準鏡瞄準，放箭。

我用一根山楊樹的綠枝串著兩隻兔子進門，掛著壁爐烤。

艾許莉坐著玩拼圖：「只有兩隻啊？」

「我對著三隻放箭。」

「出了什麼問題？」

「其中一隻移動了。」

「那又怎樣？」

「喂，如果是打大聯盟，這樣的比率進得了名人堂耶。」

「好吧，這次我就不計較。」

我慢烤兔肉，甚至在儲藏間找到鹽巴。

艾許莉縮著一腿坐著，嘴唇油膩，一手拿著兔肉，另一手端著濃湯，笑得合不攏嘴：「你煮兔肉的手藝不錯。」

「謝謝妳。我自己也覺得不錯。」

「咦……」她邊嚼邊說。她把兔肉推到口舌前半部嘗滋味：「味道其實不太像雞肉。」

「誰說兔肉像雞肉？」

「沒人說。只是總覺得什麼東西的滋味都像雞肉。」她甩頭，從嘴裡抽出一小根骨頭：「不對，不完全對。」她再抽出一小根骨頭：「自從和你相處以來，沒有一種東西的滋味真正像雞肉。」

「謝了。」

三十分鐘後，我倆之間只剩一盤骨頭和兩個空碗，整個人躺平，享受著飽足的感受。以所有東西而言，我覺得最美味的是鹽巴。由於墜機至今我運動量大，汗流得兇，能攝取電解質就儘量多攝取一些。目前而言，純鹽也可以。

她以下巴指向桌上那盒大富翁：「你玩不玩？」

「很久沒玩了。」

「我也是。」

三小時後，四分之三的房地產全被她霸占了，多數土地上還蓋旅館，而我瀕臨破產邊緣，因為幾乎每次輪到我擲骰子，我又得付房租：「妳太狠了。」

「我小時候玩過幾次。」
「才幾次？」
「好啦……大概不只幾次啦。」她擲骰子：「說吧，你有什麼打算？」
「我嘛，想等雪停，然後看看能不……」
她一面拿著棋子走棋盤，一面糾正我：「我指的不是下山的規畫，而是指你回家以後怎麼辦。你和你老婆怎麼辦。」
我聳聳肩。
「快講吧。坦白講。」
「我…」
「不許吞吞吐吐。」
「妳一直講，我怎麼插話？」
「好。明白講。你有什麼計畫，有什麼樣的實際行動？像你這款好男人，不可能壞到骨子裡吧。」
「一言難盡。」
「是嗎？一言難盡的人滿街跑。太陽底下的有哪件事不是一言難盡？你當初是講錯了什麼話？」
「幾句話。」

「廢話少說啦。什麼樣的話？」

「吞不回去的話。」

「為什麼吞不回去？」

「因為那些話……她……」我閉眼，吸一大口氣。

「那幾句是真話嗎？」

「對，但是，真話也不見得對。」

她點頭：「你不應該把心事硬壓在心底，我是有心想幫你忙。」她指著錄音機：「你對那東西講話時，比對我講話來得坦白。」

「我從一開頭就告訴過妳了。」

「你這幾天不太常錄音了，為什麼？」

「也許是我快找不到話題了。」

「那幾句話嘛……你講得再難聽，不可能收不回來吧。我是說，有什麼話難聽到沒辦法回收的程度？話只不過是話嘛。」

我轉頭，戳一戳爐火，凝視火焰。我開口低聲說：「棒棍石頭，打得斷我骨頭，但如果想傷人……想傷到骨子裡，言語最管用。」*

艾許莉睡得不安穩，夢話連連。午夜過後，我爬起來，添柴火。我掀開她的睡袋，檢查她的傷腿。腫退了，皮膚不再緊繃，都是好現象。三合板上的拼圖躺在她旁邊，有幾部份已逐漸成形，整體而言不太明晰，但有一區看似白雪皚皚的山頭。

她躺在火光中。長腿，一隻墊高，另一隻平放。鬆懈。小腿毛森森，大腿上也長著細毛，訴說著飛機失事至今多久了。她歪著頭躺著，T恤垮在鎖骨上，內褲鬆掛在髖骨上。

我摸她的太陽穴，幫她把頭髮夾在耳後，一指順著頸子向下走，來到手臂，再循線條走到她的指尖。雞皮疙瘩出現在她皮膚上。

「艾許莉……？」

她不動，不回應。

柴火劈啪響，音量壓過我的低語：「我……」

她轉頭，深抽一口，緊接著徐徐吐氣，眼球在眼瞼裡面左右游移。真相不願從我嘴裡鑽出來。

第三十五章

一星期後，我們回診。從上車到進入診療室，一路上妳見垃圾桶就吐。我心情很糟，每次我對

＊引申自「棒棍石頭，打得斷我骨頭，但言語傷不了我」，是被言語霸凌的兒童常聽到的安慰語。

妳吐露心情，妳就點頭說：「活該，都是你害我的。」

叫我從何爭辯？

和一般胎兒相比，雙胞胎需要更多超音波產檢、3D掃瞄。妳的醫師想確定一切正常。由於我在這家醫院擔任醫師，院方等於是照顧自己人，有特權可享受。

護士叫我們再進去一次。又拿一管超音波傳導膠，又拿著探頭把它抹在肚皮上，在妳腹部繫上偵測器，聽聽兩顆小心臟打擂台的聲響。一切正常，對吧？

不對嗎？

操作員愣了一愣，回頭再拿探頭掃瞄妳，隨即說：「我馬上回來。」

過了漫長如三小時的九十秒，妳的醫師史提夫大步進門來，掩不住臉上的憂慮。他研究著超音波圖，點點頭，嚥一嚥口水，然後拍拍妳的腿：「我會請席拉做幾種檢查。檢查完後，你們進我辦公室一下。」

我開口問：「史提夫……我看得懂醫生的肢體語言。怎麼了？」

他閃爍其詞。壞消息又來了：「可能沒什麼啦。先做幾種檢驗再說。」

假如醫師是我，有壞消息傳達給病人，我也會用同樣的說法敷衍。在我們背後，兩顆小心臟活躍蹦跳著。

妳轉向我，雙手攤在肚子上：「他的話是什麼意思？」

我搖搖頭，跟著他出去。

在走廊上，他轉身說：「先等席拉檢查完再說，然後請你們進我辦公室。」

不必進他辦公室，我一看他的表情就知道情況不對勁。

我在他對面坐下，他飽受煎熬。他站起來，繞過辦公桌，拉一張椅子過來，三人圍坐成三角形：「瑞秋……班……」他的眼睛轉來轉去，不知該注視誰，開始冒汗：「妳……有部份早剝的現象。」

瑞秋看我：「什麼意思？」

史提夫代答：「意思是，妳的胎盤從子宮壁剝離了。」

妳翹腳問：「會怎樣？」

「會……我不是沒見過更嚴重的剝離，不過，妳的剝離也不小。」

「那……你是說……？」

「全天躺著安胎。」

妳雙臂交叉胸前：「我就怕你下這種命令。」

「休息一段時間再說吧。如果能緩和剝離的速度，甚至能阻止剝離，母子最後都能平安，沒必要恐慌。」

回家的車上，妳一手放在我肩膀上：「怎樣，醫生，他想講的到底是什麼？」

「妳最好培養刺繡的興趣，租一百支妳一直沒空看的片子，準備幾十本書也行。」
「我們能度過難關嗎？」
「如果不再繼續剝離就好。」
「如果持續呢？」
「到時候再說。」
「可是⋯」
「老婆⋯⋯一次跨一欄，可以嗎？」

第三十六章

日光從大樹的枝葉滲透下來，照亮雪地，照到山脊上踽踽前行的我。降雪不見稍減，新一波的積雪逼近三英呎。行動遲緩而艱難，有雪鞋也無法成行。目前的雪花乾燥、軟綿綿，氣溫太低，積雪不會溼黏。如果天氣回暖，情況可能會變得苦不堪言。

我走了一小時，什麼也沒看見。回程，我沿著山脊下去，穿越樹林。接近大木屋後面時，我發現七棟房子之外居然還有一棟。這間比較小，外觀近似工具室。除了煙囪頭露出來，整棟全被積雪埋沒。

我繞著走，推敲著門口在哪裡。看不出究竟，只好動手扒雪，挖到水泥磚牆，不見門，於是繞向另一邊再挖。這次同樣又沒挖到門，卻發現窗戶。我把窗戶周圍的雪清光，用力開窗卻開不動。窗戶只有一片玻璃，被我伸腳踹破，碎片掉在屋內地板上。我拿斧頭敲掉窗框上的碎玻璃，從窗口爬進去。

這棟類似儲藏室，一面牆上掛著舊馬鞍、馬勒、馬鐙。沒有釣線的捲線器。幾個工具、錘子、銼子、幾支螺絲起子。一把鏽刀。幾罐生鏽的釘子，各種尺寸都有。有個附手風箱的壁爐，看似鐵匠製作馬蹄鐵的地方。維修全營區必備的物品，應該全在這裡找得到。另一面牆掛著幾個舊輪胎，我判斷是越野四驅車專用。另外有幾個內胎，甚至有鏈條。我抓一抓腦袋。如果真的是越野車的輪胎，車子能開進來，這裡的位置一定在艾許莉國家森林的範圍之外。換言之，這裡比我原先的料想更接近道路。

我有點想高興，讓心臟蹦個夠，順著希望的小徑縱情妄想所有的願景。話說回來，如果我一高興起來，心情寫在臉上，被艾許莉識破了，她也跟著高興，最後如果希望一個個破滅，那麼……虛浮的希望比絕望更難接受。

我繼續找。即使車子能開進這裡，仍無法解釋這麼多東西怎麼運上山來。大小鍋子、糧食、補給品，到底是用什麼東西運到這裡？我抬頭一看見真曉。

天花板下的椽掛著六到八個藍色的塑膠雪橇，可供雪上摩托車或四驅車或馬拖著貨物走。雪橇的長寬互異。我拉一個下來，這雪橇長約七英呎，寬度讓一人躺著綽綽有餘，底部有兩條滑雪板，方便在雪地行進順暢，全重不超過十五磅。

我捧起雪橇，以斜角推向窗外，然後自己也準備爬窗戶出去，這時抬頭看最後一眼，發現其他雪橇上面擺著幾雙雪鞋。差點被我漏掉了。這次，我心跳真的加速了。雪鞋不會自己飛到上面，這表示有人穿雪鞋上山。如果他們辦得到，那⋯⋯

總共四雙，全布滿灰塵而老舊，固定裝置僵硬有裂痕，幸好鞋框堅固，支架也牢靠。而且輕盈。我試穿到合腳的一雙，綁好，拖著雪橇走回大木屋。

艾許莉動了一動，回頭看：「那是什麼啊？」

「妳的藍色輕馬車。」

「有快腿駿馬在拖嗎？」

「好好笑。」

我拆下自製雪橇上的吊帶，安裝在真雪鞋上。有毛毯也有睡袋，我認為能把雪橇布置得舒服一點，艾許莉比較好受：「妳可以面向前方，不必再倒退走了。」

「這表示，我能全程欣賞你的帥臀。」

「這個嘛⋯⋯瘦得沒看頭了。」

「人生如一隊雪橇犬，若非跑在最前頭，眼前的景象會一成不變。」

她恢復幽默感了，真好。

這天下午，我們繼續玩大富翁。嚴格說，玩的人只有艾許莉一個，因為她持續收購房地產，房租哄抬得半天高。有一次，她雙手攏著骰子正準備甩，說著：「你快沒屁放了，驢子。」她擲出八點，跳過我少得可憐的幾個財產。

「有沒有人告訴妳，妳的好勝心有一點點太強了？」

她把屁股往後挪，得意洋洋說：「沒有啊。你為什麼問？」

近傍晚，我把我的所有財產全抵押出去了，只盼能再通過「由此去」一次，希望能再領兩百元，以免所有財產被她的銀行充公，連身上的衣服也不保。

事與願違，我的棋子停在公園，她像巫婆似的，哇哈哈狂笑了十分鐘。

天黑前一小時，我把拼圖放在她大腿上，說：「我想出去一陣子。」我綁好雪鞋，沿山脊悄悄走，尋覓獵物。雪勢減緩了，但雪花照樣飄，厚度持續攀升。天地全被靜音了。大小聲響全被埋沒。我聽得見的聲音當中，就以「靜謐」最嘹亮。

我反省著，這種生活的差別何其大，沒有電話，沒有語音信箱，沒有呼叫器，沒有電郵，沒有人用醫院廣播呼叫我，也沒有新聞，沒有電台。除了柴火劈劈啪啪、艾許莉的講話聲、狗爪搔刮水泥地之外，全無雜音。

這些聲響裡面，我不知不覺中只專注其中一個。

我走了三十分鐘，也許走了一英哩，發現很多腳印全通往一條山溝，雪地凌亂。我守在一棵山楊樹下，不久就等到一隻狐狸直奔山溝，我來不及拉弓，牠就溜走了。沒多久，來了一隻母鹿，可惜嗅到我的氣味，尾巴翹得高高的，咻咻用力呼吸踏地，以光速逃逸。我這才領悟，樹下的藏身處被盛行風洩底了，不然就是野獸嗅得到香皂味。打獵似乎不像電視上那麼容易。

天色快全黑了，我不想動，再逗留五分鐘。一隻兔子來了，跳進山溝，從另一邊蹦上去，跳了兩下，止步，嗅到我的氣息。我放箭，幸好這次沒失手，我倆有口福了。

雪地偶爾反射一些光，便利我重拾來時路回去。拿破侖又溜出門了，艾許莉睡在躺椅上，大腿上放著拼圖。我燒開水泡茶，對茶包再榨最後一次。然後，我坐在她身旁，對著爐火翻轉兔肉。

烤熟後，她醒了，和我一起慢慢吃，細細嚼，每一口比平常停留更久，品嘗著僅有的份量。一人吃都嫌不夠了，更何況兩人對分。

不久後，拿破侖回來了。習慣他以後，我滿喜歡他了。他的韌性很強，必要時也懂得溫柔，很懂得照顧自己。他走進門來，舔舔嘴臉。他的臉毛紅紅的，肚皮圓而緊繃。他走回他趴習慣的床墊一角，繞一圈，翻身，四腳朝天，我揉揉狗肚子，他一腿不由自主地踹空氣。

艾許莉開口了：「很高興他的肉又長回來了。我正開始擔心他呢。」

我彎腰，錄音機從上衣口袋掉出來，她注意到了，不看我就說：「電池夠用嗎？」

「幸好在機場多買了幾個，不成問題。」

「機場感覺是好久以前的事了。像上輩子。」

「對，的確。」

她微笑說：「你買的電池，內褲也能用嗎？」

「好好笑。」

「說一說吧……你對她講什麼？」

我不回應。

「太私密了？」

「不會。」

「不然是…？」

「唉……我描述雪地，談談在這種鬼地方受困的情況。」

「言下之意是，你不喜歡我這個旅伴？」

「不是。除了不得不拖妳穿越半個猶他州之外，妳倒是個很棒的旅伴。」

她笑笑：「這樣說也可以。你為什麼不對她說，你想念她的哪一點？」

月亮絕對是在雲層裡大放光明，因為屋外有一股詭異的光輝，透窗而入，在水泥地板上投影。

「我錄過了。」

「你總不可能錄到沒話可講吧。」

我拿著錄音機，用雙手把玩著：「我已經錄了很多。不如換妳吧。妳講講看，妳想念文森的哪一點？」

「我想想看……我想念他的卡布其諾咖啡機，想念他的賓士車味道，想念他單身漢閣樓的極簡式清爽風格……從陽台看夜景，真不是蓋的。如果勇士隊出賽，從陽台就看得見騰納體育場的燈光。哇……現在有熱狗可吃，該有多好啊。大鹽捲餅來一個，我也能將就。另外還有什麼？我想念他的笑聲和他的關心。他即使忙，也不忘打電話關心我。」

「妳沒吃飽，對不對？」

「不會啊……你為什麼問？」

她睡著後，我躺了很久睡不著，思考著。關於文森的事，她對我透露的少之又少。

第三十七章

事隔一個月，妳悶得快跳牆了，等不及再回去接受超音波產檢。我送妳進醫院，史提夫醫師來診療室裡見我們。操作員擠著超音波傳導膠，史提夫瞇眼觀察顯示幕。

操作員停止探頭的繞圈動作，看著醫師，目光茫然。被蒙在鼓裡的人只有妳。妳說：「別再拖了，有狀況趕快告訴我啊。」

史提夫拿毛巾給妳，看著正要離開的操作員。我幫妳擦掉傳導膠，扶妳坐起來。

史提夫倚著牆。他說：「剝離的情況惡化了。惡化很多。」他撥弄著雙手：「這並不表示妳不能再懷孕，瑞秋。這只是一種異常現象。妳的身體很健康，以後能再懷胎。」

妳看著我，我只好轉譯給妳聽：「老婆……剝離……惡化了。可以說是，只差一條線沒斷。」

妳轉向史提夫：「胎兒還平安嗎？」

「目前是。」

「有沒有吸收到養份？」

「有，不過……」

妳舉雙手，做出制止的手勢：「以目前的情況而言，他們平不平安？」

「平安，不過……」

「不過什麼？另外還有什麼好緊張的？我願意躺在床上安胎。我願意在醫院租一間病房住下來，什麼都願意。」

史提夫搖搖頭：「瑞秋……如果胎盤剝離……」

換妳搖頭：「以此時此刻而言，胎盤還沒剝離。」

「瑞秋……假設妳被送進開刀房了，我正在洗手準備動手術，不巧胎盤正好剝離了，我一方面要及時救胎兒出來，同時還要防止妳血崩致死，我沒把握辦得到。妳性命有危險了。我不得已，只能拿掉胎兒。」

妳看著他，當他是個瘋子似的：「你想拿他們怎樣？」

他聳聳肩：「妳懂我的意思。」

「我不會讓你做那種事。」

「如果妳不肯……母子全撐不下去。」

「我的機率有多少？以百分比而言？」

「如果我現在就把妳推進手術室，機率看好。再拖下去，機率就呈墜崖式暴跌。」

「如果再不……？」

「就算我們盯緊妳的狀況，事情一發生就無法收拾了。一旦胎盤剝離，內出血會導致……」

「假設我乖乖躺在床上，躺個……四個禮拜好了，然後就能剖腹生產，最後就能一家四口開開心心回家，兩個嬰兒床，兩個嬰兒監聽器，兩個累到沒力的家長，這種情況可以預想得到嗎？怎樣？可不可能有這樣的解決？」

「全程在床上靜養安胎，妳說的情況不是不能預想，但是發生的機率微乎其微。去賭城賭一把，贏的機率絕對比妳現在高。妳最好了解，這好比肚子裡有個氰化物藥丸，藥丸一溶解，神醫也救不了命。」

「我的孩子才不是氰毒。」

「瑞秋……」

妳對天豎食指：「我們有沒有一絲機率？」

「嚴格說，有是有……只不過……」

妳指向顯示幕：「我見過他們的小臉蛋。你為了這台高解析3D電視好得意，指著他們的臉叫我看過。」

「妳要憑理性考量啊。」

「假如胎兒被拿掉，我下半生保證一閉眼睡覺就見到他們，想著他們被你『拿』去哪裡了，想著你其實誤判了，他們其實能活下來，要不是被你危言聳聽，他們能好端端見天日。」

他沒話可說，只是看著我。他聳一聳肩膀：「瑞秋……以現階段來說，他們只是……幾團細胞而已。」

妳牽起他的手，拉他去摸妳肚皮：「史提夫，我想介紹麥可和漢娜給你認識。他們很榮幸認識你。漢娜會彈鋼琴，可望成為莫札特的接班人。麥可呢，他是數學小天才，和他爸爸一樣是飛毛腿，自信能發明剋癌神藥。」

史提夫搖搖頭。

妳和他辯論不出結果，我也幫不上忙。

我插嘴說：「能拖多久？我是說，現實而言，我們能再考慮多久？過一段時間，等大家的情緒平穩之後……」

史提夫聳肩說：「如果再拖，最多能拖到明天一大早。」他看著妳：「妳以後想再生也沒問題。這種病是偶發現象，是自然界的一場意外，妳以後不可能再遇到了。想再懷孕的話，馬上就能。」

妳摸著肚皮：「史提夫……我們懷的是小孩，不能講成是一場意外。」

回家路上很安靜，妳坐著，小腿交叉，雙手捧腹。

我把車子停好，然後去門廊找妳。微風輕輕撥妳的髮梢。

先開口的人是我：「老婆，我扶妳上床吧。」

妳點頭，我抱妳上床坐著，夫妻倆凝望著海浪。浪很高，啞然以對。

「老婆……妳的機率不太看好。」

「到底多少？」

「不到百分之十。」

「史提夫怎麼說？」

「他認為我高估了。」

妳轉頭：「如果事情發生在七十五年前，這根本不成問題。當時的人，哪來這麼多資訊自尋煩惱？」

我點頭：「妳說的對。不過，現在又不是經濟大蕭條時代。我們活在當下，不管現代醫學是幫忙或幫倒忙，我們都有抉擇的機會。」

妳偏頭：「班……我們早就抉擇了。五個月前的那一夜。我們當時冒了險，現在冒的也是險。」

我咬咬唇。

妳拉我的手去貼肚皮：「我看得見他們的臉。麥可的眼睛像你，漢娜的鼻子像我……我知道他們身上的味道，知道他們微笑時嘴唇向上翹，知道耳垂是緊貼或分離，知道手指上有哪些皺紋。他們是我的一部分……我們的親骨肉。」

「講這種話很自私。」

「很遺憾你的看法是這樣。」

「百分之十等於是沒機會，簡直是被判死刑。」

「百分之十是一線希望。是一個可能性。」

「妳願意對著一線希望下賭注？」

「班，我不想扮演上帝的角色。」

「我不是在要求妳扮演上帝。我求妳讓上帝解決這問題，讓上帝扮演上帝。我看過很多上帝圖，耶穌的子民好多，就讓他多收兩個吧。等我們見上帝時，再找他們團圓也不遲。」

妳轉頭：「上帝想收這兩個，只能連我也一起收，不然免談。」妳搖搖頭，轉回去。淚水嘩嘩直落了：「說真的，你要百分之幾才夠？假如史提夫提出的機率高一點，要高到多少，你才接受？」

我聳肩：「高過五十就可以。」

妳搖頭。摸摸我的臉：「再渺茫的希望也是希望。」

我生氣了，一肚子怨氣。我不想改變心意。妳深得我心的優點是奇葩式的專注，穩固不移的毅力，如今卻成了我的大敵。在那一刻，我痛恨妳這些優點：「瑞秋……沒有希望了。妳是在跟上帝爭角色。」

「我愛你，班．培殷。」

「那就以實際行動來表現啊。」

「我現在就是。」

「妳才不愛我。妳甚至不愛他們。妳只愛『懷胎生小孩』的想法。真的愛他們，妳早就躺進手術室了。」

「為了你，我才愛他們。」

「忘了他們吧，這兩個不要也罷，叫他們滾吧，我們再生就有。」

「你是在講氣話。」

「瑞秋，如果這事由我作主，妳現在已經進手術室了。」

「你斬釘截鐵確定胎盤會剝離嗎？」

「不是，但⋯」

「我的寶寶現在活著嗎？」

「瑞秋⋯⋯我鑽研醫藥十五年了，這種事不會空口無憑的。這可不是兒戲，這種病會要妳命的。妳一死，我會變得孤零零。」

妳轉身，目光充滿詫異：「班⋯⋯世事沒有保證。這是我們冒的險。我們冒過的險。」

「妳幹嘛這麼固執？考慮別人一下，可以嗎？不要只顧自己。妳幹嘛這麼自私？」

「班⋯⋯我不是只考慮到自己。總有一天你會明白的。」

「哼⋯⋯妳倒絕對是沒考慮到我。」

我換衣服，繫好鞋帶，奪門而出，摔門時門的鉸鏈差點被震掉。

我在海邊跑步，跑了半英哩，轉身。妳站在門廊上，倚著欄杆。望著我。

現在每當我閉眼，我仍能看見妳。

每當我回首到妳我的這一段⋯⋯接下來的場景，我不知從何談起。

第三十八章

又過了兩天。墜機至今滿三星期了。感覺上，一會兒像過了一年，一會兒又像才過一天，宛如置身時光既快又慢的階段，給人一種異樣的感受。

我醒來覺得頭昏腦脹，用雙手抱著頭。這兩、三天以來，我們只吃到一隻兔子和兩隻地松鼠，全是小動物。我們消耗的體力不如以前快，但蓄積的體力也不多。如果想下山，我必須大量攝取卡洛里。有大木屋可住，我們日子過得安穩溫暖。撥撥火、補眠、玩大富翁，耗費的體力不多。然而，一旦我繫上吊帶，拖艾許莉出門，情勢就大不相同。外面颳風下雪，冷颼颼，我走得汗流浹背，運動量大，肚子裡沒油水，我絕對走不出逆境。

我們需要存足幾天份的糧食，道理很簡單：因為我無法在拖雪橇、照顧艾許莉的同時打獵。當務之急是現在去打獵，把肉烤熟冰好，最好能準備七天份，然後才動身。存糧不夠就出發，無異於自尋飢寒交迫的死路。

即使做好準備，也不無可能遇到同樣的下場。

我醒來不久，艾許莉也醒了。她伸懶腰說：「我一直希望說，眼睛一睜開，能發現你已經拖著我下山了，回到火車笛聲響徹夜空的世界，星巴克的香味引誘我踏上上班的路，最大的挑戰是開車遇到路霸，電話響到我吃不消。另外⋯⋯」她碎動一下，苦笑著：「也有止痛藥可吞。而且⋯⋯」她呵呵一笑：「也找得到拋棄式刮毛刀和刮毛霜。」

我已習慣她的歡笑聲。我抓一抓自己的臉。鬍鬚已長得茂密，不再像頭幾天那麼癢：「我也有同感。」

她躺回去說：「我願出一千元，吃一頓豐盛的早餐，有炒蛋啦，吐司啦，起司多加一點的玉米粥，也有辣香腸。」她豎食指：「餐前餐後各來一壺咖啡，甜點是起司丹麥麵包。」

我進廚房燒開水。我的肚子在咕咕叫：「妳是在幫倒忙吧？」

我按摩艾許莉的腿，見到血流順暢，腫也消退了，感到欣慰。我扶她坐上躺椅，交待她：「我今天會出門很久，大概天黑才回來。」她點點頭，把拿破侖拉到大腿上。我把拼圖放在她身邊。我把睡袋塞進背包，繫好雪鞋，帶著弓箭和斧頭出門，繞行湖邊。我已穿慣了這雙雪鞋，踏雪時，兩鞋的內緣不再步步相撞。我也帶著葛洛福的飛蠅釣線捲線器，方便我製作圈套。

風勢轉強了，颳得雪花團團轉，稠密的小雪片疾飛，刺痛我的臉。我繞著湖邊，走向我昨天發現母駝鹿帶幼鹿的地方。那頭小鹿足以讓我們飽餐兩星期。

我走在冰湖邊，來到有野獸出沒跡象的地方，設兩個圈套，然後砍樹枝，把枝葉胡亂堆放在附近，把能通行的窄道弄得更窄，最後在雪地擺圈套，上面撒雪掩飾。

走到湖的另一邊，我發現雪地被踩過，到處是駝鹿的足跡，不是來來去去，而是駐足吃東西時留下的腳印，一看就知道。駝鹿來過湖邊，站在夏天是湖面的地方吃枝葉。有冰雪相助，牠們冬天能吃到更高的樹枝。

我應該搭建一座藏身用的掩體。湖畔有很多海灘松、雲杉、花旗松、山楊。靠近腳印的地方有一棵山楊樹，樹枝低垂，接近雪地，位於駝鹿覓食地下風處大約三十碼。我砍幾根枝葉，插進山楊，以免動物從背後看見我。然後，我在樹下掘雪坑，在枝葉下面堆雪，作用是擋風，讓我能舒服坐在掩體裡守株待鹿。樹下有幾個大石頭，我把一顆滾進雪坑裡，讓我能背靠樹幹，坐在石頭上。我在我前方砍出一個小「窗口」，方便我射箭。我坐進睡袋，袋口拉至胸部，箭上弓，開始久候。守到中午前後，我射中一隻兔子，抓進來埋進我身旁的雪地。到了下午兩、三點，連個鬼影也沒有，我索性睡個午覺，在天黑前一小時醒來。

夜幕低垂了，我往回走。回頭路不難找，只需記得樹林在我右邊，左邊是一大片空曠的雪景。第一個陷阱沒有被觸動過的跡象，第二個移動過，但沒有收穫，可見野獸來過這裡。我重新布置圈套，走回家，暗忖著，圈套最好多做幾個，以提高勝算。如同玩賓果遊戲，贏心迫切的玩家，最好一次多玩幾盤。

我清理完兔肉，串好，水平掛在壁爐火上烤。我去洗手臉。過了大約一小時，晚餐開動。艾許莉喋喋不休，想必是因為我留她獨守空屋一整天。我的話不多，一天下來，幾個想法在我腦子裡打轉，有一兩個疑問轉不出解答。

她察覺到了：「你不想聊天，對吧？」

我吃完兔肉，正從葛洛福的捲線器抽釣線出來，製作圈套：「對不起。我不太能一心多用。」

「你不是急診室的醫生嗎？」

我點頭。

「所以你應該能一次擺平很多種創傷吧？」

再點一下頭。

「我猜你能一心多用，沒問題。你有什麼心事？」

「妳想訪問我，寫篇文章嗎？」

她挑一挑左右眉毛。這是女人通用的表情，意思是：〔我還在等。〕

釣線是淺綠色，能在枝葉之間隱形，應該很管用。我剪掉十二段等長的釣線，每條長約八英呎，分別綁成活結，擺在睡袋上。我盤腿坐著：「我們面臨一個十字路口。」

「小飛機從天上掉下來到今天，我們一直站在十字路口。」

「對，不過，這一次不太一樣。」

「怎麼說？」

我聳聳肩：「留或走。這棟大木屋能擋風雪，有火可以取暖，說不定我們能窩到被人發現，不過我認為，八成要再等兩、三個月，才有人上山。如果現在出發，今後的住處和糧食全靠運氣，也不曉得走多遠才能獲救。如果現在能增加存糧，先在這裡烤熟、包好，也許在野地能撐一兩個禮拜。這雪橇拖起來比較輕鬆，雪鞋也能發揮作用，只不過⋯」

「只不過什麼？」

「離開這裡，我們面對的是一大未知數。」

「什麼樣的未知數？」

「要走多遠？到底是二十英哩或五十英哩，或者更遠，不得而知。雪已經下了好久，光是新雪就累積了四英呎，我們要時時防範雪崩，而且⋯」

「而且⋯？」

「我拖著妳進地凍天寒的環境，很可能送掉兩條命——但如果待在這裡，我們能賭一賭運氣，苦撐下去。」

她躺回去：「聽起來，你遇到難題了。」

「我？」

「對啊，你。」

「決定權不在我。要決定就一起決定。」

她微笑：「我想睡了。你決定怎麼做，可以明早再告訴我。」

「妳在裝聾嗎？」

她把拿破侖拉向腋下，睡袋蒙到肩膀。

除了壁爐之外，四周黑壓壓。我對爐火添柴。木柴倒是多得很。

「等你想吐出心中的煩惱時，再來找我談吧。」

我聽得出她話裡的笑意。我搔搔腦袋：「我剛不是才講過？」

「哪有？煩惱還在你心裡。」她指著門：「建議你出去散散步，記得帶錄音機。在你回來之前，你應該能整理出一個頭緒。」

「妳……很煩人。」

她點點頭：「我的用意不只是煩你。快去散步吧。我們會等你回來。」

第三十九章

是妳在搞鬼嗎？妳是怎麼辦到的，我不知道，不過我敢說，搭飛機時，把她和我湊一起的人是妳吧。我不確定她剛才指的是什麼。好吧……我是有點概念，不過這不表示被她說中了。唉，好啦，被她說中了，可以了吧。她說的對。結果我又繼續對著錄音機講話，因為我無法吐出腦子裡的東西。

妳們兩個樂了吧。

不過，我該怎麼辦才好？我缺乏打獵經驗，只在小學時期陪爺爺打獵過，頂多一兩次獵獵鳥，偶爾去獵鹿幾次，卻沒有一次認真。當時不必認真，因為重點是祖孫同樂。爺爺帶我去打獵，是因為他在我爸小時候沒空親子同樂，結果我爸長大後欠踹。我是爺爺的安慰獎。我覺得很好啊，我喜歡爺爺，爺爺也疼我，祖孫成了哥兒倆，我也能脫離我爸的管教一陣子。差別在於，祖孫去打獵，即使空手而回，也不會有人餓死，只要回家路上進煎餅屋，或麥當勞，溫蒂也可以，有時候去享受吃到飽的海鮮。祖孫打獵是交誼性質，無關生死。

但在這裡，如果我一箭射偏了，獵物受傷溜走，我找不到，或者被獵物嗅到或看到了，我卻連一隻也見不到，她和我只有餓死的命。在這裡，打獵攸關生死。關係重大。早知有今天，我應該多看些電視。那男的叫什麼名字來著？貝爾．吉羅斯吧？另外也有那個《現代魯賓遜》影集的主持人，他叫什麼名字？我敢打賭，墜機的如果是其中一個，早就下山成功了。如果他們看得到，八成會笑我太遜。

當時糊塗坐上葛洛福的小飛機，不曉得會掉進這片無邊無際的深山，更不知道要靠打獵維生。在更惡劣的環境求生成功的人不在少數，我知道，但我們的狀況也好不到哪裡去。簡直像……簡直像被打進地獄了，所有東西全被冰封。現在的我是不懂裝懂，同時擔心著，我再不加油，躺在大木屋裡的她勢必慢慢等著痛死。

可以了吧？心事講出來了。我覺得我該負責任。怎麼不能自責呢？假如她沒遇到我，現在早已度完蜜月，收假回去上班，忙著講電話、發電郵給朋友、和截稿時限賽跑、沐浴在新婚的幸福裡，而不是無助躺在雞不拉屎的荒野，身邊有個失誤連連、舌頭打結、想慢慢餓死她的白痴。

我拿不出東西給她，我也拿不出東西給妳。現在，妳們兩個逼我自言自語。妳們女人，到底是怎麼一回事？身為男人，難道不能拿不出對策嗎？難道男人就不能誤打誤撞、不懂狀況？難道男人就不能……無能為力、崩潰累垮、灰心喪氣？難道男人就不能不懂如何解決問題、改善現狀嗎？

不過，這些東西，妳早就知道了，對不對？我講的這些東西，妳無所不知。

對妳大小聲，我對不起妳。這一次……和上一次。一併道歉。

我猜她說的有道理。我大概有必要出來走走，吐一吐心事，抒發一下。不過，我不想告訴她。她當然早就知道了，所以才趕我出門。她跟妳一樣兇，妳們兩個一定是同一個模子打造出來的。

好啦，我聽見了。我會告訴她的。我知道她斷腿躺在深山裡，吃喝拉撒全靠一個陌生人幫助。現在我和她不太算是陌生人了。想想看，三個禮拜下來，沒有我幫忙，她無法解決內急。即使在大木屋裡，我照樣要幫她抬腿。這種事要麻煩別人，她自己也高興不到哪裡去。但如果我不幫，她既不能彎腰，不能坐下，更不能對傷腿施壓。單腳蹲，妳有沒有試過？不輕鬆啊。我就試過。總而言之一句話，我和她不再陌生了。

妳沒猜錯，我是看過渾身光溜溜的她。妳可別想歪了，妳懂我的意思吧？我嘛，當然覺得她有魅力。她確實有魅力。她……美到沒話說。老婆，人家她快結婚了，而我正努力送她回家投奔未婚夫懷抱。她喜不喜歡未婚夫，我就不太清楚了。我一下子認為是，一下子有又認為不是。

我不想跟妳討論這方面的事。

對，她的長腿像妳。不對，她的嘛……比較大，不確定她穿幾號。我又沒有無聊到翻她的胸罩尺寸。好啦，我當然見過那一對。剛墜機時，為了急救，我不得不幫她脫掉。

不對，面對這一切，我並不覺得難熬。我……我好想妳。

老婆，我是她的醫師。就這麼單純。好啦……也許是有點難熬啦，可以了吧？是妳叫我誠實的。我說了。不輕鬆啊……

我可以給她這句評語：她的幽默感很罕見。我不知不覺以她的幽默為支柱，渴求著。幽默算是一種堅強的毅力，就像妳那種毅力，來自內心深處。她的個性很強韌，我認為她能活下去。先決條件是，我不能讓她活活餓死。

會嗎？老婆……我不清楚。我本來也沒料到自己能走這麼遠。情況會更糟嗎？當然會。這還不是最艱苦的處境。最艱苦的是……是……和妳分隔兩地，比陷在深山裡更艱苦十倍。

我想去睡覺了。

不對，我不知道該怎麼應付「難熬」的那部份。我不打算告訴她，死也不講。別再囉唆我了啦。我不會告訴她，我不想聽。

好吧，我可能會告訴她……這有點難。可以了吧？

對，我不知道怎麼講。我不知道……我會老實說。我從來不覺得誠實有啥困難。自私呢？難。誠實呢？不難。不過妳早就知道了。

對啦，我會對她說對不起。

對不起的是我對妳大小聲。

現在……和當時都對不起妳。

第四十章

翌日，我一大早起床，耗掉整個上午布置十二個圈套。布置完後，已經過中午了。加上先前布置的兩個，目前總共有十四個陷阱，全沿著湖畔布下，有些藏在岸邊，有些離岸一百碼左右。來去掩體獵駝鹿的路上能順便查看。

下午兩、三點，我進入掩體，一坐三小時，才見到動靜。一頭小駝鹿緊跟著母鹿來了，翩翩然踏上雪湖，雪淹到膝蓋以上。小鹿超前跑了幾英呎，然後往回跑進樹林，開始吃葉子。這頭小鹿大到不可能還在吃奶。我懂的野生動物當中，多數等到嚴冬過後才生產。如果這頭小鹿在去年五、六月出娘胎，現在可能有八個月大。母鹿體形龐大，肩膀大概有七英呎高，體重足足有一千磅，一身肉能讓我倆一年不愁餓肚子。但我們用不著吃一年。如果我射小鹿來吃，可以放母鹿一條生路。如果我射母鹿，小鹿十之八九會死。

母子近在不到四十英呎，我心跳加速。雪花橫撞我的臉，顯示風朝著我吹。母鹿走近到二十英呎以內，令我認真考慮該不該射她。事後，我悔不當初。小鹿不想離母鹿太遠，所以跟著靠近，近到十英呎以內。再接近，牠一定聽得見我的心跳。

我慢慢拉弓，母鹿猛然抬頭，一眼盯著我看。不對，應該是盯著樹。她知道樹下有東西，只是不清楚躲在樹下的是什麼。

我瞄準小鹿的胸部，深吸一口氣，吐氣一半，悄聲說：「瞄準鏡，瞄準鏡，瞄準鏡……『按』。」箭刺進小鹿的胸裡。牠騰空跳起來，頂撞著空氣，原地兜圈子，衝向我後方，橫越湖面，母鹿緊追過去，頭耳高高豎起，全面戒備，在雪地上奔騰。

我喘著氣，讓心神穩定一下，回想著箭脫弦而出的剎那。我本想一箭穿心，讓小鹿早點解脫，可惜當時手縮了一縮，方向偏右，結果雖然射中肋骨，落點卻太後面，偏移大約四英吋，肺可能被射穿，小鹿既痛又怕，無力反擊，只好拔腿保命。這表示，小鹿最後會失血過度致死，但死前可能再跑一英哩。母鹿會跟著小鹿逃，必要時反擊敵人。

受傷的小鹿一找到掩蔽會停下來，聆聽母鹿接近的腳步。見到母鹿後，小鹿覺得安心，會靜靜趴著，淌血等死。如果我現在走出掩體，跟著追過去，小鹿會更害怕，會不顧一切跑得更遠。

我等了將近一小時，再搭一支箭上弦，走出掩體。血跡形成一條紅磚道，鋪在湖面上。我沒料錯。的確是射偏了。小鹿直奔湖面而去，上岸跑進樹林。我緩步跟進，留意著母鹿動靜。母鹿護子心重，寧可反擊，不願逃跑。

雪停了，微風吹走烏雲，盈凸月高掛天空。我很久沒見過如此明亮的夜晚。我的身影伴隨我走進樹林，只聽見自己的呼吸聲和雪鞋踏破冰雪聲。

我耐著性子慢動作，一小時後終於找到母子。小鹿中箭後，跑了將近一英哩，最後爬上山脊，體力不支才跌倒，順著下坡滾落。母鹿站著，用嘴鼻推推牠。

小鹿沒有動作。

母鹿挺直身體，尾巴也翹高。我大喊一聲，高高舉起弓，儘量顯得高大。她看著我，接著回頭望一眼。駝鹿的嗅覺雖靈敏，視力卻不太靈光。我從下風處靠近她，不到四十碼，箭上弦。我不想射殺她，但如果她撲過來，我可能會被迫動手。

我儘量靠近樹林，必要時能鑽進樹下自保。

近到二十碼，她無法容忍我的侵犯，宛如砲彈射出砲台似的，猛然往前衝。我急忙衝向樹林，不料被雪鞋絆倒，她撲過來，用頭胸壓我，把我拋向山楊樹。我撞到樹幹，落地，趕緊鑽進最低的樹枝下面，抱頭縮成一團。她嗅得到我，幸好隔著枝葉看不見我，氣得用鼻子呼氣，直發低吼，然後用胸部搖枝葉，跺著雪地，接著往後退一步，豎耳聆聽。她踏出遲疑的一步⋯⋯

在這瞬間，一整群餓狼出現了。

八隻狼從上坡的樹林裡冒出來，奔向小鹿狂咬一陣。母鹿毫不遲疑。頓時之間，九隻動物為了死鹿混戰，毛、蹄、牙滿天飛。

我爬出樹下，趴著觀戰。母鹿站在幼鹿旁邊，見狼就踹。我聽見斷骨聲，見到狼被踢二十英呎高，有一隻不知從哪裡跳出來，咬中母鹿臀，撕扯著，另一隻狼跟著跳向她喉嚨，緊咬氣管和頸靜脈不放，第三隻和第四隻直攻她腹部，另外兩隻繼續撕扯著小鹿。兩隻沒有動作，陳屍雪地。

母鹿奮不顧身，大腳對準啃咬著小鹿的兩匹狼，把牠們當成美式足球，一腳踢上半空中，然後把焦點轉向緊咬著她不放的幾隻。她猛甩猛踹，剎時間狼血四濺，狼牙滿天飛，不到幾秒，狼群負傷退回樹林，唉唉喊痛，在六十到八十碼外駐足，考慮著對策。母鹿站在月光下，氣喘吁吁，身上的血往雪地滴答答流，跨站在小鹿上方，以口鼻撥一撥牠。每隔幾分鐘，她吸滿一肚子氣，發出沉沉的悲鳴。我鑽進睡袋，坐在背包上，靠著樹幹休息。

狼群繼續繞行一小時，對母鹿虛晃一招，最後翻越山脊不見了，狼嗥聲在遠方迴盪。隨後幾小時，又下雪了，母鹿站在小鹿上方，為牠遮雪。被她染紅的雪地漸漸變白，埋葬往事。

天亮後，母鹿身下的小鹿只不過是白雪一堆，她再悲鳴一聲，最後朝樹林離去。我悄悄把小鹿拉進樹林，發現臀腿的肉被狼吃掉了——至少是被咬掉。肩部也有齒痕，幸好還有肉。我切掉脊背皮，儘可能從肩部上層多剮一些肉，從肩胛骨之間的底下割取裡脊肉，大概剮下三十磅的鹿肉，足夠人狗吃一星期或十天，甚至更久。

我把鹿肉綁好，放進背包，回樹下，想拾回弓箭。沒想到，母鹿攻擊時，弓已經被撞壞了，弓臂折斷，凸輪破損，斷弦像亂七八糟的鳥窩，箭也悉數被她踩斷。

不帶走了。

我穿好雪鞋，往回走，橫越湖面。來到對岸，我看得見大木屋，玻璃窗透出火光。我猜艾許莉整夜沒睡。

走到鹿血鋪的紅磚道，我停下來。母鹿的悲鳴遠遠飄來。她可能會哭整天，哭到明天。射死小鹿，我並不傷心，我們需要生存。如果時光倒流，我仍會做同樣的抉擇。母鹿寂寞，我也不傷心。她應該另外有一頭小鹿才對，多數母鹿一胎生兩、三隻。

令我揪心難耐的是母鹿跨站小鹿身上的景象。

我伸手插進雪地，從下面撫摸著成塊成塊的血跡。多數已被新雪覆蓋，僅剩依稀可見的輪廓。雪再下一小時，地上再也不留供人追憶的血痕。

或許是因為今早進入第二十三天了，或許因為我身體虛弱，心力交瘁，或許是錄音機壓得我胸口悶，或許是漸漸消散的母鹿悲鳴，或許是我想到艾許莉帶著傷腿擔心我安危，或許以上全有關係吧，我往前跌，跪向雪地，背包的重量把我壓得更深，雪淹到我大腿。我捧起一團大如拳頭的血雪，湊向鼻子，吸氣。

我左邊有一棵高大挺拔的松樹，枝葉扶搖直上，大約六十英呎高，到大約三十英呎高的樹幹才長出枝葉。

我解開背包，拔出腰帶上的斧頭，爬到樹下，對著樹幹底部砍一砍，環樹劈出兩英呎長、三英吋寬、一兩英吋深的長條。夏季來臨時，暑熱上升，引樹汁向上，樹汁會從這道傷口滲流而出，宛若淚水。

同樣的現象，極可能延續幾多年。

第四十一章

妳說的對……妳當初說的對。

第四十二章

一看艾許莉的表情，該知道的事我全明瞭了。我拖著腳步進門，放下背包。開口想講話，我才明瞭自己身心匱乏到什麼程度。我聳聳肩：「我想打電話通知妳，可惜忙線中……」

她微笑，瞇著眼睛，對我彎著手指，示意我靠近。我在她旁邊跪坐，她舉手輕摸我左眼上方：「你受傷了。很深。」她的手心拂過我臉頰：「你沒事吧？」

完整的拼圖擺在她身旁，總算湊齊了，畫的是群山積雪全景圖，太陽在山後。

「拼好了？」我轉頭，瞇眼看：「是日出還是日落？」

她躺回去，閉眼：「隨人的觀點而異吧。」

我用整天的時間切肉，以文火慢烤。艾許莉拿著小鏡子，讓我自己縫合眼上的傷口，總共七針，針針都令她邊看邊縮脖子。我們整天吃了休息，休息夠再吃，如果腦筋還轉向食物，我們會撕一塊來嚼，拿破侖也一起吃。我們隨自己想吃多少就吃多少，我們並沒有暴食，但也不至於沒吃飽。天快黑之前，人狗都飽足了。

她拜託我去放洗澡水。熱水放好後，我扶她進去泡，自己去整理行李，綁在雪橇上。我們的東西所剩無幾：我的背包、兩個睡袋、幾床毛毯、斧頭、鹿肉。不是必要的物品全被我留下，以減輕負荷。艾許莉泡完澡，我扶她下來，幫她睡進睡袋，然後自己去泡熱水。將來還有泡湯的機會嗎？不得而知。

天黑時，我已經睡著了，一直睡到將近天亮，前後大概睡了十二小時。墜機至今睡得最飽的一夜。事實上，這次是多年來——甚至十年以來——睡最飽的一夜。外科醫師，特別是創傷外科醫師，常需在緊要關頭當機立斷，因此練就了臨危抉擇的本事。目前的我仍拿不定主意，接下來怎麼辦？是出發？或是待在原地？

我不想走。我想逗留在熱烘烘的壁爐前，指望有人不經意發現我們。反過來說，有小鹿可填肚子是僥倖。打獵一輩子，可能也再難遇同樣的好運。更何況，複合弓已經被踩壞。

我考慮放火燒掉大木屋，釀成巨災，期望有人來探個究竟。但是，人會不會來也不一定。而且，如果我們離開這裡，走了三天，走到無路可走了，也看不見人煙，總要有退路。我不是哥倫布。我們最需要的是能折返的住處，而不是縱火引人前來調查的可能性。

我割破泡棉墊，固定在雪橇面，鋪上兩層毛毯蓋住，然後幫艾許莉穿好衣褲，用支架固定骨折處，為她拉上睡袋拉鏈，拉她躺進雪橇，拿第三床毛毯摺成枕頭給她躺。雪橇中間空心，能在臀部和雪地之間產生隔熱作用，有助於她保暖。另外，更重要的也許是她能保持乾燥，因為塑膠雪橇能隔絕水份。

我撐開防水布綁好，掛在她上半身上方，為她遮雪。她從防水布下面拍一拍：「安安穩穩，像窩在地毯裡的小蟲。」

我把拿破侖抓來，放進她的睡袋。他比平常多舔她的臉幾下，可見他也在擔心。

我綁好高幫鞋套，把夾克捲起來，也塞進她的睡袋保暖。我帶走火柴和打火機油，套上吊帶，看熊熊火焰最後一眼，然後拉雪橇出門，重回永無止境的冰雪。

意外的是，我感覺不錯。雖然說不上體力好，卻也不至於累或虛弱。我猜墜機至今，我體重掉了二十幾磅，也許二十五磅。耗掉的很多是肌肉。不是全部，而是大多數。肌肉少了，表示力氣也減少。幸好我有雪鞋可穿，提腿比較輕。我的力氣大不如前，但我負荷的體重也減輕不少——不把艾許莉和雪橇算進去的話。我很可能已跌回高中時代的體重。

我從吊帶抽一條束帶出來，繞住雙肩，把另一頭交給她：「有事就拉一拉。」

她點頭，以束帶纏手腕，拉防水布蓋到下巴以下。

我們出門，踏進明亮的日光中。不過幾分鐘，我們登上山脊，踏上離開山谷的小路，從缺口走出去。這雪橇在雪地上滑行順暢，我鮮少覺得吊帶太緊繃。雪花迎面打著我的臉，掉在睫毛上，模糊視線，我擦臉的動作頻繁。

我的計畫很簡單：開始走，繼續走。依邏輯而言，也根據我找到的那張粗略的立體地圖，我估計，離開國家森林大概三十、四十英哩，甚至五十英哩，應該就能找到道路，或者人造的東西。至於我能拖雪橇走多遠，我倒沒有多想。我儘量不去想。我猜我能走三十英哩吧。五十？我就沒把握了。果真走了五十英哩還沒獲救，我們的生存機率就渺茫了。

順著這條路走，我們下了幾座小山，上坡路不長，但整體而言，我看得出我們的海拔低了不少，而且謝天謝地的是，一路上多半暢行無阻，我不必費力氣跨越障礙或從下面鑽過去，能把力氣集中在前進的步伐。此外，有小路可走，我也心安。因為，這條路有人走過，而走過這條路的人一定來自其他地方。

到了中午，我估計走了三英哩。到了下午兩、三點，我們走了六英哩。我想知道確切時間，習慣性提手看錶，只看到破碎的錶面和凝結在底下的水珠。近黃昏時，小路從一座小山下去，路面變平坦。我一路上鞭策自己前進。我回頭看，回想著每個轉彎。我們說不定走了十英哩。

我以防水布當屋頂，紮營過夜。防水布已有磨損的現象。我砍下幾根枝葉遮雪。艾許莉舒服躺在雪橇上。她聳聳肩：「只夠一人躺嘛。」

我躺在冰雪上，下面只墊著睡袋和一床羊毛毯：「我想念壁爐火。」

「我也是。」

拿破侖冷得發抖：「他好像也不太高興，」我說。我把他抱過來。他嗅一嗅我，嗅我睡袋，然後蹦過雪地，鑽進她的睡袋。

她哈哈笑起來。

我翻身，閉眼說：「不愛我，拉倒。」

——

上午九、十點，我們再下山大約四英哩，氣溫上升，也許升到冰點上下，是墜機至今最不冷的一天。山腰有嫩葉和小樹枝從雪地鑽出來，顯示積雪只有幾英呎厚，不再深達八或十英呎。海拔降低了多達九千英呎，但雪地表面變得比較溼，拖雪橇也變得較吃力。

走完四英哩後，小路陡降，路越來越寬，也越來越直。幾乎顯得不自然。我停下腳步，抓一抓頭，指著前方的路，自言自語。

艾許莉提高嗓門：「出了什麼事？」

「這路寬到能開卡車下山。」我這才恍然大悟：「我們找到馬路了。積雪的下面是一條道路。」

我看到右邊有個亮亮綠綠的東西，很薄，從積雪露出幾英吋。我撥開雪，片刻才看懂眼前的東西。我忍不住笑了：「是路標啊。」我挖開一看，上面寫著【艾文斯頓，六十二英哩】

「我也想看。上面寫什麼？」

我走回雪橇，戴上吊帶：「寫的是艾文斯頓，由此前進。」

「多遠？」

「不太遠。」

「班・培殷。」

我搖頭，不看她：「不告訴妳。」

「多遠嘛？」

「妳真的想知道？」

她愣一下：「不太想。」

「我就知道。」

她拉拉吊帶。我再度停腳。

「我們走得到嗎？」

我彎腰拖著吊帶前進：「能。我們走得到。」

她又拉吊帶：「你能拖著雪橇，走完路標寫的距離嗎？」

我束緊安全帶，彎腰挺著吊帶走：「能。」

「確定？」

「對。」

「如果不能的話，可要通知我一聲喔。想反悔，就趁現在這機會……」

「艾許莉？」

「怎樣？」

「住嘴。」

「加個『請』字。」

「請。」

「好。」

走了五英哩，多數是下坡路，相對而言輕鬆愜意。天黑後，氣溫下降，雪橇比較容易拖，所以我再趕路幾小時，總計走了十英哩。從大木屋出發至今，總共走了二十五英哩。走在馬路上相當於繞著雪湖走，旁邊是樹林，循著中間的白雪走就對了。

午夜過後，我看見右邊有個怪東西，像一棵奇形怪狀的樹。我解開扣環去查看。一棟建築物，八英呎見方，上有屋頂，下有水泥地板，門留一小道縫，所以門口有積雪。我清理門口，把雪橇推進去。牆上掛著一張貼著護貝的告示，我點火柴看，上面寫著：【這是緊急禦寒屋，若非情況危急，切勿占用。】

在黑暗中，艾許莉伸手過來，和我的手接觸：「我們沒事吧？」

「對……還好。我們獲准在這裡過夜。只不過……」我打開睡袋，鑽進去。地板冷硬：「我想念我的泡棉床墊。」

「想睡我這一張嗎？」

「別以為我沒考慮過，但我認為那東西躺不下兩人。」

她不吭聲。

「腿的情況怎樣？」我問。

「還在痛。」

「和以前相同或不一樣？」

「相同。」

「開始出現不一樣的感覺時再告訴我。」

「到那時候，你又能怎樣？」

我翻身閉眼：「八成是截肢吧。切掉就不痛了。」
她拍我的肩膀一下：「不好笑啦。」
「妳的腿不會有事的。復原情況良好。」
「下山以後，我還需要手術嗎？」
我聳聳肩：「先照X光看看情況怎樣。」
「你會幫我開刀嗎？」
「不會。」
「為什麼？」
「因為我會先睡飽再說。」
她再拍我肩膀一下：「班．培殷⋯」
「好啦。」
「我想問你一個問題，希望你誠實回答。」
「祝妳好運。」
肩膀第三度挨打。
「我不是在開玩笑。」
「問吧。」

「如果逼不得已，我們能走回大木屋嗎？我是說……如果情況變得更糟……走回頭路值得考慮嗎？」

我的羽絨睡袋已喪失些許保溫作用，變得破破爛爛，寒意從漏洞滲入，不容易好眠。我回憶從大木屋出發至今的路，多數是緩降坡。我九成確定我走不回去。

「嗯……還是可以考慮。」

「你是在哄我吧？」

「對。」

「快講嘛，到底回不回得去？」

「說不定可以。」

「班……我有一條腿沒斷，還能踹人。」

「不能。」

「所以說……我們回不去了？再也見不到那棟大木屋了？」

「差不多是。」我躺著伸展身子，凝視天花板。雲回來了，天色很暗，感覺像我們置身洞穴裡。前後左右堆積了八英呎深的雪，這裡面確實是個雪坑。過了幾分鐘，她默默伸手進我睡袋，平放在我胸膛。

整晚沒有縮回去。

我知道啦。

第四十三章

天一亮，我們再度啟程。艾許莉喋喋不休。我嘗到昨天趕路的後果。更慘的是，越往前走，路漸漸轉為上坡，起初是緩升坡，走了四英哩，變成陡坡蜿蜒繞上山。我這兩天一直看到的就是這座山。上坡路辛苦，雪地溼黏，拖雪橇變得更加困難。我繫緊雪鞋，雙手拉住束帶，彎腰使勁拉雪橇。這一英哩足足耗掉三小時。到了中午，我們總計走了五英哩，高度大概回升了一千英呎。

而路卻持續上坡。雪花撲打我的臉。

到了黃昏時分，我們總共走了七英哩，但我的力氣耗盡了，腿肌抽筋，每走幾步就需要休息幾秒。我盼望再盼望能再找到禦寒屋，可惜不如願，而我已經累得走不動。

我們在一棵螺旋狀的山楊樹下紮營。我以防水布遮雪，一端綁在雪橇上，毛毯鋪上雪地，放我的睡袋在上面，頭還沒躺下就已經睡著了。

半夜我忽然醒來。大雪紛飛，防水布快被積雪壓塌了。我從底下撢掉防水布上的積雪。我咬一口冷肉，喝一些水，探頭出去看。北邊的雲層走得差不多了。我穿上靴子，套上雪鞋，出去走一走，再爬坡幾百英呎。繞向山頂的彎道變得更曲折。唯一振奮人心的想法是，往上爬，遲早能走到下坡路。山路向左急轉彎，我彎腰喘氣，腿很痠，快抽筋了。

我站直身體，凝望漆黑的景象。雲層低垂，塞在山巒之間，倒比較近似傷口上的棉花。在三四十英哩以外的遠方，天空無雲。我瞇眼看，多看一眼才明白看到什麼。

我解下防水布，摺好，吵醒艾許莉。她陡然動一下：「怎麼了？發生什麼事？」

「我想帶妳去看一個東西。」

「在三更半夜？」

「對。」

我戴上吊帶，開始拉雪橇。獨行只花十五分鐘的路，如今耗掉一小時。我加快步伐，希望雲能耽擱幾分鐘再來，希望她有機會看見我見到的東西。我的腹肌和脖子正面的肌肉痠痛，氣喘不已，肩帶深深勒進我肩膀。

繞過轉彎，我拉她上岩架，等著雲飄走。寒風刺進我心坎，我穿上夾克，手縮進袖子避寒。幾分鐘後，雲散了，景象明朗化。我指給她看。

四十幾英哩外有一顆亮晶晶的燈泡，更遠的北邊飄著一道煙。

她抓住我的手，兩人說不出話來。雲隨風來來去去，時有時無。我拿指南針辨認方向，動作謹慎，讓指針停擺，以判定確切的角度。三百五十七度，近乎正北方。

她說：「你在幹什麼？」

「以防萬一。」

我們巴望著燈光，渡過下半夜，企盼雲層多出現幾個破洞。那盞燈的色調偏橙黃，我認為是路燈或工作燈，大到遠遠也看得見。旭日東昇，我們終於看不見燈光，大地再度變回一大片白頭地毯。

順著上坡路，我們重回一萬一千英呎的高山。我應該補眠，但我自知躺下去也睡不著，因為我太興奮了。我在雪地上踽踽前行，默不出聲，憧憬著未來，惦記著有電可用的世界，水龍頭嘩嘩流著熱水，有微波爐食品，有咖啡調理師。

山路平坦了，我們在高原上走了幾英哩，宛如置身地球屋脊。風勢強而穩，正面痛擊我的臉。空氣稀薄，雪花刺痛我臉頰。我彎腰迎戰風雪，麻木了，想多吸一些空氣，腦海倒數著哩程。大概還剩四十五。

我走著，自言自語：「再走四十二就到燈泡……再走四十一就到燈泡⋯⋯」

倒數到四十，我們向下走進山上的鞍部，凹陷的地勢能防風。鞍部走完一半，我們又發現一棟避寒屋。這棟比較大，有一間臥房、三張雙層金屬床，有床墊可睡，也有壁爐，木柴能安渡整個冬天。門上寫著：「公園管理員住宿處。」我在裡面找到同樣有護貝的警語。

因為我們帶著從大木屋偷來的打火機油，生火易如反掌。我把柴薪堆好，淋上打火機油，對著外圍點火，火焰立刻往柴堆裡面延燒，熊熊引燃。確實火勢穩定之後，我取出溼衣物，全晾在雙層床上。我把艾許莉安頓好，自己倒向床，渾然不覺睡著了。

第四十四章

她搖搖我：「班……你醒一醒。」

「什麼事？」

日上三竿了。天色陰霾，幸好雪停了。應該說是雪還沒開始下。現在幾點，我沒概念，只知道肯定接近中午。

「你睡了好久。」

我四下看看，一時記不起這裡是什麼地方。

我的腿好痠，腳軟如漢堡。說實在話，我渾身沒有一個地方不痠不痛。我爬起來坐著，但腿肌和腹肌立刻抽筋。我伸一伸手腳，軟化已打結的筋骨。艾許莉遞給我幾乎全滿的水壺，溫度近體溫，順喉而下的感覺好舒暢。

我吃吃喝喝，思忖著今天能走多遠。三十分鐘之後，我戴上吊帶，拖著雪橇上路。

她輕拉安全帶：「班？」

我回頭回應：「什麼事？」

「今天是第幾天了，你該不會知道吧？」

「二十七。」

「明天就滿四個禮拜了？」

我點頭。

「所以……今天是禮拜六？」

「對……應該是。」

我挺著吊帶拖，雙腿猛壓著雪鞋前進。

艾許莉又拉安全帶：「我一直在想一件事……」

「哪件？」

「減肥這麼輕鬆，不用來套利，豈不是浪費嗎？」

「怎麼說？」

「我們應該合出一本減肥書。」

「減肥書？」

「對啊……」她坐起來：「想想看，從失事到今天，我們幾乎只吃肉過活，咖啡和茶只喝過幾杯，結果呢，看看我們兩個瘦成這樣，誰敢爭辯說這種減肥法沒用？」

我轉頭：「我認為，這種減肥法可以說是阿金或南灘減肥法的衍生產品。」

「那又怎樣？」
「可以取什麼名字？」
「北猶他減肥法，行嗎？」
「太乏味了。」
她彈指說：「這些山叫什麼名字？」
「瓦沙契國家森林。」
「不對啦，另外有個名字。」
「猶因塔高地。」
「對，名稱可以是猶因塔高地墜機減肥法。」
「這個嘛……對我們兩個的確很有效，無庸置疑，不過我倒覺得，對一般民眾來說太嚴苛了，也太貴了。」
「怎麼會？」
「呃……我們吃山獅肉、山鱒、兔肉、駝鹿，只喝雪水、茶、咖啡。減肥書洋洋灑灑寫了三百頁，我能一言以蔽之，美國民眾哪肯掏腰包買書？更何況，山獅肉又不是隨便一家肉店就買得到。」
「有道理。」

我跪下去綁靴子的鞋帶：「這種減肥法太單純了。搞複雜一點才有賣點。而且應該讓大家以為，這減肥法的點子出自太空人或好萊塢巨星。」

「想弄得複雜一點？可以啊。就把人和飛機丟到深山，叫他們面對一個死機長、一個複合弓、一條惡犬、一個斷腿錯過自己婚禮的女生，自己想辦法下山。」

「我敢保證，這樣減肥，體重會掉更多。」

她停頓片刻：「你打算去找葛洛福的遺孀嗎？」

「是的。」

「你想怎麼對她說？」

「照實說吧，我猜。」

「你總是這樣嗎？」

「怎樣？」

「講實話。」

「是的⋯⋯」我奸笑著：「我想說謊的時候例外。」

她瞪著我：「你說謊的時候，我怎麼知道你在騙人？」

我拉緊扣環，向前彎腰，幫雪橇掙脫黏雪的掌握：「妳一聽就知道，因為我不肯對妳講實話。」

「那我怎麼知道？」

「呃……往後兩三天，如果我看著妳說，我剛訂了一個披薩，等十五分鐘就有人送來了，妳就知道我在唬妳。」

「你有沒有騙過病人？」

「那當然。」

「你怎麼騙他們？」

「我要動手囉，一點都不痛。」

「我聽過。」她追問：「有沒有騙過你老婆？」

「重要的事不騙。」

「例如？」

「呃……開始學跳舞時，我騙她說，我要帶她去看電影，卻帶她進一間舞蹈工作室，被老師逼我穿可笑的舞鞋，叫我照著他跳。」

「這種謊，我認為是善意謊言。」

「我也覺得是，不過，謊言就是謊言。」

「對，不過這種謊話情有可原。就好比家裡地下室躲著猶太人。」

「什麼意思？」

「納粹黨衛軍敲你家門，問，『你們家有沒有藏匿猶太人？』你回答，『沒有，我們家沒有藏匿猶太人。』其實呢，地下室裡躲著三家猶太人，靜得像教堂小老鼠……猶太教堂小老鼠才對。總之，撒這種謊言情有可原，上帝能諒解。」她扯一扯安全帶，這次拉著不放：「班……？」

接下來是什麼，我心裡有數。她旁敲側擊了半天，終於引入正題。我放鬆步伐，吊帶的張力趨緩。

「班？」

我望著前方：「什麼事？」

「你騙過我嗎？」

我轉頭，這次正對著她看：「不一定。」

路平了，然後右轉，開始下降，離開高原。每隔幾分鐘，我們能撥雲見到山路蜿蜒而下，延展八到十英哩。我判斷，海拔不久能減少幾千英呎。

海拔劇降不見得是好事。坡度如果太陡，雪橇往下溜得太急，我可能拉不住。

最初的四、五英哩走得愜意。緩降坡，步伐輕鬆。太陽一度破雲而出，藍天乍現。但到了近晚，走到第六英哩時，山路變得左扭右拐，簡直像從桌面往下掉。我放慢步伐，不急不躁，順著彎路走。如果我腳步太快，雪橇重力加速度往下衝，我一定拉不住。離天黑還有一小時，下坡路向右轉，大弧度形成馬蹄鐵狀，整條彎道長約十英哩，繞行我們右邊的一座山谷。山腰陡峭，但橫越山谷的捷徑只有半英哩。

十英哩或半英哩，我斟酌著。假設我一手抱樹，另一手用麻繩拉住雪橇，慢慢放艾許莉下陡坡，等雪橇停好，我再換抱下一棵樹，重複同樣步驟，這樣走下去，不到天黑，我們就能橫越山谷，少走十英哩。十英哩啊。運氣好的話，說不定明後天就能走到燈光的地點。

我轉向艾許莉：「想不想冒冒險？」

「你有什麼樣的盤算？」

我解釋捷徑，她看著遠方，望一望山谷，然後打量著右邊四百公尺的險降坡，再望向下方的山谷：「你認為我們從這裡下得去？」

離開墜機地點至今，我們走過更險峻的陡坡，卻沒走過如此長的險降坡：「慢慢走就行。」

她點頭：「你想試，我就贊成。」

我的腦殼裡有隻小蟲對我悄悄說：「路短未必好。」

可惜我沒聽進去。

我檢查吊帶的繩索。雪橇繫得牢牢的。下坡太陡，穿雪鞋不容易踩穩，於是我只穿靴子，把雪鞋綁在雪橇上，穿靴子能深入雪地，有助於控制雪橇下滑的力道。從岩架上，我把雪橇上的艾許莉慢慢放下去，吊帶緊繃，然後我步步謹慎走下去，頻頻抱樹。

這樣下山居然行得通。每跨一步，我踏進深及大腿的雪地，站穩，抱樹幹或拉著樹枝，放雪橇下滑，然後重複上述步驟。才過十分鐘，路已經走完一半，換言之，短短十分鐘的時間，我已經省下半天的腳程。

拿破侖坐在艾許莉胸上，盯著我看，一臉不高興。假如他聽得懂人話，我徵求他的意見，他八成會叫我乖乖走十英哩。

大小雪斷續下了兩星期，積雪必定很深，有時雪深及腰，腳下另有厚達十英呎的冰雪。新雪壓冰雪，雪崩是一觸即發。

雪何時崩的，我不記得。我也不記得翻滾下山，不記得吊帶何時斷掉，也不記得何時驟然止翻。眼睛雖然睜著，四周卻黑漆漆一片。

血衝腦門，所以我知道我成了倒栽蔥，側插在雪裡，被雪紮紮實實壓住，只能淺呼吸。全身只剩右腳沒被雪覆蓋，能原地動來動去。

我努力握拳，手往後拉，往前推，盡力推擠出空隙。我儘量前後擺頭，但作用不大。我能呼吸到的空氣不多，自知活不久了。我的開始振臂前後移動、衝撞。我知道我必須掙脫雪地，趕快找艾許莉。我用右腳踢，盡力趕走雪。沿著上半身往上看，我看得見微光。喊叫也沒用。

五分鐘後，我越努力越急躁，完全沒有脫身的跡象。我被卡得緊緊的，眼看著只有倒栽蔥翹辮子的下場，被雪凍死悶死，被挖出來時，只是一枝藍色的人體冰棒。

千里迢迢下山，獲救的時刻近在眼前，難道是白忙一場？越想越沒道理。

我被某種動物的尖牙咬住腳踝，聽見嗚嗚低吼聲，直覺上想踢牠走，但牠咬著不放。牠總算被我踹開了。幾秒後，我覺得腳被人手握著，隨即，我覺得腿周圍的雪被扒開，一把一把扒走，整條腿能動了，另一條腿也掙脫了。接著被挖走的是我胸前和後背的雪，空氣終於能直達我的嘴。

她的手猛竄過來挖雪，我趕緊吸一口——至今最甜美、最飽滿的一口氣。她拉我一手出去，讓我能扳正身體，全身衝破雪墳而出，翻身側躺在雪地上。拿破崙見我出來了，跳上我胸部，猛舔我的臉。

天色幾乎全暗了，我不禁質疑剛才見到的微光哪裡來。艾許莉在我右邊，不見雪橇，不見睡袋，整個人趴在雪地上，不敢動。她的雙手受傷流血，臉頰腫一邊。接著，我才看到她的腿。

事不宜遲，而我也知道，不宜移動她。

雪崩一口氣把我們推到山腳。我被埋進雪堆。救我一命的顯然是雪橇的吊帶，因為雪橇順著雪崩表面往下滑之際，我身上的吊帶有雪橇拉著，在最初幾秒避免我沒頂。繩索被扯斷的瞬間，雪橇上的艾許莉被拋射出去，滾下山，撞上冰河時期以來就存在的巨岩。

她奮力往上爬，傷腿又骨折了，這次斷骨戳破皮膚而出，撐起褲管。她已掉進休克狀態，缺乏藥物之助，隨時可能陷入昏迷。

「我要幫妳翻身了。」

她點頭。

翻身之際，她縱聲尖叫，我今生沒聽過女人喊到如此淒厲。

我匍匐尋找雪橇，發現雪橇空無一物，她的睡袋皺成一團，留在她爬出來的地方。一條羊毛毯亂糟糟被棄置雪橇旁。其他東西全不見了。找不到背包，找不到鹿肉，找不到防水布，找不到水壺、打火機油、羽絨夾克、雪鞋、取火弓，無從生火。

我拉開睡袋，扶她躺進去。鮮血滲透褲管流出，染紅周邊的雪。我把雪橇拉近她身旁，在雪橇上面鋪毛毯，拉她躺上去，用毛毯裹住她。我想剪開她的褲管，檢查骨折，但她甩甩頭，擠出細小的兩字：「不要。」

她靜靜躺著不動，下唇抖個不停。假如我當場為她接骨，肯定會痛死她，何況這次骨折也未必能接好。幸好她失血不多，斷骨從大腿外側穿皮而出，算她命大。假使斷骨歪向另一邊，戳斷股動脈，她早就一命歸陰了。我也是。

雲來了，又開始下雪，夜色加速變深。

我跪著低語：「我去找救兵。」

她搖搖頭：「不要離開我。」

我為她拉緊睡袋：「這一趟，妳不是從一開頭就想甩掉我嗎？我終於聽從妳的要求了。」

她再次搖頭，不說話。我彎腰湊向她，近到她能感受到我的呼吸。

「妳仔細聽我說。」

她的眼睛依然緊閉。

「艾許莉？」她轉向我。苦浪一波波襲擊她。

「我這就去找救兵。」

她握住我的手。緊緊捏住。

「我不能移動妳，所以我把拿破侖留下來陪妳，我馬上去找救兵。不過，我一定會回來。」

苦浪再衝擊她，握手的勁道更強了。

「艾許莉……我一定會回來。」

她低聲說：「保證？」

「保證。」

她閉眼鬆手。我吻她額頭，然後吻唇。她的嘴唇溫暖，颼颼抖著，血淚全彙聚在嘴上。

我把拿破侖塞進睡袋，站起來，凝望前方的路。雲層厚，我看不清路往哪裡走。

第四十五章

我跑了一輩子。我學到的一個要訣是，眼光集中在前方幾英呎遠就好，不超過四、五步。這方法對長跑最有幫助，因為一路跑下來，渾身痠痛，把路切成幾小段，一次應付一段比較容易。也有人說，跑步時應該放眼前方，聚焦在終點線，但我向來辦不到。我只能專注在不遠的前方。這樣做，終點線終究會來到我眼前。

所以，我跑一步算一步。路蜿蜒直下，朝山谷蛇行而去。我們見到山谷裡有橙光和煙囪。我預估這段路有二十五到三十英哩，幸運的話，我每小時能跑兩英哩。不顧一切往前衝就對了，跑到太陽從我右肩昇起。

我跑得到吧？

是的。

除非我先跑到身心的盡頭。

那也不算太糟。

可是，艾許莉怎麼辦？

艾許莉怎麼辦？

我閉上眼睛，只看得見艾許莉。

——

凌晨三點，大概四點了吧，我猜是第二十八天。我已經倒地一千遍，爬起來一千零一遍。雪變成海沙了。我能嗅到、嘗到海鹽，聽見某處有海鷗嘎嘎叫。我爸站在救生員台上，端著咖啡，吃著甜甜圈，擺著臭臉。我跑到救生員的紅椅子，拍一下，暗罵他幾聲，轉身繼續跑——加快腳步。如果我早他一步回家，他會怎樣？海灘在我眼前延伸，每當我以為即將到家時，家就消失，前景刷新重來，海灘變長，被另一時空場景取而代之。往昔如一齣電影，在我眼前播映。

記得我倒地，用手苦撐站起來又跌倒，一次又一次。

好幾次，我多想放棄，乾脆躺下來睡覺算了。但我一躺下去，眼皮一合，艾許莉揮之不去，默默躺在雪地上，邊啃兔腿邊笑呵呵，躺在雪橇上長舌，在廚房絮絮叨叨泡澡，為了水壺接尿的事尷尬，發射信號彈，喝咖啡，拉我脫離雪崩⋯⋯。

也許，激勵我再站起來、督促我走一步算一步的，正是上述的念頭。在月光下，我跑到平地，有一座水泥橋，腳下流水潺潺，我倒下去，眼睛睜著。畫面變了，我看見她。

瑞秋。

瑞秋佇立在路上，穿著跑鞋，上唇有汗珠，腋下汗漬漬，兩手插腰。她要我走向她，輕聲講著話。起初我聽不清楚，只見她微笑著，再講一次，我依然聽不見。我看地面，想動卻動不了，因為腳已被雪凍結。我被卡住了。

她跑著，朝我伸出一手，低聲說：「陪我跑吧？」

瑞秋在我前面，艾許莉在我後面。我進退兩難。兩頭跑。

我伸手掙扎，踏出一步，再度倒下來。然後，爬起又落地，反反覆覆。不久後，我跑起來了，追著瑞秋跑。她的手肘前後擺動，腳幾乎不觸地，我重返田徑場，和我在高中邂逅的女孩同步馳騁。

路往上揚，通往一道外門，上面掛著一個告示之類的牌子。我不記得上面寫什麼。她陪我跑上去，直奔陽光。太陽昇到山頂時，我倒了，首度臉朝下倒地。我的軀殼不願往前走了，再也跑不動了。我體驗到從來沒有的層次，跑到身心的盡頭。

她沉吟著：「班⋯⋯」

我抬頭一看，她走了。我又聽見她呼喚：「班⋯⋯」

「瑞秋？」

我看不見她：「起來啊，班。」

在幾百碼的前方，樹林裡有一道煙，裊裊升空。

有一棟小木屋，前面停了幾輛雪上摩托車，幾塊雪板靠在門廊欄杆上。屋裡亮著光。牆上映照著爐火。深沉的幾個嗓音，有歡笑聲、咖啡香。另外，好像有Pop-Tart果醬餡餅的甜味。我爬進車道，攀台階上去，推開門。以我在急診室的經驗，我懂得把資訊儘量濃縮成少少幾個字，以利傳達給病患。然而，門一開，我只能以岔音擠出兩個字。

「救命……」

頃刻後，我坐上雪上摩托車呼嘯而去。我的駕駛是個肌肉結實的年輕人，個子偏矮，駕起摩托車毫不拖泥帶水，引擎呼呼響。我從他背後看數位儀錶板，第一次看到時速六十二英哩，第二次看，車速已飆上七十七。

我一手死命抓緊，另一手指路。他順著我指的方向衝刺，後面跟著兩個人。摩托車開進山谷，我再指方向。艾許莉的藍睡袋遠遠鋪在地上，被雪地襯托得格外明顯。她沒有動作，拿破侖對著我們吠，急得學袋獾原地打轉。年輕人熄火。我聽見遠遠有直升機的聲音。

我來到她身旁時，拿破侖邊舔她的臉邊看我。他哼哼哎著。我跪下去：「艾許莉？」

她睜開眼睛看我。

年輕人拿著綠色信號彈，對空發射，指引急救直升機降落在路上。我向醫護人員簡介狀況，他們忙著讓她吸氧氣，為她打止痛針，抬她躺上擔架，為她吊點滴，推擔架進直升機上的單人病患區。我退下，直升機的螺旋槳呼呼轉動，這時她伸手拉我。我伸手讓她握，她把一個東西放進我手心。直升機起飛了，機鼻朝前頓一頓，然後掠過高山，閃爍的紅燈漸行漸遠。

我攤手一看。是我的錄音機。被她握著的部份仍有暖意。掛帶斷了，毛毛的斷帶攤在我掌心上，大概是在雪崩時搞丟了。我看著它，按電源鍵，無反應。紅紅的缺電警示燈閃動，呼應著直升機尾燈。

載我前來的年輕人拍拍我的背：「老哥……上車吧。」

我的膝蓋差點軟掉。我抱起拿破侖，坐上摩托車。進入市區時，速限牌寫著五十五，坐在後座的我向前瞄，看見儀錶板的時速高達八十二，他哈哈笑得好開心。

第四十六章

她躺在單人病房，蓋著白被單，臣服在麻藥的迷霧中。她的生命跡象樂觀，心跳強勁。病床上方閃爍著藍燈和數字。我調整百葉窗，不讓烈日撒野。我坐下，握著她的手。她恢復血色了。

急救直升機昨晚略過艾文斯頓，直接送她到鹽湖城，兩小時之後，急診室醫師在她骨折處裝鐵條打釘。我搭雪上摩托車抵達艾文斯頓時，一群人已經在等我，請我坐進救護車，由警方開道，直奔鹽湖城。醫護人員為我吊點滴，問了我一大堆問題，聽到我的回答瞠目結舌。抵達鹽湖城，大仗陣的媒體已經無所不在。

院方安排病房給我，我要求見外科主任。他名叫巴特．漢普敦。我不只一次在國內研討會上見過他。他已聽取我和艾許莉的狀況，得知其中一人是我，連忙帶我和幫我吊點滴的護士，進手術室樓上的觀察室，觀看艾許莉的開刀過程。手術已進入最後一小時，醫師以對講機告知現況和對策。有他們執刀，艾許莉很平安，我毋需插手。我差不多成了廢人，雙手也不比兩塊生肉好到哪裡，不適合當醫生。

手術完畢，醫師推她進病房，迅速離去。我進去探望，開燈，查看手術前後的X光。假如由我執刀，成果也未必比他們好。她一定能完全康復，憑她的韌性，康復之後甚至更強。

我轉身。上方的藍燈照亮她額頭，光線灑在被單上。我為她撥頭髮，輕輕吻她臉頰。她的臉乾淨了，有肥皂的氣息，肌膚軟嫩。我伸手鑽進她手下。以水泡碰觸溫柔的皮膚。我對著她耳朵低語：「艾許莉……我們辦到了。」

坐著坐著，我體內的腎上腺素耗盡了，癱倒時正好被巴特扶住。他笑著說：「好了吧，岳史迪，該上床了。」

我一心只想睡覺。他講的話讓我覺得不太對：「你剛喊我什麼？」

「岳史迪。」

「誰啊？」

「《無敵金剛》*。」

又恢復意識時，天已經亮了。我躺在病床上，被單床單全白，剛沖泡的咖啡香四溢，走廊上的交談聲迴盪進來。巴特站在病床邊，端著保麗龍杯。我不習慣以這角度看人，我是站在病床邊的醫師才對：「給我喝的嗎？」

他呵呵笑一笑。

這咖啡真好喝。

我們交談一會兒。我多告訴他一些細節。他聽著我，話不多，頻頻搖頭，聽完後說：「要我幫你什麼忙嗎？」

「我的狗。不對，他其實不是我的，不過我愛上那條小狗了，而且⋯⋯」

「他在我辦公室裡，正在睡覺。我餵他吃牛排，他爽呆了。」

「我想租車，想麻煩你幫我們擋一擋媒體，等她準備受訪時再說。」

「她？」

「對。我不想見記者。」

「你大概有你的苦衷吧。」

「對。」

「你知道吧，發生這種新聞，細節一走漏出去，全美國大小脫口秀會爭相找你們兩個上節目。你們能激勵很多人心。」

「任何人都做得出我做過的事。」

「班，你行醫夠久了，知道地球上很少人辦得到你做的事。一個多月下來，你拖著那女人，頂著超低溫，走了將近七十五英哩的山路。」

我凝望窗外，看著白雪罩頂的遠山。從另一邊看山，感覺很怪。一個月前，我站在鹽湖城機場，遐思著山的另一邊是什麼景象。現在我知道了。我想像監獄鐵窗也一樣，墳墓大概也是。

「我只不過是走一步算一步而已。」

「我通知你在傑克遜維爾市的浸信會醫院同事了。以最含蓄的形容詞來說，他們是喜出望外，好高興知道你還活著。大家都納悶你出了什麼事，都說以你的個性，不太可能『人間蒸發』。」

「感謝你。」

「另外能幫什麼忙？我總覺得應該多盡一點力。」

我挑一邊眉毛：「在我的醫院裡，我們知道哪些護士最優秀，因為他們往往鶴立雞群。如果你能……」

他點點頭：「我早就關照到了。最優秀的護士正在照顧艾許莉，不分日夜。」

我轉著空杯：「這裡有沒有人會煮拿鐵？卡布其諾也行。」

---

* Six Million Dollar Man，1974-78 年影集

「你想喝多少就有多少。」

他的回答在我腦殼裡震盪。在我回歸的這個世界裡，任何口味的咖啡全有求必應。差別簡直天南地北。

近中午，仍有睡意的她開始蠢動。我走到走廊上，買了我要的東西，帶回病房。她的眼皮撐開一道縫時，我彎腰湊近，小聲說：「嗨。」

她轉頭，緩緩打開眼睛。

「我剛跟文森講過電話。他已經出發了，過幾個鐘頭就到。」

她皺一皺鼻子，微微挑起一邊眉毛：「該不會是咖啡的香味吧？」

我掀開杯蓋，舉向她鼻孔。

「可以倒進我的點滴嗎？」

我舉杯接近她嘴唇。她喝一小口。

「有生以來第二好喝的咖啡。」她仰頭細細品味咖啡香。

我坐在有滾輪的不鏽鋼板凳上，移到她床邊：「妳的手術很順利。我請教過妳的醫師。我和他居然認識，在研討會上和他一起上台座談過，他的專業很強。等妳想看X光片的時候，我可以給妳看看。」

窗外，遠方有一架客機正從機場起飛，我們看著它升空、轉彎、飛越我們走下來的遠山。

她搖搖頭：「我這輩子不想再搭飛機了。」

我笑說：「醫師說，妳三個小時以後就能下床了。若無其事喔。」

「騙我的吧？」

「我不會亂扯病人的狀況。」

她微笑：「我總算等到你報告好消息了。我們被湊在一起多久了？你報給我的壞消息是一個接一個。」

「有道理。」

她看著天花板，被單裡面的雙腿移動一下：「我好想泡個熱水澡，刮一刮腿毛。」

板凳上的我滑向門口，向護士示意。她跟著我進來。

「這位善良美眉名叫珍妮佛。妳上個月在哪裡待過，我剛向她解釋了。她能扶妳去洗澡。妳要她幫什麼忙，儘管吩咐。等妳洗乾淨後，門外另外有位女士等著妳。我想兌現我開給妳的支票。」

她以眼角瞪我：「你想搞什麼鬼啊？」

「是我一陣子前答應過妳的事。我言出必行。」我拍拍她的腳：「我待會兒再來探望妳。再等兩個鐘頭，文森的班機就到了。」

她掀開被單，伸手拉我。我倆歷經過的事，該如何向旁人解釋呢？這種事能如何闡述？我倆剛走過地獄，走過一個冰天雪地的地獄，活著走出來，戮力同心。我講不出話，她亦然。

我拍拍她的手：「我知道。一時適應不過來。我待會兒會回來。」

她握得更緊：「你還好吧？」

我點頭，走出病房。外面有位姿色不錯的亞洲女子坐在椅子上，耐心等候，大腿上有個包包。

「她正要去洗澡，馬上就好。我不曉得她喜歡什麼顏色，妳問了就知道。」我遞給她一張百元鈔：「夠嗎？」

她搖搖頭，伸手進包包摸索：「太多了。」

我揮手婉拒：「不用找了。儘量慢慢呵護她就好。她最近吃了不少苦。」

她點點頭。我下樓去找燒烤店。

這家燒烤店是典型的醫院附設簡餐館，我暫時還能接受。我走向櫃檯：「我想點一個雙層起司漢堡，雙份薯條，佐料全要。」

「另外呢？」

「可以麻煩請人在一小時後，送到三一六號房？」

她點頭，我付錢後去找租車。儀錶板上附有加裝的GPS，我在裡面輸入地址。

第四十七章

這棟房子離市區不太遠，座落於小山上，外觀素雅，白牆搭配綠窗板，圍牆也漆成白色，周圍百花齊放，見不到雜草。信箱上面飄著機場用的風向袋。

她坐在門廊上的搖椅，正在剝豆莢。她的身材高佻，五官分明。我從租車裡走出來，拿破侖馬上跳下車，嗅一嗅路邊，隨即三步併兩步，衝上人行道，飆上階梯，蹦上她的大腿，豆子被撒得門廊一地都是。她哈哈笑起來，抱狗讓他舔臉，說著：「坦克，你到底躲到哪裡去了？」

〔原來……他的名字叫坦克。〕

我踏階梯上去：「夫人……我名叫班．培殷，是傑克遜維爾來的醫師。我……搭妳先生的飛機，他墜機了……」

她搖搖頭，瞇起眼睛：「他才沒墜機。他開飛機的技術一流，不可能墜機。」

「是的，夫人。他心臟病發作了。把飛機降落在高山上，救了我們兩條命。」我打開一個盒子，放在她身旁，裡面有葛洛福的手錶、皮夾、菸斗……以及她送的打火機。

她逐一撫摸葛洛福的遺物，最後摸的是打火機。她拿起來握著，放在大腿上，抖著嘴唇，一滴滴淚水從臉上掉落。

我們聊了幾小時。我憑記憶，儘可能道盡一切，甚至連葛洛福的墳地和周圍景觀也描述。她聽了很欣慰，說他在天之靈也會喜歡。

她打開相簿，幾大本，訴說兩人牽手走一生的故事，言語充滿溫情。我聽得心痛。

數小時後，我起立告辭。我還有什麼話可說呢？我摸索著租車的鑰匙：「夫人……我想……」

她搖搖頭。坦克坐在她的大腿上，搖椅上的她稍稍往前挪，坦克跳走，她才慢慢站起來。左髖有毛病。她先是歪著身子站，然後打直腰杆。她對我伸出一手。

我斜眼瞄她的腿：「需要動髖骨置換手術的話，一通電話給我，我可以過來免費幫妳服務。」

她聽了微笑。

我跪下去：「坦克，你最乖。我會想念你的。」

他舔得我滿臉狗口水，然後衝進自家院子，對著每一棵樹撒尿。

「我知道，你也會想念我。」

我給她名片，方便她有朝一日通知我。我不確定該如何道別，是抱一抱、握握手嗎？對方的丈夫是救我一命的機長，向她道別應遵守什麼樣的禮儀？況且，若非我向他包機飛丹佛，他應該早就回家，在太太陪伴下長眠。我心想，她不是沒想過這一點。

「年輕人？」

「什麼事，夫人？」

「謝謝你。」

我搔一搔腦袋：「夫人……我很……」

她搖頭：「不必。」

「不必？」

她的眼珠閃耀著清澈的鮮藍：「葛洛福開那架飛機，不是見人就載的，他很挑剔乘客，他有居心，被他拒載的客人比他答應載的客人多。如果他讓你搭他的飛機……他一定有他的理由。是他送你的禮物。」

「是的，夫人。」

她靠過來擁抱我，雙手捏一捏我手臂。她的皮膚薄而鬆垮，纖細的頭髮雪白。擁抱時，她顫抖著。

我吻夫人的臉頰，感覺到柔細的毛髮。坐上車，發動後，我望一望後照鏡，見她站在門廊上，瞭望著遠山。拿破侖站上最高一階，挺胸對著風亂吠一通。

第四十八章

我進病房時，見文森坐著陪她。他站起來，面帶熱情微笑，握手也熱情，甚至還僵著身體擁我一下：「艾許莉正在講你盡了多少心血。」他搖搖頭：「再怎麼感激也感激不完。」

「別忘了喔」——我拍拍她的腳——「當初邀她搭包機的人是我。你應該考慮對我提出告訴。」

他哈哈一笑。我欣賞他，她的眼光不錯。這一對應該能幸福美滿，他是高攀了。任何娶得到艾許莉的男人都算高攀，她是百萬之一的嚴選新娘。

她臉上恢復血色了。床邊桌上有三個空咖啡杯，掛在床邊的尿袋快滿了，尿色正常。她的新手機響個不停，想必是記者爭相聯絡她，各個都想搶獨家。

她問：「你打算怎麼告訴記者？」

「用不著。我想從後門溜回家。」我看牆壁上的時鐘：「一個半小時之後就走。我只想過來說聲再見。」

她的神情霎變。

「別緊張啦，你們兩個不愁沒話題可聊，有婚禮等你們籌備。我相信我們會保持聯絡。」我走向病床另一邊。

她雙手抱胸：「打給你老婆了沒？」

「沒有⋯⋯」我搖搖頭：「我一回到家，馬上去見她。」

她點頭：「希望你們能化解心結，班。」

我點頭。

她捏捏我的手。我對著她的額頭一吻，轉身想走，但她不願鬆手，微笑說：「班？」

我不轉頭，直接回應：「什麼事？」

文森拍拍她肩膀：「我去買咖啡，馬上回來。」他一手放在我肩膀上：「謝謝你。一切都是你的功勞。」

他步出病房。艾許莉仍握著我的手。我在床緣坐下，我的腑臟隱隱悸動著。最貼切的形容詞是心酸。我擠出一抹微笑。

「我能問你一件事嗎？」她說。

「憑妳的表現，妳現在有權問我任何問題。」

「你搭訕過已婚女人或即將結婚的女人嗎？」

「我一生只搭訕過一個女人。」

她微笑：「我只想確定一下。可以再問一個問題嗎？」

「可以。」

「你為什麼邀我搭飛機？」

我望窗外，回憶著：「感覺像古早以前的事了，對不對？」

「對。不過呢……有時候也覺得像昨天。」

「我和瑞秋的婚禮那天好快樂，我們兩個很少那麼快樂過。我和她終於獨立了。新的起跑點。嶄新的開端。我們終於能無拘無束愛對方，沒人礙得著。我認為，兩個人真心相愛的時候……我的意思是……」我的嗓音岔了：「……在內心深處……也就是兩個心靈攜手進入夢鄉的地方，那裡容不下苦痛，因為苦痛在那裡吸收不到養份……。步入禮堂後，兩個心靈水乳交融，就像兩河匯流成一川，所有的水被攪和在一起。我們的婚禮就像這樣。我遇見妳的那天，在妳臉上看見妳有同樣的期許。我猜，和妳相遇，提醒了我，我也曾沐浴在珍貴柔情裡。而且……可能是……如果要我實話實說，當時的我只想沾沾喜氣，接觸一下，和喜氣面對面相處。希望能藉此回憶那……因為……我不想遺忘。」

她手向我，以拇指揩掉我臉上的一滴淚。

「我邀妳上飛機，大概就是這原因吧。而……當時抱著那份私心……現在令我終身悔恨……也終身感激。在山上有妳相隨的那二十八天，提醒了我，愛是值得體驗的，再痛都值得。」我站起來，親她嘴唇一下，踏出病房。

第四十九章

剛過午後兩點，班機降落在傑克遜維爾，已經有媒體在守候了。新聞傳開了，我的長相也廣為流傳。問題是，記者引頸尋找的是比我胖三十磅的人。

我沒行李，能輕易迴避紛擾的場面，直接去停車場領車。我的車滯留了一個半月，已布滿黃色的花粉。

收費亭的小姐以幾乎不動容的語調說：「三百八十七元。」

我直覺認為，跟她爭也是白費唇舌，乾脆掏出美國運通卡給她，只慶幸能繳清停車費，趕快回家。

周遭事物的變化給我一種異樣的感受，最明顯的是，我現在不必做的事很多：不必拖雪橇，不必望穿雪地，不必鑽木取火，不必剝兔皮鹿皮，不必靠射箭獵食，不必為了取暖而頻頻動腳趾、對著手指猛呼氣，不必傾聽艾許莉的講話聲……也聽不見艾許莉的講話聲。

我開進九十五號州際公路，驅車南下，發現自己開得太慢，不斷有人超車。我駛過沃倫橋，路過我的醫院。這幾年來，我幾乎是以醫院為家。同事全來電關心了，聽見我的聲音樂不可支。這幾天，我會一一跟他們見面，能談那段往事的時間多的是。

我轉進南向的亭垂克斯街，穿越聖馬可區，接著進入聖荷西大道，在特拉德園藝店停車。我走進溫室，撲鼻而來的是糞肥味，緊接著迎接我的是塔蒂安娜。她是俄國人，五十幾歲風韻猶存，臉頰線條優美，兩手髒兮兮。在番仔花的花海之中，她大聲招呼我。

全市有十幾間花店，但塔蒂安娜的俄國腔是最獨特的一個，總令我聯想到〇〇七情報員和《洛基第四集》。她的嗓音低沉，喉音深重沙啞，想必是受盡多年折磨或酗酒太兇的後果，或者兩者都有。英文裡的W音全被她改成V音，E一律是長音，所有的R全部被她改成舌顫音。伏特加聽起來像「瓦特加」。我對這種酒興趣缺缺，但每聽她講瓦特加，我就想來一杯 Grey Goose 或 Absolut 之類的飲料解解饞。

她以前八成是間諜。可能現在還是。

穿著牛仔布長袖衣服的她以袖子擦額汗：「躲去哪兒了，你？」尾音拖得老長，在玻璃牆之間迴盪。

真話一言難盡：「度假。」

她走路像在踢正步，身手倉促僵硬，速來速去。她快步繞過轉角，捧著一盆中間有條白線的紫蘭花。這種蘭花是深紫色，近中央近乎黑色，花梗少說也有四英呎高，花已經開了三十朵，另有三十朵含苞待放。

「我有你喜歡的，一直為你保留的。今天有三個人試著買但我說『不給賣』。老闆他罵我瘋子，威脅要開除我，但我說它是你的。你是會回來的，你是想要它的。」

瑞秋一定會喜歡。「太出色了，謝謝妳。我今天就送她這盆。再過幾分鐘就去。」

她帶我走向收銀台，左看右看，見到老闆不在附近，然後豎食指，比劃著汽車雨刷的動作說：「我們上禮拜有特價。這禮拜沒特價。但我這禮拜算特價賣你。」

「謝謝妳了，塔蒂安娜。」我捧起蘭花：「謝謝妳幫我保留這一盆。」

車流繁忙，每到路口就見紅燈。等綠燈的空檔，我往右邊望，見到幾家乾洗店的隔壁是華森武術館，正面幾乎全是玻璃，裡面有一群白衣人正在練拳腳，腰帶的顏色不一。開車路過這間武術館不知幾百回了，我竟然現在才注意到。

綠燈亮了，我加速通過，開進南向的州際九十五號公路，到了巴特勒大道向東轉，然後往南開上A1A公路。我去酒品商店買一瓶葡萄酒，然後開車經過密克勒氏碼頭鎮，經過我在南彭堤韋卓的公寓，直抵瑞秋家。我為這塊地圍起一道熟鐵高牆。我捧起副駕駛座上的蘭花，走過高聳的維吉尼亞橡樹下，踏上石階，伸手進石堆裡，尋找裝著鑰匙的假石頭，然後開門。我在門框兩旁種白花藤，現在已經爬得很高，在門上方密密麻麻，較重的幾條藤往下垂。我撥開花藤，拉一拉吱嘎響的門，入內。為了在夏天維持涼爽，我在地上鋪大理石。我的腳步聲叩叩迴盪著。

我徹夜對瑞秋講個不停。我倒葡萄酒，按錄音機上的播放鍵，望著玻璃窗外，聽著自己的錄音，看著海浪在沙灘上捲來覆去。我認為，有些部份她聽了會很難受，但她全聽進去了。

我把紫蘭花送給她，放在玻璃窗前的架子上，晨光照得到。這盆蘭花在這裡應該會快快樂樂，等花謝了，我會把它移進日光室，和另外兩百五十株相伴。

播完最後一則錄音，已經凌晨四點了。我累了，不知不覺睡著。說也奇怪，喚醒我的是寂靜。我正要起身離去，卻留意到錄音機的顯示幕閃著藍光。仍有一則未播放。

這台是電子錄音機，我每次錄音，都錄進同一個檔，就算錄了五十則，也全收錄在一個檔案裡。我頭一次注意到有第三檔。建檔的人不是我。我按播放鍵。

錄音機傳出微弱的氣音，背景的風聲呼呼吹，有狗的哼唉聲。我調高音量。

瑞秋，我是艾許莉。我們剛遇到雪崩，班去求救了，他正在跑。我不曉得還能不能撐下去，我真的好冷。

沉默一陣。

我想告訴妳，其實我最想做的是謝謝妳。我知道我有點囉唆，不過我非講話不可，不然我會睡著。我怕我一睡，可能就不會再醒了⋯⋯。我的工作是幫報章寫專欄，主題是情愛，探討感情方面的東西。說來也諷刺，我自己的情路滿坎坷的，所以，我對愛情抱持懷疑的心態。我想回家去嫁人，新郎家境不錯，人也帥，常送我好東西⋯⋯可是，和妳先生一起在雪地受凍了二十八天之後，我不禁反問，這樣夠嗎？我不禁納悶⋯這其中有愛嗎？愛有沒有可能存在？我能擁有它嗎？我曾以為，世上的好男人一個也不剩了。現在呢，我很懷疑。像班．培般的男人，在人間還能不能找到幾個？我受過傷，我猜所有人都受過傷，而我認為，在傷痛之餘，我們誤以為，只要不釋懷再談戀愛，就不會再受傷。有賓士車可開，有兩克拉鑽戒可戴，在亞特蘭大的高級住宅區巴克海特有一棟豪宅可住，這樣就可以了，他要什麼全給他，對他服服貼貼的，雙方都能高高興興。這樣對嗎？我反覆思考了好久。

可是⋯⋯這山上好靜，靜得吟吟出聲。仔細聽聽看，連雪花都有聲音。好幾天前，也許是我在飛機上剛認識他的時候，我被他的魅力吸引了。他是帥哥，沒錯，不過，吸引我的不只這一點。他有某種特質……讓我想碰觸看看，想感應看看。那份特質溫和、暖洋洋、圓滿。我不曉得怎麼稱呼它，但一聽就明白了……我在他拿著錄音機對妳講話時就聽到了。有好幾夜，他以為我睡著了，錄音給妳聽，其實我還醒著，只想聽聽他的語調，聽他對妳講話的口吻。

用那種語調對我講話的人，我一個也沒遇過，包括未婚夫在內。他的心地很善良，沒錯，不過班呢，他的語調富含一種幾乎有形體的東西，令我好想伸手進去，沐浴在其中，用來彩繪全身上下。我知道我正在對妳先生品頭論足，所以想在此聲明一下，我和他在山上獨處這麼久，他始終以紳士的精神對待我。真的。起初，我心頭有點感冒，不過漸漸地，我知道，他的態度和我無關，而是因為他內心深處……他和妳……深藏在ＤＮＡ裡的一種本性……是與生俱來的東西。我大開眼界了。我感受過的東西當中，就以這種情最真切。電影演不出來，書也寫不出來，專欄也無法調侃這種情。我夜半躺著聆聽他對妳吐露心聲，不知他做錯什麼事向妳道歉，越聽越難熬，越想哭求一個像班這樣擁我入心懷的男人，像他擁抱妳那樣。

我講的東西，妳應該全瞭然於心吧，別怪我多嘴。他說你們分居了……我猜我只想藉這機會幫他求求情，他愛妳已經愛得不能再深了。以前我以為這種愛根本不存在，但現在，我親耳聽到了它，親眼看到也觸摸到，也睡在它旁邊。如果妳不肯要他，那他抱著這種愛有什麼用？

我寫過的專欄文章不下一千篇，對愛情語帶揶揄，挑釁說，誰能在現實生活找到像班這種愛，證明給我看啊。其實，我寫專欄的居心就是這個。我想築一道心的城牆，以免再受情傷。我也挑釁說，誰能找到值得拋頭顱灑熱血的真愛，證明給我看啊。不只是真愛，是值得以終生相許的真愛。

他不肯詳細說明。他緊緊抱著心事，只推說你們兩個吵了一架，說他講錯話了。我為這個思考了好久。講錯什麼話？罵得很難聽嗎？什麼樣的話能導致這種下場？他做錯什麼事？什麼滔天大罪？怎麼會導致妳不再愛他？如果像班這種愛能被人擁有，如果是真的，如果像班這種心存在，能捧著這顆心獻給人，那麼……我不禁納悶。做什麼壞事不能原諒？……什麼壞事不能原諒？

生或死……我都想追求這種愛。

艾許莉的錄音到此結束。我起身，準備離去，但瑞秋向我招手，要我停留。她從來就沒有趕我走的意思。我告訴她，有好幾次，我想回來，和她復合，然而，寬恕自我是知易行難。

也許，我的心意有所轉變。也許，她的心意有所轉變。我不太確定。不同的是，自從我們吵架那天以來，這次我首度躺下來，淚灑妻子的臉，陪她睡覺。

第五十章

我束緊寬腰帶，蝴蝶結打直，釦上禮服又解開，從鄉村俱樂部的後面繞過去。這場所是亞特蘭大的至尊級殿堂，用了不少美石和神木。我向警衛出示邀請函，他開門讓我入內。我踏上曲折的步道。藝術燈照亮樹木，為場地增添幾許圓頂大廳堂的格調。一群人站在裡面，晶瑩閃亮的女人，位高權重的男人。歡笑聲不斷，美酒，婚禮預演晚宴，結婚典禮的前夕，歡喜的場合。

獲救三個月了。我回醫院上班，體重回升幾磅，訴說過歷劫歸來的片段，關注的眼光能閃就閃。自從那天離開她病房之後，我一直沒有聯絡過艾許莉。只覺得這樣比較好。然而，如影隨形、互相依賴了長達一個月，卻在一眨眼的瞬間就結束了，感覺有點突兀。一刀兩斷，總覺得不盡人情。

我的作息漸漸恢復正常，仍在調適分居的生活。日出之前起床，去海灘上長跑，陪瑞秋和雙胞胎吃早餐，去醫院打卡，有時候帶瑞秋和小孩吃晚餐，然後回家，也許再去跑一跑，或在海沙裡尋找鯊魚牙。

走一步算一步。

艾許莉遠遠站在另一邊。我收到的邀請函附上一封親筆信和一份禮物。信寫著：「請撥冗前來，我倆殷切期盼招待你們兩位。」

艾許莉繼續寫道，腿傷癒合理想，已經能慢跑了，甚至還去跆拳道的道場健身，教教小朋友，但目前的功力只恢復七、八成。

她送的禮物是一支新手錶，是Suunto牌的登山錶Core。信繼續寫道：「店員告訴我，登山客全戴這款手錶，能顯示氣溫、氣壓、海拔，甚至還附指南針。這是你辛苦的代價，比任何人更值得回報。」

我看信看得出神，開頭的「我倆」有點礙眼。

我站著遠望她。從她的儀態可見，她的自信心恢復了，痛苦也已消失。她好美。有這想法卻無內疚，這是多年來頭一遭。

文森站在她旁邊，喜氣洋洋的。從他的相貌看來，他應該是個端端正正的男人。受困深山那段期間，我在心中對他已有定見，能設想他的長相，這時才知想像遠不及本尊。她一定能幸福的，他娶到好老婆了。若非有她，我和文森可能有稱兄道弟的一天。

我站在陰影裡，從窗外向內望。我看著新錶，時間不早了。我緊張起來，轉著手中的禮物看。我新買了兩個錄音機，一個送她，一個自己留著用。最新科技，內建的數位記憶卡和續航力是舊款的兩倍。以前，這賣點很吸引我，現在就不是了。我拆掉塑膠包裝，裝電池進其中一個，按錄音鍵。

嗨……是我啦。我是班。我收到你們的邀請函了，謝謝妳想到我，邀請我……呃……我們。我知道妳最近很忙……能見到妳重新站起來真好。看樣子，腿傷恢復得不錯。我很高興。今天來了好多客人。全來這裡陪妳一同慶祝。

我想通知妳一聲，我信守承諾了。我去看瑞秋，送她蘭花，第兩百五十八盆，也帶一瓶葡萄酒給她。我向她描述那段旅程，一直談到凌晨，播放錄音給她聽，全部都放。我陪她睡，好久沒這樣了。

但也是最後一次。

我不得已，只能放她走。她不回來了，隔閡太遙遠。我無法攀越的高山，正是我倆之間的那一座。

我覺得，讓妳知道比較好。

我最近花了不少時間，苦思如何重新出發。單身漢生活和我的認知有些落差。最近，我常上一個叫做「單飛」的網站。很諷刺吧，妳不覺得嗎？

但日子還是過得辛苦。瑞秋是我的初戀，是我今生唯一的愛。我從沒和別人交往過，從來沒和別人成雙。

我一直沒告訴妳，是因為感覺怪怪的，但是……即使在妳最慘的時候，腿斷了一條，沒化妝，對著水壺排尿，臉傷被縫了好幾針……呃……和妳一同迷途，勝過自己一人被尋獲。

為了這一點，我想感謝妳。

如果文森不這麼稱讚妳，如果他不把妳捧上天，他應該自我檢討一下。如果他忘了妳的好，妳儘管一通電話給我，由我來提醒他。在丈夫應該講的話方面，我是專家。

瑞秋之後的路……我不知道怎麼走下去，不知道怎麼活下去，所以碎成千萬片的我拾起碎片，全收進布袋裡，當作是一袋石頭，扛在肩膀上。幾年以來，我扛著裝滿碎片的布袋，蹣跚過生活，釦緊吊帶，傾身拖著沉重的雪橇，讓往事勒進肩膀的筋骨。

後來，我去參加研討會，輾轉來到鹽湖城，冥冥之中見妳坐下。我聽見妳的講話聲，布袋頓時顛倒過來，心的碎片撒了滿地都是。就在那一刻，赤裸而殘缺不全的我忍不住想著，甚至憧憬著，說不定我的人生盡頭還沒到，有待我闡述結局。結局說不定沒有痛楚蝕刻出的深痕，沒有悔恨刮出的軌跡……沒有響徹萬世的回音。

但在這裡，躲在樹下的我舉棋不定。心的碎片再也拼湊不齊全了。我聯想起，國王的人馬再多，也無力回天了。我無法把自己拼回原貌。

……說來也好笑，我這輩子愛過兩個女人，如今卻落得兩頭皆空。這能暗示我條件不夠好嗎？我想送妳一個禮物，只不過，再貴重的厚禮也比不上妳送我的禮物吧？

艾許莉……單就這理由……我祝福妳……享盡天下所有的幸福快樂。

我躲在四照花的樹幹後面，往窗內窺望。她正在笑，戴著有單顆鑽石的項鍊，是文森送的定情禮。鑽石很適合她，她穿戴什麼都適合。

我讓錄音機繼續錄，從口袋掏出最後兩顆電池，用橡皮筋束緊，連同錄音機放進盒子，蓋上盒蓋，綁上蝴蝶結，不附賀卡，悄悄從後門溜進去，把盒子塞進上百個禮物堆積成的小山。三十六小時後，這對新人即將踏上飛機，去義大利度蜜月兩星期。她回國才會發現我送的禮物。

我穿越無燈光的花園出去，發動車子，駛近南向的州際七十五號公路。今晚暑熱不消，我開著車窗，流著汗。我無所謂。

到家後，我換衣服，帶著我新買的另一個錄音機，踏上沙灘，來到水邊停下，駐足良久。好像史努比漫畫裡的小萊納斯抱著毛毯戀戀不捨。在我的腳被海浪和水沫沖刷之際，我把玩著錄音機，苦思該錄什麼才好，該從何講起才好。

旭日從海平面露臉時，我按錄音鍵，向前跨三步，舉手卯足力氣，把錄音機拋得越遠越好。錄音機在空中翻轉著，遁入晨曦、海沫、一退一進的兩浪之間。

第五十一章

後廊上的野貓吵醒我。牠們不但回來了，還呼朋引伴。其中一隻是漂亮的白腳黑貓，我叫他襪子。另有一隻很調皮，老是對著我的臉呼呼嚕嚕，尾巴修長，鬍鬚也長，耳力靈敏，不停摩挲著我的腿，跳到大腿上撒嬌。我叫她艾許莉。

我今天請假，在家休息，靠在欄杆上，捧著暖暖的馬克杯，望海，聽潮，對貓講話。聆聽有無歡笑聲。艾許莉始終近在咫尺。我指的是貓，也包括往事在內。我追溯著深山苦行的腳步，天黑後幽幽睡著了。我夢見她和文森在威尼斯，乘坐貢多拉船，有午後艷陽作陪。文森一手摟著她，她依偎身旁。小倆口的皮膚曬紅了，她看起來好快樂。

我不喜歡這畫面。

還有幾小時才天亮，但我爬下沙發。滿月低垂在海平面上，把每一個浪頭照得銀光灼灼，悄悄把我的身影在沙地上拖長。我在徐徐暖風中綁鞋帶。鵜鶘排成V字隊形，乘著上升氣流，靜靜飛掠我頭上，翼影劃過我的影子。

我轉身迎風，往南跑。潮退了，整面海灘唯我獨行。我跑了一小時，再跑一小時，穿梭在宛如山脊線條的水濱。赤蠵龜留下一道拖痕，從海水延伸上沙丘。母龜正在產卵。

我跑到看見聖奧古斯丁市時才調頭，戴上Oakley墨鏡遮眼，往家的方向回去。太陽一寸寸昇起，風對著我的背直吹。沒有酷寒，沒有刺骨的冰雪，見不到白，感受不到雪花，嘗不到餓，沒有雪橇的負擔，而最突兀的或許是，也聽不見艾許莉的語音。

回程的中途，我遇見母龜。她辛苦了一夜，筋疲力竭。這隻母龜年紀一大把了，體形龐大，奮力返回海潮的路上壓出一道深溝。第一波淹沒她，為她刷洗海沙，接著她浮起來，開始在水面上划，龜殼閃亮。游了幾分鐘後，她走了。赤蠵龜能活到近兩百歲，我一廂情願認定她是同一隻。

我目送她漸游漸遠，見到代表年邁的夕陽，也見到象徵旭日的新生。

怪了。怎麼會聯想到這麼多。

我經過瓜納河州立公園的入口，我的公寓映入眼簾。我放慢腳步，改成慢跑，最後用走的。我的肋骨傷痊癒了，深呼吸沒問題，我恢復健康了。七月驕陽高掛，灼熱而明亮。海水湛藍，宛若翻滾的玻璃。幾隻瓶鼻海豚在近岸處弄潮，但我看不見母赤蠵龜。以後一定還看得見，接下來幾週，爬痕即將布滿整片海灘。

我沒聽見腳步聲，只覺得一隻手落在我肩頭。我認得手上的靜脈，認得她沒戴手錶時的雀斑。我轉身，見到艾許莉站在我眼前。她穿著防風夾克、Nike運動鞋、跑步短褲。她的眼睛紅紅的，溼溼的。看起來像一夜沒睡。她搖著頭，指向背後，指的是亞特蘭大。

「我本來希望你會來，結果沒等到你。我……我睡不著，只好拆拆禮物看，先挑外觀最有意思的幾個拆。不想滿腦子是……今天的事。」她握起我雙手，然後一拳輕捶我胸口。她的左手空空，沒戴戒指：「我醫生說，我應該再跑跑步。」

「不錯的建議。」

「我不愛自己一個人跑步。」

「我也是。」

她以鞋尖撥弄著沙，雙臂抱胸，瞇眼望漸漸爬昇的太陽，說：「我想認識瑞秋。可以介紹一下嗎？」

我點頭：「現在？」

我們轉身，走在海灘上。兩英哩。我為瑞秋建築的房子座落在沙丘上，兩旁有矮橡樹和牛筋草。

脫困回家至今，我已發現十窩海龜卵，全用粉紅色警示條圍住。

艾許莉看見了：「海龜的窩？」

我點頭。

我帶她穿越沙丘，踏上通往前門的走道。沙軟，踩起來似雪。門的鑰匙被我當成項鍊戴著，我撥開仍待修剪的白花藤，開門。

為了對抗溽暑，這整棟房子的牆壁、地板、側板，全以大理石板或整塊大理石打造。二樓的日光室在夏季欣欣向榮。多數蘭花盛開中。

我帶著艾許莉進門。

瑞秋躺在我左邊。麥可和漢娜躺在我右邊。

艾許莉忍不住伸手摀嘴。

我對著他們揮一下手：「艾許莉，這位是瑞秋。瑞秋，這位是艾許莉。」

艾許莉跪下，以指尖撫觸大理石，手指順著瑞秋姓名和生辰忌日的刻字走。在大理石蓋的表面，差不多是瑞秋雙手交握在胸前的正上方，放著七個數位錄音機，覆蓋著灰塵，只有一個例外。我在山上隨身攜帶的那一個。艾許莉摸摸這錄音機，拿起來，轉來轉去，然後放歸原位，和其他錄音機在一起。我的夾克捲成枕頭，放在應該是瑞秋的臉的正上方。

我坐下，背靠著瑞秋，腳靠著雙胞胎，抬頭透視玻璃上面的蘭花。

「瑞秋懷孕了……懷雙胞胎。她罹患一種叫做部份早剝的病，胎盤漸漸從子宮壁剝離。醫師起先規定她躺在床上安胎一個月，希望能阻止胎盤再剝離，可惜病情惡化了，不能怪她。她等於是長了兩條腿的定時炸彈。

我儘量講道理給她聽，勸她說，拖到完全剝離的時候，孩子和她都死定了。產科醫師和我都想拿掉孩子，她卻瞪著我們看，把我們當成瘋子似的。她說，『你想拿他們怎樣？』

我要的是瑞秋。如果為了保住瑞秋，非趕走孩子不可，那孩子不留也罷。把他們送給上帝吧。她和我，我們再生兩個就是了。我希望我和她能白頭偕老，彼此嘲笑皺紋多難看。她也有這份心願，可惜問題是，如果繼續拖下去，如果束手不採取對策，胎兒還是有機會保住，還是能平安生下來，只是……機率小之又小而已。

和平安生產的機率相比，假如她上賭桌玩輪盤，勝算可能還比較高。但是因為平安的機率不是零，她願意為了兩條小生命豪賭。我勸說，『把他們託付給上帝吧，讓上帝決定。』她搖頭不肯聽，推說，『這是我們冒的險。』我聽了火大，質疑她不愛我，扯開嗓門大叫大罵，甚至亂摔家裡的東西，可惜她心意堅定。我看重她的優點之一，那時竟然反過來和我作對。

我對她吼，『上帝哪管得著？哪可能怪罪到妳頭上？上帝一定能諒解吧。』她聽不進去。她只拍拍肚皮說，『班，我愛你，但我不願下半輩子一閉眼就見到麥可和漢娜，不想終身遺憾不給他們出生的機會，不想記得我不願冒險一博。』

我氣不過，穿鞋子綁鞋帶，衝出門，半夜在海灘上跑步，清一清紊亂的思緒。手機鈴響了，我……讓它直接進語音信箱。有幾億萬次，我多希望……」

我挪一挪身體，指尖順著麥可的名字描，然後換漢娜。

「我儘可能還原當時的情況是，我出門沒多久，胎盤就剝離了。她忍痛叫救護車，可惜來不及了。其實，救護車再早到也無濟於事。過了兩小時，我回家，只見閃光到處亮，警察在廚房裡面，對著無線電講話，電話響了，醫院來的電話。陌生人站滿我家廚房……他們載我去停屍間，叫我認屍。搶救瑞秋的過程中，醫師緊急剖腹生產，把胎兒拿出來，放在她身旁，差不多是讓他們窩在媽媽兩邊。你們在包機上不是聽見留言嗎？那是她在狀況急轉直下之前留的。我把它儲存起來，一再儲存，好讓我能寄給自己。幾年來如一日。能提醒我，她不顧一切愛著我。」

我看著艾許莉。淚水噗簌簌流下她臉龐。

「妳有一次問我，『做什麼壞事不能原諒？』」我點一點頭：「不能原諒的就是言語。在四年半前，聽見那句氣話的人把話帶進墳墓去了，我想收也收不回來。」

我環視四周，對著大理石陵寢揮一下手：「簡單立個墓碑，總覺得不太對，所以我蓋一整棟給他們，讓母子能長相左右躺著。我在樓上設一間日光室，讓她欣賞蘭花，晚上也能觀星。我知道她會喜歡的。我甚至修剪樹枝，以免景觀被遮到。有時候看得見大熊星座。有時候看得見月亮。」

「數不清的夜晚，我來這裡，依傍著她，指尖放在雙胞胎上面，描畫著他們的名字，同時……聽著自己訴說我們的經歷。」我搖搖頭，指向錄音機：「我講過無數次了……結局總是同一個。」

艾許莉的嘴唇在顫抖。她以雙手握住我一手，淚水直滴大理石面，與我掉過的千萬滴會合：「怎麼不早點告訴我呢？你為什麼遲遲不肯說？」

「有好幾次，我拖著雪橇，多想乾脆停下來，轉身，對妳全講出來算了，可是……有待妳開創的未來無限好，值得妳期待的無限多。」

「你應該早點告訴我的。是你的義務。」

「現在是。那時候不是。」

我不應。

她一手平貼我胸口，接著，雙臂摟住我頸子，臉埋進頸窩，雙手捧我的臉，搖搖頭：「班？」

「班？」

我張口，視線落在瑞秋，勉強吐出字，音量細小：「我……對不起。」

她微笑著搖頭：「她早就原諒你了……你一說出口就原諒了。」

寬恕是一件難事。求者難……受者也難。

我們坐了好一陣子。透過二樓的玻璃，我看著鵜鶘列隊掠過上空，也看到一隻鶚。在碎浪外面，瓶鼻海豚往南覓食中，六八成群游。

艾許莉想講話，字含在嘴裡，努力再努力，硬是吐不出來。最後，她擦乾眼睛，耳貼我胸膛，低語：「把所有的碎片交給我。」

「碎片太多，我不確定能不能湊齊。」

她親吻我：「讓我試試看。」

「妳最好還是扔下我，然後……」

她似笑非笑著：「我才不願意丟下你不管。才不肯單飛。」她搖搖頭：「不願今後一閉眼睛就想起你。」

內心深處，我隱隱需要聽這句話。需要知道我有這份價值，需要知道儘管我自暴自棄，愛仍有可能挽回我，救我脫離火場。我們坐了幾小時望海。

最後，我站起來，吻瑞秋臉上方的大理石，也吻雙胞胎。這次淚水不滴了，這不是訣別，只是暫停。只是揮手趕走煙霧一下子。

我和艾許莉走出門，把門鎖好，穿梭沙丘之間而去。我牽著她沒戴婚戒的左手，她拉我停下，眉宇之間皺出一條溝。她以袖子擦鼻子：「我把戒指還給文森了。告訴他說，我非常喜歡他，可惜⋯⋯」她搖搖頭：「我認為，他聽見實話反而如釋重負。」

我們站在最後一座沙丘上，瞭望整片海灘。右邊是南方，有一窩龜蛋孵化了，幾百道細痕直通海水，漸漸被海浪和泡沫灌滿，被抹平。在比碎浪和海濤更遠的海面上，縞瑪瑙似的黑圈圈載浮載沉，忽明忽暗。亮閃閃的黑晶鑽。

我把她的手平放在我手心上：「起步時跑慢一點。我很久沒⋯⋯陪任何人跑步了。不太確定自己的腿聽不聽話。」

她吻我，嘴唇溫暖溼潤，微微顫抖。

我指著：「往哪一邊？」

她搖頭微笑。艷陽照亮她的眼珠：「都可以。你是長跑健將，我只是跑著玩的，所以大概跟不上你。你想跑多快？想跑多遠？」

「LSD。」

「什麼？」

「長慢跑。不計較距離，重要的是時間，越慢越好。」

她還抱我，胸貼胸，呵呵笑說：「好啊，不過呢，路線最好能繞去亞特蘭大。」

「亞特蘭大？」

她點頭，臉上掛著奸笑：「你最好先見我爸，溝通一下。」

「不見不行嗎？」

「對。」

「妳早就不是小女生了，有必要嗎？」

「別忘了喔，我是南方女孩，也是我爸的獨生女。」

「他和醫師處得來嗎？」

哈哈一笑：「難相處。」

「難相處？」

她點頭。

「他從事哪一行？」

「專打求償官司的律師。」

「開玩笑的吧？」

「別擔心啦，對你，他會越看越滿意。」

「妳怎麼曉得？」

「他讀過了。」

「讀過什麼？」

「我寫的書。」她看看手錶：「這禮拜剛上市。」
「在哪裡上市？」
聳聳肩：「到處都買得到。」
「『到處』是哪裡？」
她翻翻白眼：「到處就到處嘛。」
「裡面寫什麼？」
「我的一趟旅程⋯最近那次。」
「裡面有我嗎？」
「有。」她開跑了，笑聲迴盪起來：「有我也有你。」
她跑步時手臂盪來盪去，太多橫向動作，步伐也太小，多個三英吋比較好。另外，腳趾支撐的重心太多了，腳掌過度內旋，而且側重左腿。而且⋯
幸好她具有一點就通的頭腦，以後不難一一改正過來，而且不需要太久。人碎了以後，慢慢拼湊，一定有齊全的一天。長久以來，我扛著我的碎片獨行，偶爾會在地上留下一小片，形成地圖上的虛線，好讓自己能循線找到回家的路。後來，艾許莉出現了，見一片撿一片，在一萬一千英呎的山巔和海平面之間，全貌漸漸呼之欲出。起初朦朧不明，每契合一片，就更明朗一分，但仍稱不上明確。這種事急不得。

也許，人人都曾經是完整明晰的一幅畫，一人只有單一的一整片。後來出事了，畫出現裂痕，破碎了，人變得與現實脫鉤，變得四分五裂。有些人碎成一百片。有些人成了一萬片。有些人的對比較為鮮明，有些人則是深淺不一的灰濛濛一團。有些人發現缺了幾片，有些人發現多了幾片。無論發生哪一種情況，你我只能搖搖頭。辦不到。

後來，有人出現了，幫你補齊了參差不齊的一邊，或是交還你欠缺的一片。這過程既枯燥又痛苦，也找不到近路，看似捷徑的路全變成死巷。

然而，當我們從失事地點出發之際，遠離廢墟殘骸，拼圖的一區接一區逐漸成形，眼角瞄到的小東西能讓我們靈機一動。轉瞬間，我們不再搖頭了。我們遐想著。也許……說不定……

對妳我而言，拼圖過程都如履薄冰。妳必須把希望寄託在妳看不見的空影，而我必須把自己託付在妳手上。

這才能一片一片拼湊齊全。

艾許莉直奔沙灘上，陽光洋溢她的背，沙面出現新腳印，大腿上汗珠晶瑩——小水珠凝結在小腿上。

我看得見她們兩人。瑞秋在沙丘，艾許莉在沙灘。我搖搖頭，我搞不清楚，看不出究竟。

我搔搔腦袋。

艾許莉轉身，氣喘咻咻，笑呵呵，微笑著。她揚一揚眉毛，拉拉我的手：「班．培殷？」說不通緣由的淚水又開始滴滴答答。我也不想強作解釋：「什麼事？」

「當你歡笑時……我想微笑。當你痛哭時…」她為我拭淚：「我想讓淚水滾落我臉頰。」她搖一下頭，沉吟著：「我不會丟下你……不願意。」

我乾噍一下。人呢，又能如何活下去？往事從沙丘另一邊迴盪過來。走一步算一步。

也許，拼圖是持續不休的過程。也許黏膠不會說乾就乾。也許斷骨需要時間癒合。也許，我碎成的這團亂象無法一蹴可幾也沒關係。也許，走出失事地點的路途遙遠嚴苛；也許人人跋涉的路途長短不一；也許，愛比我這攤爛帳更浩大。

我的喉音拖了半天才出來：「我們可以……先散步一小段嗎？」

她點頭，我們開始步行。走了一英哩，再走一英哩。微風輕拂我們的臉。我們來到救生員的椅子，調頭往回走。

她拉一拉我。清風現在對著我們背後吹：「可以了吧……準備好了沒？」於是，我們改以小跑前進。我肌力衰退了——用到被我遺忘的肌肉。不久後，我們加速飛奔起來。

一跑就無法停止。

接下來的幾哩路當中，指尖甩著汗水，鹽刺激到眼球，我呼吸加深、有節奏，空氣進出順暢，腳掌幾乎不觸地，不知不覺之間，我低頭一看，發現我的碎片交融成一整片了。

致讀者的肺腑之言

那年二月，我來到鹽湖城和丹佛之間的猶因塔山脈，站在大約一萬一千英呎的高山，瞭望六、七十英哩的遠景，見不到一盞燈，當時很冷，雪花打在我臉上，刺痛我的眼睛。當然，流淚也會產生刺痛的感受。我當時苦思著幾道根深蒂固的難題，腦海浮現了我的英雄留下的幾句名言，在山頭迴盪不已，更跟著我回家，至今仍如影隨形：「我舉目望山丘，援手從何而來。」

銘謝

《在河的盡頭》（Where the River Ends）出版後，我寫過不只一本書。想了解我那段日子心路歷程者，請參考我的部落格，The Truth About My Next Book。被退稿的滋味……很難受，有點像生了小孩，卻看到醫生護士在一旁猛搖頭說：「不行…這個不好，應該退回去。」

在當時，那份書稿，很像我在後院用磚頭墊高一輛車，見有用的零件就拆，假以時日盼能掏空整輛車子。證據呈現在這一頁之前的字裡行間。謝天謝地的是，我並沒有因此倒下，寫作生涯也沒有終結，如今這本書終於握在你手中。值得我感謝的人很多。

Stacy Creamer。謝謝妳在我的工作、發展、事業扮演的角色，妳甚至不惜扮演狠角色。在此祝妳在新跑道上大有斬獲。妳實至名歸。

Michael Palgon。經過這一年的風雨，你大可放我自生自滅，隨波逐流。也許你不是沒考慮過。我倒是有幾分心理準備。感謝你提供避風港。

感謝 Broadway 和 Random House 的所有才子才女：Diane Salvatore、Catherine Pollock、Rachel Rokicki、Linda Kaplan 和海外版權部門，以及曾經協助設計、行銷、推廣的所有幕後英雄。沒有各位，就沒有今天的我。另外是 Christy，我對妳致謝一萬次也不夠。

Christine Pride。感謝妳的耐性、銳眼、熱心、不辭辛勞為我代打。中途接手無疑是難事一樁，好比站在月台上搶搭時速八十英哩飛奔而過的火車。感謝妳付出的心血。我們感激不盡。

L.B.Norton。你回來了真好。第五度感謝你。你為這過程增添趣味。感謝你以各種方式督促我寫出心中話，好讓讀者能了解。對了，「anal-retentive」（龜毛）這字中間有個連字號。我查過字典。

Bill Johnson。創作本書之初，我為了找資料，致電一位喜好冒險的友人 Bill Johnson，請他陪我一同飛去猶他州，在全國少見的蠻荒逆境過一星期，以體會進出深山的困難。當時他在美林（Merrill）上班，眼睜睜看著金融市場崩盤，聽見我的要求，考慮了大概半秒（比 Google 搜尋結果更神速），馬上答應。像他這種朋友很難找到。從美林到猶因塔高地，你證明了你悍如蠻牛，可別讓別人低估你。而且，你絕不輕言放棄——除非附近有座沙漠，有剛煮好的咖啡香，有瓶子外面凝結水滴的冷飲，我們才會休息。你動不動就大笑，這是很罕見的真天賦，而你也不吝與人分享這份歡樂。大家都因此獲益良多。我隨時歡迎你來享受營火。尤其是你帶取火弓來，或者帶露營爐、法式濾壓壺也行。

文學經紀人Chris Ferebee。十年前，當我還是一個來自傑克遜維爾的小子，愛做白日夢（現在也差不多），捧著書稿求人賜教——最好幫我出版——當時有一位禿頭的過氣棒球員，速球投得軟弱，曲球相當強，變速球沒啥變化，滑球狡猾得很，他讀了我的稿子，答應收我。至今已經出了十本書了。讀者應該注意到了，這一本獻給他。這是他辛勤的成果。該感謝的原因不勝枚舉，但最主要的是友誼、高見、奔走、實現夢想。Chris，你是人上人。

Christy。當我說「陪我跑…」時，妳陪我跑了。妳永遠都是我心之歸宿。

讀書會討論題綱

以下題目的設計用意在於加強閱讀本書時的心得，期盼讀者浸淫在扣人心弦的情節中、在探索愛的真諦的同時，更能享受本書的意境。

討論題綱：

一、《絕處逢山》書寫的既是冒險故事、求生故事，更是一段愛情故事。讀過全書後，我們對作者的愛情觀有幾分認知？世上真有所謂十全十美的婚姻嗎？從機長葛洛福所言的歷久不衰的愛，班和艾許莉學到了什麼？這份啟示是否在全書伴隨他們到結尾？以你的經驗，婚姻是否越陳越香？理想婚姻的要件有哪些？

二、墜機後，班和艾許莉受困在一萬一千五百英呎的高山，方圓五十英哩找不到人煙，逃生無望，而艾許莉大腿骨折，班也斷了三根肋骨，更可能有氣胸的現象，兩人的物資近乎零……儘管如此，他們仍在絕境生存了四個多星期。你認為他們具備什麼技巧和人格特質，才有辦法存活？你認為故事情節的可信度多高？

三、邀人搭包機卻失事，班在整件過程中該不該負責？暴風雪將至，他應不應該包機強行起飛？受困深山期間，班做出哪些抉擇？你認為他的抉擇正確嗎？如果不認同，你會做出什麼樣的抉擇？

四、班的妻子是什麼樣的人，我們多半從她錄給班的留言得知。她在本書扮演的角色吃重嗎？她如何待人處事？為什麼班覺得她那麼特別？

五、班自稱「我的神經有點粗」。他難以接受與妻「分居」的事實，你認為原因何在？童年的經驗對他的 EQ 有何影響？

六、艾許莉和班求生無門、萬念俱灰的階段，他們憑什麼硬撐下去？困境中最嚴苛的部份是什麼？如果你陷入相同的處境，你會怎麼辦？你認為你能活著回家嗎？

七、班和艾許莉的雪山求生經歷對人生觀有何影響？事後，他們更能洞悉人生三昧嗎？他們的人生因此徹底改變、無法恢復原貌嗎？哪些方面變了？

八、班的家庭生活到本書最後才揭露，你感到意外嗎？你發現後，內心有什麼感受？如果從頭再讀一遍，你找得到作者下的伏筆嗎？

九、班藉錄音機和妻子瑞秋溝通。從他的錄音中，你對瑞秋認識多少？你認為，以這種方式敘事的效果是好是壞？這種方式是否影射到現代親朋好友間的溝通管道？在結尾，班為何把錄音機扔向大海？

十、原文書名是 The Mountain Between Us，「我倆之間的高山」指的是什麼？

十一、作者在後記裡引述優美的《聖經》名言：「我舉目望山丘，援手從何而來⋯」。宗教信仰在本書扮演什麼角色？你認為作者的樂觀來自他對上帝的信仰嗎？

欲知本書詳情以及查爾斯．馬汀其他作品，請參考官網 CharlesMartinBooks.com。
想和其他讀者討論本書，可加入作者的臉書粉絲頁 http://www.facebook.com/author.charles.martin

國家圖書館出版品預行編目（CIP）資料

絕處逢山 / 查爾斯・馬汀（Charles Martin）;
宋瑛堂譯 . -- 初版 . -- 臺北市 : 遠流 , 2017.09
面 ;　公分 . --（文學館 ; E06004）
譯自 : The mountain between us
ISBN 978-957-32-8053-8（平裝）

874.57　　106013272

文學館 E06004

絕處逢山

作者 / 查爾斯・馬汀（Charles Martin）
譯者 / 宋瑛堂
總監暨總編輯 / 林馨琴
責任編輯 / 楊伊琳
行銷企畫 / 張愛華

發行人 / 王榮文
出版發行 / 遠流出版事業股份有限公司
地址：臺北市 10084 南昌路二段 81 號 6 樓
電話：（02）2392-6899　傳真：（02）2392-6658
郵撥：0189456-1
著作權顧問 / 蕭雄淋律師
2017 年 9 月 1 日　初版一刷
新台幣定價 320 元

ISBN 978-957-32-8053-8
遠流博識網 http://www.ylib.com
E-mail: ylib@yuanliou.ylib.com.tw